**Читайте романы примадонны иронического детектива
Дарьи Донцовой**

Сериал «Любительница частного сыска Даша Васильева»:

Крутые наследнички
За всеми зайцами
Дама с коготками
Дантисты тоже плачут
Эта горькая сладкая месть
Жена моего мужа
Несекретные материалы
Контрольный поцелуй
Бассейн с крокодилами
Спят усталые игрушки
Метро до Африки
Фейсконтроль на главную роль
Третий глаз—алмаз
Легенда о трех мартышках
Темное прошлое Конька—
    Горбунка
Клетчатая зебра
Белый конь на принце

Привидение в кроссовках

Бенефис мартовской кошки
Полет над гнездом Индюшки

Камин для Снегурочки
Экстрим на сером волке
Стилист для снежного человека
Компот из запретного плода
Небо в рублях
Досье на Крошку Че
Ромео с большой дороги
Лягушка Баскервилей
Личное дело Женщины—кошки
Свидание под мантией
Другая жизнь оборотня
Ночной клуб на Лысой горе
Родословная до седьмого полена
Последняя гастроль госпожи Удачи
Дневник пакостей Снежинки
Годовой абонемент на тот свет

Сериал «Евлампия Романова. Следствие ведет дилетант»:

Маникюр для покойника
Покер с акулой
Сволочь ненаглядная
Гадюка в сиропе
Обед у людоеда
Созвездие жадных псов
Канкан на поминках
Прогноз гадостей на завтра
Хождение под мухой
Фиговый листочек от кутюр
Камасутра для Микки—Мауса
Квазимодо на шпильках
Но—шпа на троих
Синий мопс счастья
Принцесса на Кириешках
Лампа разыскивает Алладина
Любовь—морковь и третий
    лишний
Безумная кепка Мономаха
Фигура легкого эпатажа
Бутик ежовых рукавиц
Золушка в шоколаде
Нежный супруг олигарха
Фанера Милосская
Фэн—шуй без тормозов
Шопинг в воздушном замке
Брачный контракт кентавра
Император деревни Гадюкино
Бабочка в гипсе
Ночная жизнь моей свекрови
Королева без башни
В постели с Кинг—Конгом
Черный список деда Мазая
Костюм Адама для Евы
Добрый доктор Айбандит
Огнетушитель Прометея
Белочка во сне и наяву
Матрешка в перьях
Маскарад любовных утех
Шуры—муры с призраком
Корпоратив королевской
    династии
Имидж напрокат
Гороскоп птицы Феникс
Пряник с черной икрой
Пятизвездочный теремок
Коррида на раздевание
Леди Несовершенство

Сериал «Виола Тараканова. В мире преступных страстей»:

- Черт из табакерки
- Три мешка хитростей
- Чудовище без красавицы
- Урожай ядовитых ягодок
- Чудеса в кастрюльке
- Скелет из пробирки
- Микстура от косоглазия
- Филе из Золотого Петушка
- Главбух и полцарства в придачу
- Концерт для Колобка с оркестром
- Фокус-покус от Василисы Ужасной
- Любимые забавы папы Карло
- Муха в самолете
- Кекс в большом городе
- Билет на ковер-вертолет
- Монстры из хорошей семьи
- Каникулы в Простофилино
- Зимнее лето весны
- Хеппи-энд для Дездемоны
- Стриптиз Жар-птицы
- Муму с аквалангом
- Горячая любовь снеговика
- Человек-невидимка в стразах
- Летучий самозванец
- Фея с золотыми зубами
- Приданое лохматой обезьяны
- Страстная ночь в зоопарке
- Замок храпящей красавицы
- Дьявол носит лапти
- Путеводитель по Лукоморью
- Фанатка голого короля
- Ночной кошмар Железного Любовника
- Кнопка управления мужем
- Завещание рождественской утки
- Ужас на крыльях ночи
- Магия госпожи Метелицы
- Три желания женщины-мечты
- Вставная челюсть Щелкунчика
- В когтях у сказки
- Инкогнито с Бродвея
- Закон молодильного яблочка
- Гимназия неблагородных девиц
- Вечный двигатель маразма
- Бинокль для всевидящего ока

Сериал «Джентльмен сыска Иван Подушкин»:

- Букет прекрасных дам
- Бриллиант мутной воды
- Инстинкт Бабы-Яги
- 13 несчастий Геракла
- Али-Баба и сорок разбойниц
- Надувная женщина для Казановы
- Тушканчик в бигудях
- Рыбка по имени Зайка
- Две невесты на одно место
- Сафари на черепашку
- Яблоко Монте-Кристо
- Пикник на острове сокровищ
- Мачо чужой мечты
- Верхом на «Титанике»
- Ангел на метле
- Продюсер козьей морды
- Смех и грех Ивана-царевича
- Тайная связь его величества
- Судьба найдет на сеновале
- Авоська с Алмазным фондом
- Коронный номер мистера X
- Астральное тело холостяка
- Кто в чемодане живет?
- Блог проказника домового
- Гнездо перелетного сфинкса
- Венец безбрачия белого кролика

Сериал «Татьяна Сергеева. Детектив на диете»:

- Старуха Кристи – отдыхает!
- Диета для трех поросят
- Инь, янь и всякая дрянь
- Микроб без комплексов
- Идеальное тело Пятачка
- Дед Снегур и Морозочка
- Золотое правило Трехпудовочки
- Агент 013
- Рваные валенки мадам Помпадур
- Дедушка на выданье
- Шекспир курит в сторонке
- Версаль под хохлому
- Всем сестрам по мозгам
- Фуа-гра из топора
- Толстушка под прикрытием
- Сбылась мечта бегемота
- Бабки царя Соломона
- Любовное зелье колдуна-болтуна
- Бермудский треугольник черной вдовы
- Вулкан страстей наивной незабудки
- Страсти-мордасти рогоносца
- Львиная доля серой мышки
- Оберег от испанской страсти
- Запасной выход из комы
- Шоколадное пугало
- Мохнатая лапа Герасима

Сериал «Любимица фортуны Степанида Козлова»:

- Развесистая клюква Голливуда
- Живая вода мертвой царевны
- Женихи воскресают по пятницам
- Клеопатра с парашютом
- Дворец со съехавшей крышей
- Княжна с тараканами
- Укротитель Медузы горгоны
- Хищный аленький цветочек
- Лунатик исчезает в полночь
- Мачеха в хрустальных галошах
- Бизнес-план трех богатырей
- Голое платье звезды
- Презентация ящика Пандоры

Дарья Донцова

Мохнатая лапа Герасима

роман

Москва

УДК 821.161.1-312.4
ББК 84(2Рос=Рус)6-44
Д67

Оформление серии художника *В. Щербакова*
Иллюстрация художника *В. Остапенко*

Донцова, Дарья Аркадьевна.
Д67   Мохнатая лапа Герасима / Дарья Донцова. — Москва : Эксмо — 320 с. — (Иронический детектив).

ISBN 978-5-04-101935-8

Три девицы вечерком отравились все чайком... Возможно, это было бы смешно, если бы не было так грустно. В элитном особняке богатого предпринимателя Андрея Красавина одна за другой скончались три домработницы. Надя от инсульта, Настя от астмы, а крепкая и здоровая, как космонавт, Кристина — от инсульта и диабета в придачу. Выяснилось, что девушки в последнее время баловали себя ароматным цветочным чайком из большой банки, невесть откуда взявшейся. Теща Красавина, Анна Григорьевна Шляхтина-Энгельман, примчалась к Татьяне Сергеевой и стала умолять ее разобраться во всей этой чертовщине. Чтобы не спугнуть злоумышленника и не привлечь лишнего внимания, Таня решила внедриться в дом Красавина под видом очередной домработницы... Начальница особой бригады и не подозревала, какие скелеты она обнаружит в шкафах этого семейного гнездышка!

УДК 821.161.1-312.4
ББК 84(2Рос=Рус)6-44

© Донцова Д.А.
© Оформление.
ООО «Издательство «Эксмо»

ISBN 978-5-04-101935-8

Глава 1

Если женщина хочет скрыть свой возраст, ей не стоит при всех сообщать, что телефон с наборным диском, которым она пользовалась в школьные годы, никогда не ломался.

Я моргнула и навесила на лицо подобострастную улыбку. Таня, не забывай, ты домработница! Что и кому сейчас говорит хозяйка, не твое дело. Лучше возьми антистатик и обработай шаль госпожи Красавиной. На дворе июнь, но она постоянно мерзнет, поэтому возит в машине теплый платок. Из коридора послышался стук каблуков, в холл вышла сама Елена Васильевна, успевшая завершить беседу, и сразу впала в раж.

— Татьяна! Почему ты здесь брызгаешь? Ужасный запах.

— Вы велели заниматься этой работой исключительно в прихожей, — тихо ответила я.

— Неправда! — рассердилась Красавина. — Такая глупость мне в голову не могла прийти. Впредь запомни! Обработка вещей от статического электричества производится только в бане!

Я молча кивала. Определенно не стоит напоминать Елене Васильевне о том, что вчера она категорически запретила мне даже вносить баллон с антистатиком в комнату отдыха при парной.

Дама свела брови в одну линию.

— Ты поняла?

— Да, простите, — почтительно произнесла я.

— Верится с трудом, но надеюсь, что хоть какие-то мои указания ты усвоила, — продолжала злиться Елена.

— Извините, — прошептала я, — вы правы, у меня очень плохая память.

— Повтори, что надо сделать сегодня? — сменила гнев на милость хозяйка.

Я начала загибать пальцы.

— Приготовить ужин, постирать вещи, погладить их, встретить Ирину, проследить, чтобы девочка не сидела в компьютере, проверить, сделала ли она уроки.

Хозяйка стояла с надутым лицом, похоже, теперь она сердилась на то, что я ничего не забыла. Ну как отругать домработницу, которая все верно перечислила? Придется Елене Васильевне уехать, не отчитав меня. Но я ошиблась.

— Убедительная просьба, — процедила хозяйка, — не загибать пальцы, когда беседуешь со мной. Отвратительная простонародная привычка. Сразу видно, что у тебя нет высшего образования.

— Ох, это совершенно справедливые слова, — вздохнула я. — У меня только школа за плечами, да и ту я кое-как окончила. Извините. Больше подобное не повторится. Вы правы.

Госпожа Красавина с шумом выдохнула и вышла за дверь, а я пошла на кухню.

Если дома или на работе появился человек, которому жизненно необходимо отчитывать вас по любому поводу, оскорблять, то есть отличный способ сохранить свою нервную систему. Чего ждет скандалист? Злого ответа. Вашего возмущения. Услышав негодование собеседника, обидчик всегда кидается в бой с утроенной энергией. Теперь он чувствует себя вдвойне правым, ему же нагрубили! И кто победит в битве титанов? Я или профессиональный хам? Я любитель на ринге ссор, мне не справиться с тем, кто постоянно упражняется в оскорблениях. Но у меня есть свой метод борьбы с рыцарями Ордена ненависти ко всему человечеству. Как только на меня надвигается некто со словами:

— Да как ты, Татьяна, могла совершить такую глупость...

Я быстро говорю:

— Ох, прости, ты прав.

Противник теряется, потому что ждет другой реакции, но повторяет атаку:

— Неужели тебе не стыдно?

— Стыдно, стыдно, — киваю я, — очень даже стыдно. Не сердись. Ты совершенно прав.

Ну и как продолжать орать на того, кто признает твою правоту? Ссора затухает, не успев заполыхать ярким пламенем. Этот метод прекрасно срабатывает в семье. И безотказно помогает тем, кто работает на хозяина, полностью зависит от его настроения, например, как я, домработница Сергеева. Почему я, начальница особой бригады, нанялась прислугой к Елене Васильевне? Думаю, вы уже догадались, что речь идет о каком-то деле...

В понедельник к нам в офис приехала Анна Григорьевна Шляхтина-Энгельман и с порога заявила:

— В нашем доме творится нечто ужасное!

— Что случилось? — спросила я и узнала, что не так давно в особняке Красавиных умерла домработница, там кроме нашей посетительницы живут: ее зять бизнесмен Андрей Михайлович Красавин, Елена Васильевна — его жена и дочь Анны, их двенадцатилетняя дочь Ира. Надежде исполнилось всего сорок два года, на вскрытии выяснилось, что она не отличалась крепким здоровьем, у нее случился инсульт. Внешне Надя казалась человеком цветущим, но на самом деле у нее была тьма болезней. Ни Анна Григорьевна, ни Елена, ни Андрей не усомнились в вердикте специалиста. В доме появилась новая прислуга. На сей раз ее наняли не через агентство. Горничную привела Катя — дальняя родственница Андрея Михайловича, седьмая вода на киселе. Екатерина с рождения жила в глухом сибирском углу, окончив школу, приехала в Москву поступать в институт. В какой? Ясное дело, в театральный. Провинциалку сочли бездарной, посоветовали ей вернуться домой и найти работу по способностям. Но девушка не собиралась жить в крохотном городке, где все население занято на птицефабрике. Она-то считала себя великой актрисой, которую злые и алчные экзаменаторы выгнали из-за того, что не получили взятку. Катя позвонила матери и зарыдала:

— Придумай что-нибудь!

Родительница быстро вспомнила, что в Москве у них есть родственник — Андрей Михайлович Красавин. Очень богатый человек, владеет кучей всего, и среди этого «всего» есть телеканал. Кате надо встретиться с бизнесменом, напомнить, что у них общие корни, — и дело в шляпе.

— Он тебя пристроит на свое телевидение, — пообещала мать, — будешь там кучу денег получать, и в вуз он тебя определит. Ему оплатить тебе учебу, как мне чихнуть, у него денег немерено. Сейчас сброшу тебе на телефон фото. Андрей десять лет назад устроил своему отцу на юбилей праздник, созвал всех, кого Михаил хотел увидеть. Мы за счет Красавина в Москву летали, в гостинице жили. Ты должна помнить наше путешествие. Покажешь богачу снимок, могу и телефон его дать. Правда, думаю, что он его давно сменил, но попробуй.

Катя воспользовалась номером, ответил ей мужской голос. Девица затараторила:

— Здрасти, Андрей Михалыч, Екатерина Бурова беспокоит.

— Откуда у вас этот номер? — резко спросил владелец трубки.

— Вы Красавин? — спросила неудавшаяся студентка.

— С кем я разговариваю? — не смягчился собеседник.

— Я приехала из города Головинска, — тараторила Катя, — моя мама троюродная сестра четвертой жены вашего папы. Фото я вам скинула. Мамочка слева в красивом платье с вырезом. Вы поглядите, я потом позвоню.

Но Красавин почти сразу сам соединился с Катей.

— Что вы хотите?

— Мне жить негде, я в институт не поступила, ищу работу в телевизоре, хочу вести каждый вечер шоу, согласна для начала на оклад в миллион, — на одном дыхании выпалила «седьмая вода на киселе».

Большинство успешных мужчин, к которым постоянно с ладошкой ковшиком ходят разные просители, мигом отправило бы троюродную сестричку бог весть какой по счету жены своего ветреного папаши в эротическое путешествие к Бабе-яге и семи гномам. Но Андрей оказался другим. Он велел Кате приехать к нему домой, не пожалел времени на беседу со вчерашней школьницей, потом высказался:

— Шоу ты вести не можешь, потому что не

умеешь. Но место администратора на какой-нибудь программе ты получишь. Жить тебе разрешу в одном из гостевых домиков на моем участке. От ворот поселка несколько раз в день ходит до метро маршрутка для сотрудников, можешь ею пользоваться. Или дойди до деревни и сядь на рейсовый автобус. Все. Работай, пробивайся сама.

Анна Григорьевна и Елена были недовольны решением Андрея, но что они могли сделать? И теща, и жена зависят от Красавина. Поэтому дамы мило улыбались Кате, но четко дали ей понять: они «седьмой воде на киселе» не рады, ужинать с девушкой каждый день никто не собирается, всяк сверчок знай свой шесток, Катя слева, мы справа! Так и стали жить.

Через некоторое время после того, как Екатерина устроилась в одном из гостевых домиков, умерла домработница Надежда. Елена начала искать новую прислугу, но ни одна из претенденток хозяйке не нравилась. И тут к ней пришла Катя и сообщила, что у нее есть подруга Настя, профессиональная горничная, она служит у короля бензоколонок, но мечтает сменить место работы, потому что сын хозяина твердо уверен, что все хорошенькие девушки, которые получают из рук его папаши зарплату, обязаны ложиться с ним в койку. Да еще они должны благодарить мажора за то, что он обратил внимание на чернь.

Елена навела справки об Анастасии, выяснила, что наследник бензинового короля славится своей похотливостью, и взяла девушку на испытательный срок. Настя начала работать, понравилась и хозяйке, и ее матери, ее взяли горничной, а потом... она внезапно умерла от приступа астмы.

Полиция опять не вмешалась. Когда эксперт стал осматривать покойную, он быстро определил, что Настя Ежова страдала сильной аллергией, и у нее случался бронхоспазм. Ежова ни словом не обмолвилась хозяевам о своих проблемах со здоровьем, и понятно почему. Кто возьмет на работу человека с хроническим недугом, от приступа которого можно умереть?

Семья опять осталась без домработницы. Меня в рассказе Анны Григорьевны весьма удивило то, что в богатом доме была только одна горничная. Отчего не нанять штат прислуги?

Глава 2

Услышав мой вопрос, Анна Григорьевна закатила глаза.

— Зять терпеть не может, когда по дому носится орава посторонних людей. Он любит утром спуститься в халате к столу, позавтракать в одиночестве, после чего едет на работу. Вечером Андрей тоже не желает видеть горничных, повара, садовника и прочих. Поэтому вся хозяйственная деятельность в особняке закипает, когда за автомобилем Красавина задвигаются створки ворот. Но убирать-стирать-гладить должна одна женщина, так решил хозяин. Почему не взять ей в помощь кого-либо еще? Этот вопрос главе семьи никто задать не решается.

Я молча слушала Анну Григорьевну. В каждой избушке свои погремушки. Кому-то порядок, который заведен в доме Красавиных покажется неприемлемым, но эта семья живет по своему расписанию. В восемь вечера из прихожей слышатся шаги хозяина. Андрей Михайлович после работы всегда принимает душ, в это время появляется Елена после закрытия своего цветочного магазина. В районе девяти бизнесмен спускается к ужину, жена присоединяется к нему. Из своей комнаты выползает Анна Григорьевна, с третьего этажа сбегает Ирочка. За едой семья ведет разговоры. О чем? О пустяках. Например:

— К нам сегодня в кормушку прибегали две белки, — сообщает теща.

— Здорово, — смеется Андрей. — Ты сделала фото?

— Конечно, — улыбается теща, — вот, смотри.

— Какие у них богатые шубы, — восхищается зять.

— Нам на уроке биологии рассказывали, что белка-мальчик выбирает себе жену по пушистости хвоста, — вступает в беседу двенадцатилетняя Ирочка, — зимой муж белки спит, уткнувшись в жену и накрывшись ее хвостом.

— Очень интересно, — говорит отец.

О белках они могут беседовать, пока не отправятся спать. Или о птичках. Или о цветах. Или о выставке картин! Или о спектакле, который недавно смотрели. Раз в две недели семья в полном составе посещает театр, консерваторию, музей. Обсуждают за столом только вопросы быта или делятся впечатлениями о культурных развлечениях.

И вообще в присутствии хозяина дома запрещено упоминать о каких-либо бедах, несчастьях. У Красавиных все всегда должно быть прекрасно, как в стране Эльдорадо. При главе семьи нельзя плакать, сообщать плохие новости, просить денег. Первое время после свадьбы Елена, девушка нервная, любительница превращать разбитую чашку в глобальную неразрешимую проблему, склонная преувеличивать масштаб бедствия, постоянно жаловалась мужу на любое событие, которое выбивало ее из равновесия. А поскольку Леночка впадала в истерику при смене погоды, из-за плохо сваренного кофе, прослушав новости по телевизору, после разговоров с подругами, и еще из-за тысячи столь же «серьезных» причин, которые грозили ей инфарктом, инсультом, параличом, то в конце концов терпение мужа с треском лопнуло. Андрей сурово объяснил жене:

— Мне в офисе хватает дерьма. Дома я хочу спокойно отдыхать. Дело мужика работать так, чтобы семья не ходила в рванье! Дело бабы вести дом, обеспечивать мужу комфорт и уют. Не желаю знать ни о каких проблемах. Если тебе нужны деньги, просто скажи сколько и на что. Не нравится такая жизнь? Тогда до свидания.

Елена обиделась, устроила скандал. Муж молча сгреб ее вещи, запихнул в чемоданы и выставил жену за дверь. Анна Григорьевна тогда еле-еле смогла помирить супругов. С тех пор Андрея не дергают. О смерти двух домработниц ему не сообщили. Красавин регулярно выдает крупную сумму на хозяйство и покупки. Жена должна укладываться в бюджет, далеко не крохотный. То, что Лена зарабатывает в своем магазине, остается в ее распоряжении. Андрей щедр, но деньги на ветер пускать не разрешает. Елена обязана представлять ему отчет о потраченных средствах. Муж никогда ее не ругает, если она приобрела себе новую сумку, платье. И сам преподносит щедрые подарки как жене, так и теще, с которой находится в прекрасных отношениях, называет ее мамой. Зимой этого года Анна Григорьевна просто так, без повода, получила шубу из соболя, на Рождество гарнитур — серьги-браслет-кольцо. Догадываетесь, что эти украшения не позолоченные железки со стекляшками? А Восьмого марта зять вручил теще годовой абонемент на оплаченную ложу в Большом театре, и теперь Анна может наслаждаться оперой-балетом в любой день. И о жене Андрей не забывает, осыпает ее презентами. Вот Ирочка получила от Деда Мороза мешочек с российскими конфетами. Девочка не может похвастаться дорогой одеждой, роскошными часами, но у нее дорогой компьютер, телефон последней модели. Отец любит дочь, но считает, что та пока не заслужила вещей, которыми может похвастаться большая часть ее одноклассников, а вот ноутбук необходим для учебы, мобильный для связи с родными. Красавин частенько повторяет:

— Отличные отметки, вежливость, приветливость — вот главные украшения девочки. Исполнится тебе восемнадцать, поедешь на бал в Дворянское собрание. Поверь, там ты будешь в платье, при виде которого остальные дебютантки от зависти зарыдают. Пока же у тебя нос не дорос до норковой шубы, пуховик в самый раз.

При чем тут Дворянское собрание? Елена Васильевна — представительница сразу двух аристократических ветвей. По линии мужа она баронесса Энгельман, по отцовской — княгиня Шляхтина. Когда ты по паспорту Шляхтина-Энгельман, то не хочется становиться просто Красавиной. Поэтому у Елены теперь аж тройная фамилия.

После перестройки многие люди обнаружили у себя в роду аристократических предков. Князей, графов, баронов расплодилось видимо-невидимо. Как грибы после дождя выросли многочисленные дворянские общества, они стали направо-налево продавать титулы. Но Анна Григорьевна и Лена из настоящих, у них на руках подлинные документы об их происхождении.

После кончины Насти Елена, активная посетительница фитнес-клуба, обратила внимание на крепко сбитую украинку Кристину, которая убирала женскую раздевалку. Крися летала со скоростью безумной мухи, держа в руках то тряпку, то гору чистых полотенец. Мимоходом она успевала протереть зеркала, засунуть в кулер новые пластиковые стаканы, сказать ласковое слово маленьким девочкам, которых няни силой пытались затащить в спортзал. Увидев Кристину, дети всегда переставали рыдать. От девушки исходили доброжелательность и желание помочь любому человеку, она всегда выглядела аккуратно. Елена предложила Кристине работу в своем доме, та с восторгом согласилась.

Наверное, это был единственный в жизни Лены случай, когда она не могла найти повода, чтобы сделать горничной замечание. Вот не к чему было придраться. Кристина даже готовила так, что Красавин ел с аппетитом. Андрей не хочет видеть дома профессионального повара, потому что тот будет готовить, как в ресторане. Красавин же любит домашний суп, котлеты, ему не нужны изыски типа лобстера под соусом из трюфелей. Андрюше подавай макароны по-флотски, которыми его мама в детстве кормила почти каждый день. Матери Андрея не хватало денег, поэтому она покупала в день получки курицу и делила ее на четыре части. Один окорочок Галина варила, получался суп. Потом его вынимали, проворачивали в мясорубке, соединяли с большим количеством жареного лука (слава богу, он всегда был в продаже и стоил дешево) и с макаронами. Вот так Галина Николаевна ухитрялась из одной лапки состряпать обед на три дня. Когда сковородка и кастрюля пустели, наступала очередь следующего куска курицы. Андрюша привык есть небольшими порциями, не оставляя ничего на тарелке. Нищая Галина не хотела, чтобы сын чувствовал себя изгоем. Поэтому она всячески украшала быт. Денег, как уже было сказано, воспитательнице детского сада не хватало, зато у нее фантазия била через край, и в домашней библиотеке хранилось много книг о том, как мастерить поделки с малышами. Эти инструкции помогали превратить скромную однушку в уютное гнездышко. Маленький Андрюша ходил в мамин садик и самозабвенно выжигал на деревянных досках разные рисунки. Творения мальчика вешались в кухне на стену. Старые полинявшие простыни Галина завязала узлами и опустила в бак с крепким раствором марганцовки. В те годы еще не объявили, что с помощью перманганата калия можно самим изготовить взрывные устройства и наркотические смеси. Население считало темные мелкие кристаллы прекрасным антисептиком и использовало их при любой возможности и нужде. Галина превратила марганцовку в краситель. Когда она вынула из бака то, что ранее было постельным бельем, высушила, погладила и повесила на окно в кухне, все соседки ахнули от восторга. Таких оригинальных занавесок не было ни у кого. Галина Николаевна виртуозно вязала крючком и спицами скатерти и пледы. Еще она замечательно шила, Андрюша первым в школе надел джинсы клеш, и никто не догадался, что его мать сшила их из найденной на помойке палатки, которую выкинул какой-то турист. Галина отстирала ткань, выварила, покрасила, и получились роскошные штаны. Мать Андрея до сих пор мастерица на все руки. А Красавину самовязаные накидки на креслах милее покрывал дорогой модной фирмы. Он не морщится при виде пледов из натурального меха, которые обожает Елена Васильевна, но сам, сидя в кресле у телевизора, закрывает ноги шерстяным одеялом, которое ему связала мать.

В ресторан же ходить бизнесмен категорически отказывается.

— Понятия не имею, кто и как готовил там котлеты, — объясняет он жене. — Повар вымыл руки? В каком он сегодня настроении? Может, в дурном, поэтому в фарш плюнул? Продукты использовал свежие или с тухлинкой? Лена, если хочешь, сама питайся в городе, но меня уволь. И пока я жив, в нашем доме никаких полуфабрикатов и замороженных гадостей не будет!

Глава 3

Елена Васильевна воспитывалась в других условиях. Девочка жила в большой квартире, лето проводила на благоустроенной даче, выезжала на море. С раннего детства ее учили языкам, музыке, танцам. Отличница в школе, первая в институте, обеспеченная, прекрасно одетая девушка с блестящими перспективами. У Анны Григорьевны были наполеоновские планы на дочь. Когда Леночке стукнуло восемнадцать, дом Шляхтиной-Энгельман стал часто навещать перспективный скрипач, двадцатипятилетний Юрий Миардо. Анна рассчитывала породниться с этой весьма влиятельной в мире искусства богатой семьей. Юра водил Лену на свои и чужие концерты, девушке нравился молодой человек. Все могло отлично сложиться! Но семья Миардо эмигрировала из Москвы в Италию. Юра улетел в Рим, забыв попрощаться со своей почти невестой. Все подруги Анны Григорьевны выражали ей свое сочувствие. Ей надоело объяснять:

— Леночка не собиралась замуж, она еще очень молода. Юра был всего лишь ее другом.

— Да-да, конечно, — кивали знакомые тетушки, — ах как жаль, что такой прекрасный друг внезапно исчез.

Шли годы. Елена никак не могла завести семью. Ей нравились разные мужчины, но все они вызывали резкое отторжение у матери.

— Доченька, неужели ты не видишь, что это человек не нашего круга, — говорила дама. — За столом себя вести не умеет, на пианино даже чижика-пыжика не исполнит, путает Гоголя с Гогеном и надевает коричневые ботинки к синему костюму. Лапоть, да и только. И что за фамилия у него? Репкин! Твои прадеды не пускали таких даже на конюшню, им доверяли только помои выносить.

Если Лена не разрывала отношений с «лаптем», мать пускала в ход тяжелую артиллерию:

ложилась в кровать, вызывала «Скорую», ее увозили в клинику с подозрением на сердечный приступ. Лене приходилось сидеть около Анны Григорьевны, потом ухаживать за ней дома... Кандидат в мужья тихо исчезал.

Когда Лене натикало двадцать девять, мать наконец осенило: доченька-то выросла, а до сих пор одна. Все дети подруг Анны Григорьевны завели семьи, работали. А что у Леночки? Она получила диплом филфака, но на службу в приличное место ее не брали, предлагали преподавать в школе литературу, русский язык! Боже! Это же не для Шляхтиной-Энгельман. Но в конце концов «малышке» из аристократической семьи пришлось согласиться стать простой училкой. Одновременно с неудачей на ниве службы произошел провал и в личной жизни. На пороге тридцатилетия женихов в обозримом пространстве около Елены уже не наблюдалось. Мать и дочь жили на копейки. Деньги, которые остались от покойного мужа, Анна истратила. Для Шляхтиных-Энгельман настали черные времена.

День своего юбилея Елена встречала вдвоем с мамой, близких подружек она не завела. Анна купила бутылку шампанского, вдохновенно произнесла речь про большие перспективы дочери. И тут всегда послушная Леночка взорвалась:

— Замолчи! Я не дура. У меня одна дорога: тухнуть в гимназии, через сорок лет я стану морщинистой старой девой с пятью кошками. И никого рядом.

— Я всегда буду рядом с тобой, — воскликнула Анна.

Елена расхохоталась:

— Посчитай, сколько тебе лет исполнится в мое семидесятилетие, и сообрази, где ты тогда будешь находиться. Хватит, мама! Предоставь мне жить так, как я хочу. Это ты виновата в моем ледяном одиночестве.

Анна Григорьевна только моргала, слушая поток обвинений, который лился из уст любимого чада на ее голову. Высказав матери все, что думает, Елена хлопнула дверью и убежала. Анна решила проявить инициативу. Она стала обзванивать знакомых с вопросом: нет ли в их окружении приличного холостого мужчины. Но акция не имела успеха.

Через полгода Лена объявила матери, что выходит замуж за Андрея Красавина.

— Кто он? — спросила аристократка.

Дочь протянула ей листок бумаги.

— Тут краткая справка.

— Боже, боже, — запричитала Анна, изучив документ, — он из нищей семьи! Высшего образования нет! В девятом классе бросил школу, аттестат получил, обучаясь в экстернате. Катастрофа! Этот тип хоть читать умеет? Елена, его никогда бы не одобрили твои предки.

Дочь сложила руки на груди.

— Несколько вопросов на злобу дня. У нас долг по коммунальным счетам за сколько месяцев? Если не ошибаюсь, за два.

— Уже три, — грустно уточнила Анна.

— Потрясающе, нас выселят как неплательщиков. Я донашиваю старые платья, — продолжала Елена, — туфли почти развалились. В холодильнике один пакет кефира.

— Еще четыре яйца, — пролепетала мать.

— О, — засмеялась дочь, — это здорово меняет ситуацию. Сегодня двадцать третье число, пенсию тебе дадут пятого следующего месяца. Мы сможем до получения жалкой подачки дожить? Растянем кефир и яйца на весь срок?

— У тебя тридцатого зарплата, — напомнила Анна.

— Большую часть жалких копеек придется отдать в счет долга за электричество, — рявкнула Лена, — иначе его отрежут! Будем, как наши предки-аристократы, при лучине сидеть. Мама, у Красавина миллиарды, он в меня влюблен без памяти. Как увидел, так сразу предложил в загс бежать.

— Миллиарды? — растерянно повторила мать. — Как он их заработал, не имея образования?

— Мне это по барабану, — отрезала Елена, — хочу жить в особняке и не думать, где взять денег на хлеб. Надоело. Беседа окончена. Все. Я выхожу замуж. Красавин...

— Наши предки... — заикнулась было Анна.

— Давно умерли, — перебила ее Елена, — вечная им память, земля пухом. Это моя жизнь, не твоя.

— Ты очень молода, наивна, — заехала с другой стороны старшая Шляхтина-Энгельман, — брак предполагает интимные отношения. Отказывать мужу нельзя, иначе он заведет любовницу. Очень тяжело заниматься сексом с тем, к кому не испытываешь нежных чувств.

— Ничего, перетопчусь и привыкну, — отмахнулась Елена. — Мама, мы уже подали заявление. Свадьба через месяц.

— Боже! Зачем так быстро! — возмутилась Анна. — Это неприличная спешка. Подождите год, проведите его как жених и невеста, а...

— Я беременна, — перебила ее Лена.

Анна подумала, что ослышалась.

— Ты что?..

— Жду ребенка, — пояснила дочь.

— Отношения до свадьбы! — схватилась за голову Анна Григорьевна. — Наши предки...

— Гори они в аду, — промурлыкала Лена.

— Но мои подруги, — запричитала мать. — Что я им скажу? Дочь познакомилась с мужчиной и через месяц легла с ним в постель...

Елена рассмеялась:

— Вечером.

— Ты о чем? — не сообразила Анна.

— Мы познакомились в обед, — растолковала Леночка, — и в тот же день после ужина я очутилась в его кровати. В огромной квартире в центре Москвы.

— Невероятно, — прошептала Анна. — Лена, о чем ты только думала?

— О том, что это мой единственный и последний шанс стать женой миллиардера и жить потом, ни о чем не беспокоясь, — заявила младшая Шляхтина-Энгельман.

— Боже, что скажут Нина и Антонина? — простонала Анна.

— Старые жабы лопнут от зависти, — развеселилась Леночка. — Прикинь, у них больше не будет повода жалеть «бедную Анечку». Не волнуйся, мама, гадюки прикусят свои жала. В лицо тебе они споют осанну. За глаза, полагаю, пожелают нам сдохнуть. Но не все ли тебе равно, что эти бабы о Шляхтиной-Энгельман говорят?

И ведь все вышло, как предсказала Лена. Прогремела шикарная свадьба, в положенный срок на свет явилась Ирочка. Началась сказочная жизнь. К странностям характера зятя теща быстро привыкла. Андрей был почтителен и весьма предупредителен с матерью жены. Анна неожиданно для себя полюбила Красавина, стала считать его сыном. Казалось, что все беды остались позади.

Я очень хорошо знаю: нельзя перебивать клиента, который пришел с какой-то проблемой. Человеку надо дать выговориться, ведь никогда не знаешь, что из сказанного им окажется самым нужным. Иногда простая фраза вроде «В субботу весь день шел дождь» решает все дело. Поэтому я молчала, пока Анна говорила, и задала вопрос лишь тогда, когда дама замолчала.

— Зачем мы вам понадобились?

Теща Красавина прищурилась:

— Умершие домработницы, о которых я сообщила. Как вам это?

— Жаль женщин, — вздохнула я, — но, если я правильно поняла, они скончались от естественных причин.

— Полиция так решила, — нахмурилась Анна.

Коробков, мой давний друг, главный спец по компьютерам в бригаде, до сих пор сидевший молча, спросил:

— У вас другое мнение?

— Мне сообщили, что ничего подозрительного нет, — медленно произнесла Анна, — когда скончалась Надежда, я разволновалась. Еще не пожилая баба и инсульт? Странно. А потом мне дали заключение специалиста. О господи! Странно, что женщина с таким букетом болезней до своего возраста дожила!

— Острое нарушение мозгового кровообращения случается и у молодых, — заметила я.

— Ваша дочь не проверяет состояние здоровья тех, кого нанимаете? — удивился Димон. — Когда мы с женой искали няню для ребенка, я выяснил даже, сколько пломб в зубах у той, кого нам рекомендовали.

— У Елены бизнес, она очень занята. Поэтому в самое дорогое агентство я поехала, — заявила Анна, — мне показали несколько анкет. Менеджер особенно рекомендовал Надежду, заверил: «Она здоровее лошади». Я возразила: «Мне не нравятся полные горничные, они неуклюжи, несимпатичны». Но мужчина, который со мной беседовал, посоветовал:

— Посмотрите на ситуацию иначе. Хорошенькая изящная блондинка живет в доме... Допускаю, что хозяин дома верный муж, но зачем создавать ситуацию соблазна?

Я подумала, что он прав, и наняла Надежду. Однако после заключения судебного медика мне стало понятно: в агентстве сидят откровенные обманщики. К врачам они претенденток на место прислуги не отправляют! А наивные наниматели вроде меня верят менеджерам. Следующую прислугу нам порекомендовала Екатерина, дальняя родственница Андрея. Я отнеслась скептически к ее протеже, но поскольку альтернативы не было, решила поговорить с претенденткой. Настя мне понравилась сразу. Молодая, кровь с молоком. Немного неаккуратна, но они все сейчас такие. И Леночка к ней хорошо отнеслась. И вот вам! Астма. Екатерина поклялась, что не знала о недуге приятельницы. Какой ей смысл нас обманывать? Девчонка живет на участке из милости, должна понимать, что ее вытурят за глупую ложь. Я склонна верить Кате, Анастасия ей ничего не сообщила о проблемах со здоровьем. Полицейский эксперт сказал в беседе со мной:

— Что-то спровоцировало старт аллергической реакции, она у людей с астмой может протекать бурно и закончиться плачевно. В данном случае это естественная смерть.

Но Кристина!

Глава 4

Анна прижала ладонь к груди.

— Как всякий человек, я могу поверить сладкоголосому непорядочному менеджеру, совершить ошибку, не отправить на обследование кандидатку в прислуги, ориентироваться только на ее здоровый вид. Но двух раз мне хватило, чтобы поумнеть. Кристину, которую Леночка нашла в своем фитнес-клубе, я сама отвезла в клинику, где мы обслуживаемся, вручила ее нашему семейному доктору и приказала:

— Сделайте ей КТ, МРТ, УЗИ, рентген, все, что можно. Прогоните по специалистам, возьмите анализы на СПИД, сифилис, туберкулез, гепатит, вирусы, бактерии, хламидии... Не знаю, что еще бывает, но это тоже поищите. Психиатр, невропатолог, дантист, проктолог... Загляните девке во все места.

Через неделю врач позвонил.

— Анна Григорьевна, я давно не встречал столь здоровую женщину. Ее в космос запускать можно. У девяноста семи процентов населения Земли есть вирус герпеса. А ваша потенциальная прислуга попала в ничтожно малую группу тех, у кого его нет.

Кристина стала работать в нашем доме и... умерла. Инсульт. Гипертония. Диабет второго типа.

— Интересно,— пробормотал Димон.— Ваша реакция?

— Я пришла в бешенство, — призналась аристократка, — помчалась в клинику с желанием растоптать врача. Показала ему заключение прозектора. Леонид Юрьевич ахнул: «Это невозможно». Я ему высказала в лицо все, что о нем думаю: врун, мерзавец, обследований не провел, обманул, деньги взял. Эскулап вытащил из стола карту Кристины, протянул мне ее со словами:

— Не имею права нарушать врачебную тайну. Но поскольку Кристину предупредили, что результаты вам покажут, и она дала на то согласие, изучите не мои выводы, а все документы. Здесь компьютерные и лабораторные исследования. Осмотры специалистов. Если я убедил их всех написать ложные заключения, то во мне умер дон Корлеоне. Что же касается оплаты, то она поступила на счет клиники с карты. Каким образом я деньги оттуда взял?

Анна потянулась за стаканом воды.

— Доктору в логике не откажешь, — заметила я.

Анна поморщилась:

— Мне стало неудобно, я извинилась, спросила: «Как же так? Недавно у нее было образцовое здоровье, а потом девица превратилась в гнилой банан. В чем дело?»

— Что ответил врач? — полюбопытствовал Димон.

Анна Григорьевна развела руками:

— «Не знаю». Отличный диагноз! Я поехала домой и, пока добиралась, вдруг подумала: что, если Надежда и Настя вовсе не скрывали свои болезни? Вдруг их не было? Может, они, как и Кристина, внезапно получили букет недугов? Как это узнать? И я позвонила супруге короля бензоколонок. Целую разведывательную операцию провела, выяснила, что ее зовут Софи. Набрала номер, представилась, попросила уделить мне пять минут. Дама вежливо ответила: «Конечно, дорогая, приезжайте в любое время, я сегодня никуда не собираюсь». И что открылось? Как вы думаете? О чем милейшая дама мне сообщила?

Клиентка оглядела всех присутствующих.

Я высказала свое предположение:

— Наверное, Софи объяснила, что у нее есть сын-подросток, который часто вступает в интимную связь с горничными. Родители не протестуют, пусть уж лучше он дома резвится, чем не понятно где, незнамо с кем. Заботливая мамочка отыскивает хорошенькую девушку, та становится живой игрушкой барчука. Когда «кукла» ему надоедает, ее увольняют, берут следующую. При найме на службу красотку непременно отправляют к врачу, чтобы убедиться, что она не заразит наследника.

— С вами неинтересно, — воскликнула Анна, — именно так Софи и сказала. Она мне показала в компьютере отчет об Анастасии: здорова по всем параметрам. Девушку изучали, кстати, в той же клинике, где обслуживаемся и мы. Это одно из самых солидных заведений Москвы, среди врачей много иностранцев. Понимаете?

Надежда спокойно работала у нас, и вдруг инсульт! Анастасия была здорова на момент прихода в семью, а потом аллергия, астма. Кристина скакала как молодая лошадка при найме. Прямо чертовщина.

Слева раздался тихий кашель, его издал наш эксперт Илья, который сидел тихо, я опять задала вопрос даме с красивой фамилией:

— Что вам от нас надо?

Анна Григорьевна понизила голос:

— Я не имею ни малейшего отношения к полиции. Но страстно люблю детективы, прочитала всю Александру Маринину, Татьяну Полякову, Татьяну Устинову и даже Андрея Дышева, хотя мужское творчество для меня слишком брутально. Но Дышев увлекательно пишет. Роман «Необитаемый ад». Вот уж сюжет! И телевидение, и таинственный остров, и обман. Я проглотила его за два дня, очень рекомендую. К чему я о своих литературных пристрастиях сообщаю? У меня есть знания, я понимаю, как надо вести детективное расследование.

Я подавила вздох. Женщины, у которых нет детей, направо-налево раздают в Интернете советы по воспитанию подрастающего поколения. Люди без медицинского образования предлагают вылечить вас от всех болезней разом. Тетенька, которая окончила недельные курсы по варке мыла, и это все ее образование, именует себя психологом-практиком и учит народ, как обрести счастье. А большинство граждан, посмотрев сериалы, мнит себя следователями по особо важным делам. Да только не надо верить многосерийным криминальным лентам, в жизни все иначе.

— Я включила логику, — азартно сказала Анна, — подумала: если все бабы до прихода к нам были здоровы, а работая у нас, заболели, то источник инфекции в нашем доме. Так?

— Возможно, — ответила я.

— Но мы все живы и даже не чихаем, — продолжала посетительница. — Думаем далее. Если хозяева живы-здоровы, а горничные мрут как мухи, значит, они часто бывают там, куда владельцы дома не заглядывают. Именно в этом месте таится смертельная зараза, поэтому домработницы мрут, а члены семьи в полном порядке. Так?

— Пока вы очень логично все излагаете, — одобрил Димон.

Анна вынула из сумки записную книжку и раскрыла ее.

— В особняке есть помещение, куда никогда не заглядывает зять. Но там могу копошиться я или Елена. Ирочка носится по всему дому. Лена побаивается подвала, где иногда появляются мыши, но я туда спокойно спускаюсь. Не стану вас долго держать в напряжении. Члены семьи никогда не заглядывают только в домик, где живут горничные. Следовательно, опасность таится там. Я пошла туда и опять напрягла извилины. До того как началась чехарда с прислугой, у нас много лет была одна домработница Светлана. Она почти никогда не болела, пару раз простуду цепляла. Ушла, потому что постарела, уже не могла полноценно выполнять свои обязанности. Я ей позвонила, узнала, что Света жива и здорова. А вот взятая ей на смену Надежда продержалась считаные месяцы. Понимаете?

Анна потерла руки.

— Значит, нечто убивающее служанок появилось при Наде. И что это такое? Я позвонила Светлане, попросила ее приехать, привела в домик, велела: «Назови все, чего при тебе не было». Та пошла по комнатам. Мебель, занавески, постельное белье, полотенца — все не новое. Мы отдаем горничным то, что нам уже не подходит. Кухня, ванная, туалет — там тоже ничего не нашлось. Холодильник, понятное дело, был пуст, кастрюли чистые. Света открыла шкаф над столиком.

— О! Вот эту банку я впервые вижу. Суперская! Что это?

Я засмеялась:

— По-прежнему засматриваешься на красоту дикарей? Ужасная жестянка с чаем! Хочешь, забирай ее, но она, наверное, початая.

Света открыла крышку, по кухне поплыл резкий аромат корицы, ванилина, шоколада. Бывшая горничная восхитилась.

— О-о-о! Восторг. Возьму ее, если вам не жалко. Почему сами пить не стали?

— Неужели забыла? — укорила я. — Мы не любим ароматизированные напитки, никогда их не употребляем.

— Помню, — кивнула Света, — но к вам за месяц до моего ухода приходил корреспондент из газеты, интервью брал. Вы ему сказали, что обожаете добавлять в черный чай лепестки цветов, берете их в магазине дочери. Сейчас совместно с Еленой собираетесь выпускать цветочный чай, но пока не знаете, как и с кем из производителей объединиться.

Я рассмеялась:

— Света! Не верь газетам. Лена заплатила журналисту, чтобы он написал материал, в котором расскажут о ее магазине. Рекламу давно никто не читает, пролистывают ее. А вот статью просмотрят. Издание бесплатное, его раздают на остановках, от скуки в маршрутке еще не то прочтешь. Елена очень хитро придумала, интервью на тему, как правильно заваривать чай, брали у меня. Не у владелицы магазина.

— Вы сами никогда чай не завариваете, — удивилась Света.

— Поэтому я и сказала: газеты все врут, — кивнула я, — раз десять повторила, что прекрасная добавка к заварке свежие листья, лепестки... Лично я все покупаю в магазине «Цвет очей». Там самые свежие растения. Самое интересное, что к Лене после публикации статьи потек народ. А эту банку с чаем дочери подарил кто-то на день рождения. Мы ее нашли в горе подарков, открыли, поняли, что сие не для нас, и отдали Надежде.

Света схватила банку, а меня вдруг осенило, я как закричу:

— Стой! Это она!

Глава 5

— Вы решили, что горничных убил чай? — уточнил Димон.

Анна открыла сумку, с которой пришла к нам, вынула яркую жестянку и водрузила на стол.

— Мы его не пили. Я коробку открыла, сразу отдала ее Надежде, она тогда первый день работала.

Надя смутилась:

— Не за что мне подарки пока получать.

Я ее остановила:

— Это не подарок. Просто чай. Поставьте у себя на кухне, пейте сколько хотите.

— Люблю фруктовый чай, — призналась горничная, — чем духовитее, тем лучше.

Когда она умерла, все вещи покойной я отправила в приют для бомжей. А жестянку с чаем — там его много было, — сахар, печенье, растворимый кофе, к которому мы тоже не притрагиваемся, оставила для той бабы, что на смену Наде явится.

— Большая тара, — наконец произнес Илья. — Сколько в ней веса?

— Килограмма полтора, — ответил Коробков, взяв банку в руки.

— До сих пор не видел чай в такой упаковке, — удивился Аверьянов.

Коробков прищурился:

— На банке написано: «Не для продажи». Для чего тогда?

— Для рекламы, — предположила я, — чтобы раздавать в качестве подарков разным знаменитостям, партнерам, журналистам. Еще такие здоровенные емкости ставят в магазинах, из них совочком берут содержимое и продают покупателям. Кому сто граммов, кому пятьдесят. Можете оставить нам этот чай?

— Конечно, я принесла его специально, чтобы вы определили, какая зараза в нем содержится, — пояснила Анна. — Я заплачу за работу. Если мои подозрения верны и там обнаружится яд, то вам придется взяться за поиски того, кто решил нас убить.

— Семья состоит из четырех человек, — сказал Димон, — Елена Васильевна, Андрей Михайлович, Ирина и вы, Анна Григорьевна. Почему вы решили, что кто-то задумал уничтожить всех?

Анна отвела взгляд в сторону.

— Ну, вообще-то, ни у меня, ни у Ирочки врагов нет. У девочки есть недоброжелатели среди одноклассников и педагогов, но это ерунда. Ира одно время не успевала по математике. Учительница нервная, объясняет материал быстро, внучка не успевала понять. Раиса Ивановна Ирину двойками завалила. Я к ней пришла поговорить об успеваемости. Так преподавательница мигом предложила: «Могу позаниматься с вашей внучкой после уроков как репетитор».

Я сразу поняла, с кем имею дело, и ответила: «Спасибо, мы подумаем над вашим предложением».

И наняла Ире прекрасного Вадима Сергеевича, он внучке все сразу по полочкам разложил. Крыса Раиса теперь пытается девочку завалить, дает ей у доски невероятно сложные задания. Но приходится «отлично» в журнал ставить. Понимаете, как эта «Макаренко» любит Иру? Дети в классе не бедные, гимназия платная. Ира не одевается роскошно, не носит золотые сережки, у нее и уши-то не проколоты, отец не разрешает. Но у нее не дешевый компьютер, дорогой телефон, часто после занятий ее я забираю. А у меня вид отнюдь не скромной бабушки, которая кое-как выживает на мизерную пенсию. Раису прямо крючит от злости, она видит, что деньги в семье есть, а ее не наняли репетитором. Ира не изгой в классе, она такая, как все. С кем-то из ребят дружит, с кем-то нет. Но дети не способны на фокус с чаем. Что касается моей дочери, то ее лавка с цветами — крохотная капля в цветочном бизнесе. Андрюша купил жене доходное место у метро. Лена старается, что-то придумывает, но прибыли почти нет. Конечно, она пыжится, изображает из себя крупную бизнесвумен. Но реальность выглядит так: два продавца, они же уборщицы, простые бабы, зато с бейджами «флорист-стилист». Недавно Леночка внедрила доставку заказов, наняла мужика со своим автомобилем. Ну и кому дочь может помешать? Думаю, объект убийцы — Андрей. Я, конечно, не владею информацией о делах зятя. Но, учитывая его финансовое положение, высоту, на которую он поднялся, полагаю, что дорога на вершину успеха усеяна чужими костями.

— Попробую выяснить, есть в чае нечто необычное или это просто листья с какими-то ароматизаторами, — пообещал наш эксперт.

Анна встала.

— Хорошо. Жду вашего сообщения.

Илья опытный специалист, ему понадобились сутки для получения результата. На следующий день в районе обеда Аверьянов доложил мне:

— Смесь состоит из обычного, вовсе не дорогого чая. Качество его оставляет желать лучшего. Мне чай напомнил грузинский номер тридцать шесть. Пила такой?

Я порылась в воспоминаниях.

— Небольшие пачки-«кубики», про этот чай еще шутили, что он «с ароматом сена» и «с дровами».

— Он самый, — улыбнулся Илья, — хотя грузинский был разный, в пачки зеленого цвета добавляли часть индийского. Но вернемся к нашему случаю. Итак. Основа смеси — черный чай низкого качества с малым добавлением элитного сорта. Еще там есть сушеные яблоки, ягоды съедобной жимолости, сливы, клубника — все это в умеренном количестве, так сказать, изюминка.

Обращаю твое внимание на то, что вышеперечисленные фрукты-ягоды весьма дешевы. Яблоки и жимолость растут повсюду. Слива и клубника традиционны для Подмосковья. По идее, чай должен стоить недорого, но продается за о-го-го какие деньги. Присутствует резкий навязчивый запах корицы, ванили, шоколада. Но этих составляющих в нем нет, зато много ароматизаторов.

— Значит, это просто чай от недобросовестного производителя, — вздохнула я.

— Не беги впереди коня за призом, — остановил меня Илья. — В упаковке обнаружены мелкие кусочки какого-то растения.

— Какого-то? — повторила я. — То есть тебе неизвестно его название?

Аверьянов развел руками:

— Увы, нет!

— Поищи в справочнике, — велела я.

Илюша усмехнулся:

— Если эти данные не устарели, то на Земле более трехсот пятидесяти тысяч видов растений: цветковых, мохообразных, папоротников, зеленых водорослей. Ученые пока описали около трехсот тысяч видов, остальные не изучены. И я полагаю, что на земном шаре много всего растущего, цветущего, колосящегося, о чем мы и понятия не имеем. Кроме того, частички в чае очень крохотные, определить, что это такое, невозможно. Предположим, что они ядовиты, но я не могу назвать токсин. Спектр обычных ядов не определился, или это нечто редкое, или ничего опасного нет. Я съездил в фирменный магазин, купил там по пятьдесят граммов этого зелья из разных банок. Похоже, продавец, спокойный мужик, привык к покупателям со странностями, потому что на мою просьбу:

— Хочу купить чай «Райский сад», по пятьдесят граммов из разных банок.

Он просто уточнил:

— Все сорта, что у нас есть, на витрине?

— Да, — подтвердил я, — каждый в свой пакетик.

Торговец предложил:

— Хотите устрою дегустацию? Мы угощаем клиентов. Бесплатно.

Я отказался, но спросил:

— Мне очень советовали купить «Райский вкус детства». Он пользуется спросом?

— Самый популярный, — заверил продавец, — сам его пью. Тонкий аромат, который исходит от натуральных фруктов...

И пошел расхваливать товар. Угадай, что я обнаружил во всех пакетиках, которые приволок из магазина?

— Похоже, это коварный вопрос, — улыбнулась я. — Я должна спросить: чего ты НЕ нашел? Кусочков неизвестного растения?

— Точно! — воскликнул Аверьянов. — Подарок для семьи бизнесмена кто-то решил улучшить.

— Странно, — сказал Иван Никифорович, который присутствовал при беседе.

Я повернулась к мужу:

— Что тебя смутило?

— Допустим, некий аноним решил избавиться от Красавина, — стал размышлять вслух мой супруг, он же начальник над всеми бригадами. — Демонстративно убивать Андрея, нанимать исполнителя наш N не стал, и правильно сделал. Зачем шум, гам, телекамеры, лай в соцсетях. Лучше представить гибель бизнесмена как естественную смерть. Сказано — сделано. Преступник купил чай, «улучшил» его и отправил Елене Васильевне. Повод предположить, что его выпьют, у него был — интервью Анны Григорьевны про чай с лепестками цветов. Она там соврала, что они с дочкой обожают фруктовые смеси.

— Надо было адресовать банку лично Андрею Михайловичу, — протянула я. — Зачем женщин впутывать?

— Э, нет! — возразил Илья. — Думаю, в этом был хитрый расчет. Когда я служил в полиции, мне часто делали подарки родственники жертв, благодарили за то, что я точно установил причину смерти, помог посадить преступника. Денег, слава богу, никогда не предлагали. Чаще всего бутылку, а иногда палку сырокопченой колбасы, консервы. Я никогда их с собой не уносил, сразу отдавал санитарам, уборщицам. Не хотел тащить домой презенты. Почему? Нет объяснения. Неприятно как-то. Моя мама директор школы, ей по всем поводам вручают коробки шоколада, цветы. Как ни зайдешь к ней домой, там прямо оранжерея. Мать детей уважает, с родителями всегда вежлива, готова пойти на компромисс, помочь, ее искренне любят. Так вот, у мамы я охотно пью чай со сладостями от благодарных бабушек ее учеников. Тот, кто приволок жестянку, прекрасный психолог, он решил: Красавин увидит в руках секретаря банку и скажет: «На фига она мне? Сам выпей или отдай кому-нибудь». А вот если вручить «Райский вкус детства» теще олигарха, то она его примет. Дама немолода, соображения небось уже нет, банка красивая, тетка явно польстится, заварит чай, угостит семью.

— Отлично, — остановила я Илью, — и все на тот свет уедут!

Аверьянов пожал плечами.

— Сопутствующие жертвы не редкость. Предположим, неведомое растение вызывает разные болезни, судя по причинам смерти горничных — ураганное повышение давления и, как следствие, инсульт, ну еще астму, аллергию. Каждый человек реагирует на недуг по-своему. Одна домработница лишилась жизни быстро, другая боролась дольше месяца, третья тоже стойко ему сопротивлялась. Члены семьи бизнесмена одновременно не умерли бы. И кто свяжет все смерти вместе? Что выяснили на вскрытии? Инсульт! В возрасте тридцати-сорока лет? Годков двадцать назад такое было удивительно, сейчас обычное явление. Найти наличие непонятно чего в анализах невозможно. Потому что нет анализа на «непонятно что». Если у покойного картина инсульта, то никогда яд искать не станут. Зачем? Начальство не одобрит дорогого исследования при вполне очевидной причине смерти. Тот, кто все это придумал, отнюдь не дурак. Надо поговорить с бизнесменом.

— А вот это не удастся, — возразила я, — ты подошел не к началу нашей встречи с тещей Красавина, задержался минут на десять. А она первым делом заявила:

— Мой визит тайна от всех членов семьи. Ни Андрей, ни Елена, ни уж тем более Ирина, понятия не имеют о том, что я сюда направилась. Дочь не обеспокоена смертью прислуги. Для нее это просто совпадение. Зятю, как водится, не рассказали о домашних проблемах. В полицию обратиться я не могу. Красавин разозлится, если в особняк вдруг заявятся сыщики. Да и вашим сотрудникам у нас показываться нельзя.

— Интересное заявление, — протянул Илья. — И как тогда работать?

— Я стану домработницей олигарха, — предположила я, — изучу ситуацию на месте. Возможно, преступник предпримет еще одну попытку отравить Андрея, пришлет новый подарок.

Аверьянов выпучил глаза:

— Ты? Тань, ты хорошо готовишь? Ловко управляешься с домашним хозяйством?

— Прекрасно, — лихо соврала я, ведь выйдя замуж за Ивана Никифоровича, я ни разу не приблизилась ни к плите, ни к мойке, ни к стиральной машине.

Справедливости ради замечу, что и ранее никогда не блистала успехами на ниве ведения домашнего хозяйства. Правда, в ветхозаветные времена, в эпоху моего первого мужа, я научилась варить сосиски, и они даже не всякий раз лопались и «выворачивались» наизнанку. Яйца вкрутую тоже получались вполне себе ничего. Хотя я постоянно пыталась сварить их всмятку, но всегда получала вкрутую. Один раз я случайно узнала, что существуют женщины, способные приготовить яйцо «в мешочке». Это высший пилотаж яйцеварения, плотный белок и желток, который по всему периметру крутой, а в середине жидкий. Женщине, которая может создать сей кулинарный шедевр, надо выдать медаль! Хорошо хоть мой первый супруг не был гурманом, он радовался тому, что ему ежедневно дают сосиски. Потом судьба свела меня с Гри[1]. Это он привел меня в особую бригаду, познакомил со своими коллегами, в том числе с Дмитрием Коробковым. Димон работает до сих пор, только теперь я его начальница. Сейчас не время и не место рассказывать, почему и как мы с Гри расстались. Ни он, ни я не виноваты в разрыве, мы могли много лет жить вместе, но начальство решило иначе. А в системе особых бригад работа превалирует над семейным счастьем. Мы потеряли друг друга, и я долгое время вздрагивала на улицах, в толпе мне мерещился Гри. Во время моего второго бра-

---

[1] См. роман Дарьи Донцовой «Старуха Кристи отдыхает».

ка мы с Гри жили на работе, питались в нашей столовой, холодильник дома чаще всего был пуст.

Став одинокой, я не стала варить себе полезные для здоровья супчики из овощей. В городе полно кафе, зарплата позволяла мне посещать их постоянно. А в третьем замужестве вместе с Иваном Никифоровичем я получила потрясающую свекровь Ирину Леонидовну. Теперь моя основная роль в семье: съесть все, что сварила, пожарила, потушила, испекла Рина. Наверное, вы понимаете, что мне не стоит наниматься домработницей в семью, хозяин которой требует исключительно домашней еды. Но мы быстро нашли выход из положения.

Глава 6

Каким образом я готовлю? К операции подключили Ирину Леонидовну. Вот уже несколько дней Рина прилежно привозит полные судки в час дня в деревню Копытово. В это время в особняке никого из хозяев нет. Елена в магазине, Андрей в офисе. Анна Григорьевна уезжает в одиннадцать в фитнес-клуб, потом идет в СПА, делает какие-то процедуры с лицом, обедает в ресторане, после ходит по магазинам. Похоже, рачительность зятя, иногда смахивающая на скупость, не распространяется на тещу. За несколько суток, которые я провела в доме, мне стало понятно, что Анна Григорьевна вовсе не стеснена в расходах. Правда, бегая по торговым центрам, она ничего не покупает. Но посещение косметолога нынче отнюдь не дешево. Я же, проводив всех членов семьи Красавиных, еду в Копытово, где снята небольшая избенка. В ней поселили Леру и Анюту, двух женщин из хозотдела нашей организации. Ни та ни другая никогда не числились в оперативном составе, в их обязанности входит уборка помещений. Но абы кого на службу Иван Никифорович не возьмет. Лера и Анюта уже не молоды, они проверенные сотрудницы, служат много лет, им можно полностью доверять.

Мой день как прислуги складывается так. Утром подаю Ире и хозяину чай, Елене кофе. С этим сложности нет. Эспрессо варит кофемашина, я профессионально нажимаю пальцем на кнопку, а кипяток варю просто гениально. На завтрак семья дружно ест творог, который привозит молочник. Масло, сыр и хлебцы поставить на стол нетрудно. Потом все разлетаются кто куда. А я несусь в Копытово, оно расположено рядом с поселком, где живет семья Красавина. Лера и Анюта садятся в мою машину, в ней же едут и судки, которые оставила Рина. Стекла в задних дверцах старенькой колымажки, которой пользуюсь я, новая домработница олигарха, затемнены. Охрана на въезде в поселок не видит, кто находится в салоне. Но Лера и Анюта все равно сползают с сидений на пол и накрываются пледом. Гараж у Красавина на четыре машины, из него можно по галерее пройти прямо в холл особняка. Никто не видит, как две женщины вылезают из таратайки горничной. Я оставляю уборщиц в доме, а сама могу отъехать. У избы в Копытове стоит мой джип. Что будет, если вдруг кто-то из семьи неожиданно в неурочный час заявится домой? Анна Григорьевна заверила нас, что этого никогда не произойдет. Андрей Михайлович из породы трудоголиков, он даже первого января едет в офис. Елена терпеть не может домашнее времяпрепровождение, готовить она не любит и не умеет, заниматься стиркой-глажкой-уборкой ей не надо. И что остается? Смотреть телевизор? Ну уж нет! Елена Васильевна горит желанием сделать свой магазин прибыльным, активно заманивает к себе покупателей, постоянно что-то придумывает, устраивает разные мероприятия, пиар-акции. А Иру не отпустят из школы до конца занятий. Если девочка заболеет, ее поместят в лазарет и позвонят бабушке. Но вдруг все же случится непредвиденное, и Лена или Андрей заглянут домой, когда меня нет?

Едва ворота, которые закрывают въезд на участок, начнут разъезжаться, коробочка размером меньше десятирублевой монетки, которую я приклеила внизу решетки, беззвучно передаст сигнал на телефоны Леры и Анюты. У них будет пять минут. За это время им надо добежать до столовой, открыть дверь на террасу, выскочить во двор и, прячась в кустарнике, добраться до домика, где сейчас живу я. Одновременно сигнал прилетит и на мой мобильный. Джип начальницы особой бригады не обычный внедорожник. При необходимости я могу включить все: мигалку, крякалку, кричалку и пролететь из одного конца Москвы в другой за рекордно короткое время. Я спокойно войду в дом и на гневный вопрос Елены «Где ты шляешься?» растерянно пролепечу: «Я в химчистку каталась, отдавала вещи, там очередь была. Извините, пылесос бросила. Не предполагала, что вы домой вернетесь».

Все у нас предусмотрено.

Сегодня, оставив в доме уборщиц, я поехала в фирменный магазин чая «Райский вкус», обрадовалась полному отсутствию там покупателей, поставила на прилавок жестянку и спросила:

— Ваш товар?

Продавец, мужчина неопределенных лет, уставился на коробку:

— Нет!

— На полке за вами точь-в-точь такая упаковка стоит! — рассердилась я.

Торговец улыбнулся:

— Не спорю. Похожа. Но та, да не та! А что случилось?

Я сбавила тон.

— Меня зовут Таня.

— Очень приятно, Лева, — представился мужик. — Что вас расстроило?

— Мне подарили чай, — начала жаловаться я, — очень привлекательный у него аромат! Корица, ваниль, шоколад! Насыщенный, яркий! Прямо в нос ударяет.

Брови Льва встали домиком.

— Интересно. Дальше.

— Я выпила замечательный чай, — зачастила я, — и вскоре вся покрылась красными пятнами!

— Забавно! — заметил торговец.

— Вам смешно? А мне веселиться не хочется! Меня увезли в больницу: шок от аллергии. Но у меня никогда золотухи не было! — орала я. — Чуть не умерла! Еле спасли.

Лев поднял часть прилавка.

— Пойдемте, угощу вас настоящим чаем.

— Спасибо, не хочу рисковать, — надулась я, — до знакомства с вашим товаром я никогда не жаловалась на непереносимость продуктов. Сливы, яблоки, клубнику, жимолость могу есть в больших количествах.

Лев решил умилостивить разгневанную покупательницу.

— Ваш цветущий вид без слов говорит о прекрасном здоровье. Вы красавица.

Я улыбнулась:

— Спасибо. Можете не стараться во избежание ссоры осыпать меня комплиментами, я не собираюсь скандалить. Но после недели под капельницами я решила узнать, что есть в чае такого, о чем не сообщается на упаковке. Хочу избежать в дальнейшем неприятностей. Какие ароматизаторы здесь не указаны?

Лев опустил прилавок, хотел что-то сказать, но я замахала рукой:

— Ой, не надо! Понимаю: владелец чайного домика приказал вам говорить, что в товаре все натуральное. Но я не наивная дурочка. Отдала чай на экспертизу. Вот, полюбуйтесь.

Мужчина взял протянутый листок, некоторое время молча смотрел на него, потом положил на прилавок.

— Давайте заново знакомиться. Лев Владимирович Орлов, владелец фирмы «Райский вкус». Сам создаю сорта чая.

Я изобразила смущение.

— Извините, я думала, что за прилавком обычный продавец. Татьяна Сергеева, репетитор, преподаю русский язык и литературу. Неплохо зарабатываю, но ваш чай мне не по карману. А я очень люблю такие напитки. Сейчас преподаю в одном доме, хозяйка узнала о моем пристрастии и сделала мне дорогой подарок. Будьте человеком, скажите честно, что в составе чая? Для меня это очень важный вопрос, надо выяснить, какой ингредиент вызвал приступ аллергии.

Лев опять поднял часть прилавка.

— Татьяна, давайте спокойно поговорим. Я попробую внести ясность.

— Ну, ладно, — согласилась я и прошла в небольшую кухню.

— Учитывая негативный опыт с чаем, вы вероятно предпочтете кофе, — предположил Орлов.

— Просто воду, — попросила я, — без газа.

Хозяин открыл холодильник, достал бутылку, наполнил стакан, поставил его передо мной, потом распахнул дверь, которую я приняла за створку шкафа. Перед моими глазами возникло еще одно помещение, там вспыхнул свет. Владелец фирмы вошел внутрь, взял с полки банку и поместил ее перед моим носом.

— Изучите внимательно тару, — попросил он, — и сравните ее с той, что вы получили в подарок.

На столе появилась вторая жестянка.

— Ваше мнение? — поинтересовался Орлов.

— Они просто сестры! — воскликнула я. — Тютелька в тютельку совпадают.

Глава 7

— Сестрички, да не родные, — парировал Лев. — Заострим внимание. Видите изображение птицы?

— Да, — кивнула я.

— Какого цвета у нее крылья?

— Ярко-фиолетовые.

— А на другой банке?

— Птичка не такая длинноногая, и оперение синее, — пробормотала я.

— Это первое, что бросается в глаза, — подчеркнул Лев. — Если внимательно изучим упаковки, то мы увидим, что и цветы разные, и орнамент. Но, если не знать, как выглядит оригинал, можно поверить, что купил «Райский вкус». Далее.

Лев открыл свою банку.

— Специально для вас я взял нераспечатанную. Что внутри?

— Заклеенный пакет из темной бумаги, — отрапортовала я.

Хозяин осторожно раскрыл пачку.

— Как у вас с обонянием?

— Лучше, чем у собаки, — похвасталась я.

— Нюхайте!

Я подергала носом.

— И? Корица есть? — полюбопытствовал Лев.

— Нет, — ответила я.

— Правильно. Ее в «Райский вкус детства», такое название носит этот продукт, не кладут, специя присутствовала в другом сорте, но его перестали выпускать, — пояснил Лев. — Покупателям не понравился. «Райский вкус печенья», так именовался чай с корицей, уже год не существует. Но в нем никогда не было ароматизаторов. Добавляли куски палочек корицы, их сразу было видно. Вы, наверное, обратили внимание, что покупатели здесь не толпятся?

— Нельзя сказать, что к прилавку змеится очередь, — согласилась я.

— А все потому, что вы пришли туда, где создают новые сорта, в магазин-лабораторию с элитным товаром. У нас сеть по всей России, там продают товар подешевле, но цена снижена не за счет качества листа. Упаковка намного проще, — объяснил Лев. — И еще вкус напитка в чашке напрямую зависит от цены. Она не может быть копеечной. То, что предлагают в супермаркетах, в лавчонках «Элитный чай», является обманом. Никакой «элитности» там и в помине нет. Про безобразие в пакетиках я лучше промолчу, хотя они весьма удобны для офиса. Вот только не стоит называть чаем жидкость, которую вы получите, искупав в кипятке пыль, разложенную в пакетики. Равным образом растворимый кофе не кофе. Эти напитки приемлемы в рабочей обстановке, но, повторяю, ни к чаю, ни к кофе они отношения не имеют. А в банке, которую вы привезли, содержимое...

Лев наклонился над жестянкой.

— Фу! Ну и отдушка. Напоминает «зеленый с жасмином», который продают по цене рубль за тонну. Что у нас тут? Яблоки, слива, жимолость... Похоже на «Райский вкус детства». Он создан по моему рецепту как воспоминание о каникулах у бабушки в деревне. Вас отправляли на лето в село к старушке, которая вас обожала, жарила вам оладушки, угощала парным молоком и яйцами из-под домашней курочки?

— Нет, — коротко ответила я.

— Жаль! А у меня была такая бабуля. «Райский вкус детства» — выражение моей любви к ней. Вот только настоящего чая в таре, которую вы принесли, процентов десять, остальное непотребство, — продолжал Орлов. — Видите, здесь чаинки разного цвета? Много мусора. Ну что я могу сказать? Никогда не думал, что это со мной случится, но произошло. Появились мошенники. Они скопировали мною придуманный дизайн банки, наполнили ее смесью, в которую входит малая часть «Райского сада детства» и большая какого-то барахла. В качестве завершающего штриха добавлены мерзкие до изумления ароматизаторы. Вы не в курсе, где дарительница приобрела эту подделку?

Я потупилась.

— Я очень обрадовалась подарку. Госпожа Шляхтина-Энгельман-Красавина не бедная, я думала, что она принесла нечто эксклюзивное. Я в восторг пришла, предвкушая восхитительное чаепитие. Но напиток оказался совсем не так хорош, как я ожидала. Естественно, я не задавала Елене Васильевне вопроса о магазине.

— Если получится, поинтересуйтесь и скажите мне его адресок, — попросил Лев, — в наше время мошенники большая проблема. Полагаю, что ваш организм негативно отреагировал на отдушку.

— А это что? — спросила я, показывая на крохотные кусочки неведомого растения.

Орлов вынул из кармана пиджака лупу и стал изучать небольшой листок.

— Понятия не имею, — обескураженно пробормотал он в конце концов, — никогда не видел ничего похожего. Думаю, это какой-то фрукт, коих в мире множество. Вероятно, привезен из Таиланда в вяленом виде. Там такого добра навалом, можно приобрести вагон задешево. Да и у нас это, если брать оптом, не дорого. Извините, более ничем не помогу.

Я попрощалась с хозяином и пошла к выходу, Орлов нагнал меня и протянул пакет.

— Разрешите вручить вам подарок.

Я увидела сквозь прозрачный полиэтилен банку и замахала руками.

— Нет, нет, что вы! И в мыслях не было выклянчить у вас что-либо.

— Так вы ничего и не просили, — улыбнулся Лев, — это целиком и полностью моя инициатива, возьмите, пожалуйста, от всей души. Мне жаль, что вы так и не попробовали настоящий «Райский сад». Я решил исправить несправедливость. Вы придете в восторг, я угощаю вас новинкой «Райский сад удачи». Прекрасный лист и никаких фруктов, овощей, шоколада и прочего. Просто чай. Наивысшего качества. Вы оцените. Когда распробуете, позвоните. Вот визитка с моим телефоном.

Я села в машину и немедленно соединилась с Димоном.

— Ну?

— А ничего, — ответил Коробков.

— Странно. Ты точно его номер определил? Я выслала тебе еще фото карточки, которую он мне дал.

— Лев Владимирович Орлов, предприниматель, зарегистрирован по улице Майкова, дом четыре, в пентхаусе, — отрапортовал Коробков, — по образованию медик. Написал несколько книг, посвященных истории чая. Ну я глубоко не копал. Телефон точно его, на фото карточки, которую ты отправила, тот же номер.

— Но почему Лев никуда не звонит? — воскликнула я.

— А по какой причине он должен к кому-то обращаться? — спросил, в свою очередь, Димон.

— Я уже объясняла тебе раньше, — воскликнула я, въезжая на проспект, — чай купили в его магазине. Да не сто граммов, а здоровенную банку. Такого покупателя могли запомнить, взять у него телефон, чтобы оповещать о каких-то акциях. В процессе беседы Лев меня уверял, что упаковку подделали, кто-то смешал его прекрасный «Райский сад» с барахлом, добавил ароматизаторы. Внушал, что эту гадость купили не у него. Так старался убедить в этом меня, что я теперь уверена: мое предположение, что этот Лева знает автора «композиции», скорей всего, верно. Он просто обязан ему звякнуть. Скажи, сколько у Льва торговых точек?

— В Москве одна, — сообщил Коробок, — остальные в разных городах России. У него их целая сеть. Столичный бутик именуется лабораторией, на их сайте указано, что там владелец бизнеса сам за прилавком стоит, ответит на все вопросы. Но цены в этой лавке очень высокие.

— Кто-то еще торгует чаем с таким названием? — перебила я.

— Если верить официальным источникам, то нет.

— Значит, чай купили у Льва. Он точно знает, кому его продал.

— Тань! Нельзя так рьяно настаивать на своем!

— У Орлова, скорее всего, два номера, причем у разных мобильных операторов, — не утихала я, — он сейчас с кем-то говорит! Определенно! Уверена на все сто.

— Я проверил. У Орлова только этот номер.

— Можно оформить контакт на другую фамилию.

— Не спорю. А теперь подскажи, как в таком случае его найти? Сделать запрос: «Мобильный номер Льва Владимировича Орлова, который он зарегистрировал на другую фамилию»? Комп от смеха сдохнет.

— По адресу пошукать!

— Тань! Пока ты с ним говорила, я все это уже проделал.

— Он мог какое угодно место жительства мобильному оператору назвать!

— Запрос: «Номер, который Орлов купил не на свое имя, с указанием несуществующего места проживания» невыполним, — отрезал Димон. — Знаешь, что я думаю?

— Говори, — велела я.

— Ты ошиблась. Нет злодея, который приобрел банку чая у Льва, а потом «обработал» его. Орлов обманщик. Он выставил на витрину качественные образцы, а в загашнике держит дешевую фигню, впаривает ее наивным людям, которые ничего не понимают в чае. Специально немного другую тару для бурды заказал. Придет к нему кто-нибудь с претензией, мошенник берет банку из зала и сравнивает с той, что человек принес. Споет ему балладу об аферистах, тебе-то он мозг запудрил.

— По-твоему, Орлов втюхивает за большие деньги барахло тем, кто не разбирается в чае?

— Да.

— Но получается, что человек задорого приобрел большую банку.

— И что?

Я пустилась в объяснения:

— Ты сказал, что у Орлова сеть торговых точек по всей стране. Зачем ему обманывать людей в московском бутике, в месте создания новинок? Это же чревато большими проблемами в бизнесе. Скорей уж надо химичить в провинции. И я видела чаинки настоящего «Райского сада детства». Там были кусочки фруктов и ягод. Более ничего. Непонятного растения не было. Лев просто обязан позвонить покупателю с вопросом: «Что вы добавили в мой товар?» Я уверена, что человек купил у него банку, и Орлов, почуяв выгодного клиента, точно взял у него телефон.

Коробок издал протяжный стон:

— Стремление настаивать на своем ценится до тех пор, пока не превращается в идиотизм. Тань! Не упирайся лбом! Возможно, этот Лева сам улучшил чаек. Может, он зол на Андрея Михайловича? Естественно, чаеторговец не сообщил мадам Сергеевой о своих действиях. А ты чего хотела? Покаянных слов: «Да, да, каюсь, я решил лишить жизни Красавина, а банка досталась вам». Дай мне время проверить как следует господина Орлова. Это глюк или у тебя поет другой телефон?

Я схватила вторую трубку.

— Слушаю.

— Татьяна! Вы где? — спросила Анна Григорьевна.

— В доме, — соврала я, — извините, не сразу услышала звонок.

— У меня просьба, — зачастила госпожа Шляхтина-Энгельман, — я совсем забыла! Ирочка сегодня вместе с классом идет в музей «Тело человека». Детям и родителям предстоит участвовать в игре. Учительница подчеркнула: «Без взрослого школьника не допустят в лабиринт». Я пообещала Ирише непременно приехать к месту сбора, но вынуждена задержаться, не успеваю.

— Что мне надо сделать? — осведомилась я.

— Сходите с девочкой на мероприятие, — ответила дама, — экспозиция расположена недалеко от нашего дома, я пришлю вам адрес. Так как? Сможете? Через час надо туда прибыть.

— Девочку я должна забрать в школе? — осведомилась я.

— Нет, езжайте прямо в музей, — велела теща Красавина, — скажите учительнице, что вы тетя Иры. Я предупрежу Ольгу Николаевну.

Радуясь тому, что приняла решение ехать к Орлову не на своем джипе, а на непрезентабельном металлоломе домработницы, я развернулась и поехала в сторону станции метро «Кунцевская».

Глава 8

— Вы не моя тетя, — сердито заявила Ира.

— Конечно, — согласилась я, — но Анна Григорьевна задерживается, Елена Васильевна и Андрей Михайлович на работе. Если хочешь принять участие в игре, то для этого я здесь.

Ира скорчила гримасу.

— На присутствие отца и матери я и не надеялась. Если мне ноги лесопилка отрежет, то они даже в больницу не приедут. Родители со мной почти не разговаривают.

Я посмотрела на худенькую взъерошенную девочку.

— Повезло тебе.

— Не надо ехидничать, — фыркнула Ира.

— Говорю совершенно серьезно, — сказала я, — в двенадцать лет я страстно мечтала, чтобы в нашей семье хоть на часок воцарилась тишина. Но как только я приходила из школы, мне на голову лавиной падали замечания бабушки: «Почему так поздно?», «Чем ты занималась?», «Где испачкала ботинки?», «Что вам задали?», «Вымой руки», «Кто утром забрызгал зеркало?» И так до бесконечности. Когда она уставала терзать меня, с работы приезжала мать, и все начиналось по новой. После восьми появлялся отец, женщины переключались на него. Я забивалась в свой угол за шкафом, выдыхала и радовалась, что меня наконец оставили в покое. Но с наслаждением почитать Майн Рида или Дюма мне мешал скандал, который женская часть семьи устраивала мужской. А у тебя все молчат! Это просто рай.

Ира заморгала, потом другим тоном спросила:

— Вы жили за гардеробом?

— В детстве да, — подтвердила я. — В одной комнате с бабушкой. Об отдельной спальне даже не думала! Я почувствовала себя абсолютно счастливой, когда бабушка потребовала перегородить комнату шкафом, так как я за ней подглядываю.

— Все сюда, — закричал пронзительный женский голос, — сейчас начнем.

Ира вздохнула:

— Пошли. А вы правда подсматривали за бабкой?

Я рассмеялась:

— Нет. Зачем мне это?

Мы поспешили на зов и очутились в просторной круглой комнате с множеством дверей. В центре толпились дети и взрослые, последних было намного меньше.

— Давайте знакомиться, — предложила женщина в брючном костюме, стоявшая на небольшом возвышении, — я Вера Дмитриевна, российский организатор конкурса «Путешествие внутри тела». Соревнование очень нравится школьникам Европы и США, теперь оно есть и у нас. Потрясающе удивительные испытания можно проходить одновременно десяти парам: школьник плюс взрослый.

— У-у-у, — взвыл кто-то, — а моя мама не пришла.

Вера Дмитриевна хлопнула в ладоши.

— В таком случае я ничего поделать не могу. Устроители игры не допускают детей одних. Вас предупредили заранее. Те, чьи родители не смогли принять участия в игре, могут наблюдать за друзьями на экранах. Итак! Еда! Как она путешествует по организму человека? Например, булочка. Вы ее съели. Что дальше?

— Можно вторую слопать, — подсказал мальчик в голубой рубашке.

— Да хоть десять штук, если осилите, — засмеялась Вера. — Речь не о вас, а о пище. Куда денется булка?

— Попадет в желудок, — отрапортовала пухленькая девочка.

— Отлично, — восхитилась Вера. — А потом?

— В унитаз, — ответил высокий подросток, — в виде какашки.

Школьники весело рассмеялись.

— Друг мой, вы забыли разные станции на пути, — назидательно ответила дама, — пищевод, желудок, двенадцатиперстная кишка, желчный пузырь... Много чего внутри нас есть.

Вера Дмитриевна показала на створки.

— Эти двери — наш рот. Вы войдете и на стене увидите кнопки с надписями. Во рту, где вы окажетесь, будут клавиши: нос, язык, зубы, пищевод, мозг. Надо нажать на правильную, чтобы попасть в желудок, а не угодить в другое место. Думайте, как поступить. Помните, что основная задача еды — покинуть тело, принеся ему пользу. Если вас закинуло невесть куда, например в ухо, соображайте, как оттуда выбраться. Открою секрет, во всех комнатах-органах есть нужный выход, но найдет его только тот, кто не зевал на уроках биологии-анатомии и прочитал книгу, которую распространяли организаторы конкурса. Будьте внимательны, продемонстрируйте свои знания. Победители московских игр получат путевку на международные соревнования. Ясно?

— Вроде да, — ответил кто-то.
— Отлично. Участники игры идут со мной в раздевалку, вам надо переодеться в спецкостюмы, сменить обувь. Остальные ждут здесь.

Когда мы облачились в комбинезоны и высокие сапоги, Вера Дмитриевна показала на пластмассовый лоток.

— Мобильные телефоны сюда.

Я положила одну трубку. А вот со второй расставаться не собиралась, она уже мирно покоилась за голенищем сапога.

— Капюшоны и защитные очки используйте при необходимости, — приказала Вера. — Из «тела» ведется видеотрансляция, мы вас увидим, но не услышим, звук не записывается. Ну! Как? Все хорошо?

— Да, — ответил разноголосый хор.

— Шагаем весело и дружно назад, — велела дама.

Мы гурьбой вернулись в холл.

Организатор произнесла напутственную речь:

— В каждой части тела есть тревожная кнопка. Если поймете, что зашли в тупик, нажимайте на нее. Но помните: тот, кто воспользовался аварийным люком, лишается права на победу. Думайте. Тупиковых положений не бывает, есть ситуации, из которых вы не смогли найти выход. Ну, дорогая наша вкусная еда! Смело вперед!

Раздался удар гонга, двери в стенах комнаты открылись. Мы с Ирой вступили в темноту. Бабах! Створка закрылась.

— Вы что-нибудь видите? — прошептала Ира.

— На стене есть подсвеченная панель, — обрадовалась я. — Что тут у нас?

— Нос, язык, зубы, мозг, пищевод, — прочитала Ира.

— О! Нам нужен последний.

Девочка нажала клавишу.

— Балда, — произнесло красивое сопрано.

— Вы не имеете права меня ругать, — возмутилась Иришка.

— Стою молча, — возразила я, — похоже, твой выбор оценила игра.

— Что не так? — удивилась Ира.

— Здесь темно, — пробормотала я.

— Уместное замечание, я и не заметила, что света нет, — съехидничала девочка. — Изо рта еда поступает в пищевод! Не в мозг же.

Я нажала на клавишу «нос». Вспыхнул свет.

— Как вы догадались, что он зажжется? — поразилась Ира.

— Просто я подумала, откуда свет может попасть в рот? Темно же в нем, когда губы сжаты. Решила, что у носа есть две дырки. Через них солнечные лучи проникают. Хотя это бред, конечно, но сработало. И прежде чем еда попадет в пищевод, ее надо разжевать. Значит...

— Зубы! — закричала Ира, поднимая руку.

— Не торопись, — попросила я.

Куда там, Ира уже ткнула пальцем в панель. Из потолка вывалился деревянный белый забор, ему навстречу из пола вылез такой же, он стал подниматься и опускаться.

— Клыки ваще мрак! — заявила Ириша. — Нам дальше не пройти.

— Можно попробовать проскочить, — решила я.

— Интересно посмотреть, как это получится, — скривилась Ира.

Я подождала, пока нижний ряд зубов начнет подниматься, разбежалась и прыгнула вперед... Руки уперлись в упругую преграду, меня отбросило назад.

— Ой, не могу, — согнулась от смеха Ира, — здорово вас шарахнуло.

— Совсем не больно, — прокряхтела я, вставая, — тут везде мягко. Сейчас решу проблему.

— Как? — задала вопрос дня Ира.

Я осмотрелась, приблизилась к одной стене и села на пол.

— Эй, что вы придумали? — поинтересовалась девочка.

Я вынула из голенища мобильный и объяснила:

— Красная точка надо мной — это камера. Она не может зафиксировать то, что находится непосредственно под ней. Я вне зоны видимости. А Вера Дмитриевна предупредила — звук не записывается. Алло, Димон, слышишь меня?

— Словно ты из кастрюли говоришь, — ответил Коробок.

— Я попала в рот.

— Куда?

— Потом подробности. Слушай меня внимательно. Я во рту.

— У кого?

— Какая разница? Здесь есть зубы, язык и мозг.

— Мозг во рту? — опешил Коробков.

— Нет! Из пасти выход в голову.

— Тань! Ты как себя чувствуешь?

— Прекрасно. Я нажала на зубы.

— Ага.

— Они начали щелкать.

— Угу.

— Как попасть в пищевод?

— Куда?

— В пи-ще-вод, — по слогам прошептала я. — Коробков, ты анатомию знаешь?

— Ну... в общем, да!
— Где Аверьянов?
— Рядом.
— Дай ему трубку.

Послышался шорох, потом ласковый голос Ильи:
— Танюша, как дела?
— Просто отлично. Сосредоточься. Я во рту.
— В чьем?
— В человеческом!
— Господи! Как ты туда попала? Целиком влезла?
— Нет, по кусочкам, — рассердилась я, — осталась одна голова, она с тобой беседует. Замолчи. Слушай. Как попасть в пищевод? Что надо включить? Зубы? Язык? Мозг?
— Мозг лучше никогда не выключать, — заявил Илья, — он главный!
— Спасибо, — обрадовалась я. — Ира, жми на мозг.
— Стой, — крикнул Аверьянов.

Девочка ткнула пальцем в клавишу, пол раздвинулся, я взвизгнула и полетела вниз.

Глава 9

— Тетя Таня, вы живы? — прошептал из темноты детский голос.
— Наверное, — ответила я, — надо зажечь свет, ищи табло, оно должно светиться.

— Есть! — обрадовалась Ира. — Читаю. Вены, артерии, сердце, горло, пищевод.

— О-о-о! — заликовала я. — Нам в последний.

Девочка нажала на нижнюю клавишу. Послышался свист, меня втянуло куда-то, потом понесло, как с горы. Какое-то время я летела в полной темноте, потом откуда-то пробился тонкий луч света. Пол в конце концов стал ровным.

— Офигеть, — пробормотала Ира. — Мы где?

Я встала и приблизилась к панели.

— Желудок, мозг, легкие, сердце.

— Вон камера, — пролепетала Ира, — звоните скорей.

Я вытащила телефон, увидела на экране четыре вызова от Ильи и соединилась с ним.

— Тань! Ты где? — спросил эксперт.

— Не знаю, — ответила я.

В ту же секунду цепкие руки выхватили у меня сотовый.

— Дяденька, она плохо объясняет, — зачастила Ира.

Похоже, девочка, отбирая у меня мобильный, случайно нажала на громкую связь, потому что я услышала голос Аверьянова:

— А вы кто?
— Ира.
— Ясно. Таня рядом?
— Да.
— Вас там двое?

— Да. Дядя, вы без остановки говорите, не даете мне объяснить.

— Меня зовут Илья.

— Дядя Илья...

— Просто Илья, я не старый.

— Просто Илья, мы изо рта попали в мозг.

— Зачем?

— Вы подсказали!

— Нет! Я сказал, что мозг всегда должен быть в рабочем состоянии.

Теперь я выдернула трубку у Ирочки.

— Хватит умничать. Нам предлагается дорога через желудок, мозг, легкие, сердце.

— Где вы? — завопил Илья.

— В музее, — ответила я, — принимаем участие в игре «Как еда в теле человека передвигается».

— За фигом ты туда поперлась?

— Все объяснения потом, подскажи выход. Куда девается то, что съел человек? Как еда покидает тело?

— Жидкость выводится почками, твердые отходы через прямую кишку.

— А мы кто? — жалобно спросила я.

— Явно не вода, — фыркнул Аверьянов, — а какашки.

— Морально неприятно себя дерьмом ощущать, — вздохнула я.

— Танюша, — раздался в ухе голос Димона, — не нервничай, я нашел эту игру, тут указан порядок нажимания клавиш, на дисплее у вас написано: «находитесь в пищеводе». Запоминай. Сейчас: «желудок», затем «двенадцатиперстная кишка», «желчь» и «надо покинуть тело».

— Спасибо, — обрадовалась я. — Ира, вперед, нажимай на желудок.

Пол раздвинулся, мы опять провалились куда-то, очутились в мешке, который стал сжиматься-разжиматься, толкая нас из стороны в сторону.

— Ира, — с трудом вымолвила я, — ищи «кишка»!

Девочка справилась с задачей, нас втиснуло в узкий коридор, пол в нем оказался вязким.

— Ноги застревают, — пожаловалась Ира.

— Представь, как тяжело бедной булочке, которую ты слопала, и ешь поменьше выпечки, — пропыхтела я, отталкиваясь от мягких стен руками. — Вот и «желчь»! Фу! Осталось совсем немного!

Моя рука коснулась панели, открылась небольшая дверца, едва я протиснулась в другое пространство, как со всех сторон полилась вода. Мы с Ирой взвизгнули и надели капюшоны.

— Выход из тела! — завопила девочка. — Чур, я первая.

— Конечно, — согласилась я.

Послышался неприличный звук. Ирина исчезла. Я подождала пару минут и не глядя стукнула ладонью по панели. Вместо стены, за которой скрылась Ира, разъехался пол.

— Эй, эй, стой, — завопила я, — мне не туда!

Откуда ни возьмись выскочили два манипулятора, схватили меня, усадили в нечто, смахивающее на санки, пристегнули ремнями и толкнули.

Меня понесло по коридорам, то поднимало вверх, то опускало вниз. Открывались и закрывались двери, что-то щелкало, чавкало, хрюкало. В конце концов санки притормозили перед большой дверью, она распахнулась, меня выкинуло в зал, где стояли Вера Дмитриевна, дети без родителей и очень веселая Ирочка.

— Ура! — закричала она. — Мы первые!

Я сидела на салазках, пытаясь справиться с головокружением.

— Ребята, — назидательно завела Вера Дмитриевна, — сегодня вы убедились, что еда имеет один вход и два выхода. Как покинула тело Ира?

— Через попу! — радостно возвестила девочка в розовом пуловере.

— А как тело избавилось от Тани? — не утихала тетка.

— Его стошнило, — хором ответили школьники.

— Делаем вывод, — сказала Вера. — Ира у нас полезная еда, она усвоилась. Что нашему телу нравится?

— Жареная курица!

— Творог!

— Мороженое!

— Хватит, молодцы, — остановила детей Вера. — А что ему противопоказано?

— Тухлая сосиска! — крикнул мальчик в джинсах.

— А моего папу тошнит, когда он напьется, — сообщил подросток, который стоял возле меня.

— Значит, тетя Таня у нас тухлая сосиска, а Ира вкусный полезный творог, — подвела итог Вера. — Татьяна, вам помочь расстегнуть ремни безопасности?

— Спасибо, сама справлюсь, — пробормотала я и кое-как встала.

Голова кружилась, ноги дрожали, перед глазами прыгали черные точки, а в остальном начальница особой бригады чувствовала себя просто замечательно. И хорошо, что организатор игры несколько раз назвала меня Татьяной, я забыла, как меня зовут!

— Команда Иры и тети Тани становятся нашими победителями, — провозгласила Вера, — мы сообщим международной комиссии их имена. Но разве можно оставить лучших игроков без награды?

— Нет! — завопили дети.

— Я тоже так считаю, — обрадовалась Вера. — И вот наш приз! Ирочка, тетя Таня, встаньте в центре зала, вас, наших умниц, должны видеть все-все-все.

Мы с Иришей заняли предлагаемое место. Я вздохнула. Сейчас нам вручат по шоколадке, и можно уезжать. Чтобы я еще раз посетила этот музей! Да никогда. Ни за какие пряники даже мимо не пройду!

— Наш подарок потрясающ! — закричала Вера Дмитриевна. — Бесплатное посещение лабиринтов мозга. Уникальная возможность побродить по извилинам, посмотреть, как они работают, поискать выход из мира мыслей. Эту экскурсию нельзя купить, она дается исключительно в награду. Длится два часа. Эксклюзив!

Ира подняла руку.

— Можно сначала в туалет?

— Конечно, — улыбнулась дама, — дверь слева.

— И мне туда надо, — воскликнула я и поспешила за Ирочкой.

— Тетя Таня, вам хочется по мозгам шляться? — спросила Ира, когда мы оказались вдвоем в сортире.

— Ужас, — выдохнула я.

— Нас отсюда живыми не выпустят, — протянула Ирочка, — эта тетка, как акула! Мимо нее на выход не пройдешь. Но я подумала: в туалете всегда есть окно. И не ошиблась, вот оно, распахнуто. Мы на первом этаже. Уловили полет моей мысли?

— Гениально, — оценила я план Ирины, — не подумала о таком пути отступления.

— А вы пролезете в окно? — засомневалась Ира.

— Не такая уж я и толстая, — парировала я. — Человеческое тело способно сжиматься.

Я подошла к открытому окну, одной рукой уперлась в подоконник и через секунду очутилась на улице.

— Ловко! — похвалила меня Ира, вылезая из туалета. — Я так, как вы, прыгать не умею. Научите?

— Легко, — пообещала я.

Глава 10

На следующий день около одиннадцати мне позвонил Коробков. Беседу он начал с вопроса:

— Ты одна?

— В доме находится Анна Григорьевна, — пояснила я, — остальных нет. Меня она отправила отдохнуть, собирается через час куда-то смотаться. Сейчас я в саду. Погода блеск!

— Отлично, посылаю тебе распечатку записи разговора Льва с Геннадием Бурбонским.

— Значит, Орлов все-таки с кем-то связался! — обрадовалась я. — А ты мне не верил.

— Ты оказалась права, — признал Димон, — вот только Лев не сразу кинулся к трубке, он созвонился с Бурбонским позднее. Я нашел кое-какую информацию по Орлову и по его собеседнику. Но ты сначала изучи беседу. Она в почте, я только что скинул. Потом свяжись со мной.

Я поспешила в маленький домик, открыла ноутбук и стала читать диалог.

«— Гена, это я.
— Привет.
— Что за ...?
— Не понял!
— Какого ... ты взял банку?

— Не понял.
— О ...?!
— Сам о..! Объясни толком.
— Банка «Райский сад детства». Ты ее спер!
— Я? С ума сошел?
— Больше некому!
— Слышь ...!
— Геннадий! Я тебя взял на работу из жалости.
— Да пошел ты!
— Идиот!
— ...! Ничего не понимаю. Позвонил, наорал.
— Хочешь, чтобы я к тебе приехал и по морде надавал?
— Лева, перестань, объясни по-человечески.
— У меня в подсобке стояла жестянка. Пустая. Из старой коллекции. Такие уже давно не выпускают. Я хранил ее из-за ностальгических воспоминаний. Она из первой партии чая, которым мой отец торговать начал. На самой верхней полке ее держал, далеко задвинутой. Сегодня пришла баба. Ей подарили эту самую коробку. Полную. «Райский сад детства».
— И что?
— Ты не понял? Повторяю: ей подарили мою банку, ту, что я держал как память. Чайный лист перемешали с дерьмом! Добавили туда ароматизаторов. И всучили бабе! А банка моя, древняя, пропала. Нет ее в запаснике.
— При чем тут я?

— Больше некому это учудить. В кладовку посторонний не мог войти. А ты туда постоянно шастал.

— Ты сам велел мне порядок там навести.
— Что ты туда подсыпал?
— Куда?
— В чай!!!
— Кто? Я?
— Нет, я!
— Ты? При чем тут я тогда?
— Ясно. Геннадий! Это, случайно, не связано с твоей бредовой идеей насчет искоренения рода Шляхтиных-Энгельманов? Решил осуществить в жизни сюжетец своего романа про Клотильду?
— Они убийцы! Мерзавцы!!!
— Геннадий!
— Что?
— Хочешь остаться без зарплаты и моей помощи?
— Ну... нет!
— Раз «ну нет», то немедленно рассказывай.
— Что?
— Все!
— Не понял!
— Геннадий! Многие знают про твою ненависть к Шляхтиной-Энгельман! Начиная с тех, кто у тебя в соцсетях, и, заканчивая теми, кому ты рукопись про Клодильду отправил!
— ...! Уроды! В издательстве одни ...!
— Молчать! Баба отравилась ароматизаторами или тем, что ты в коробку запихнул ...!

твоим наполнителем ...! Из-за тебя я материться стал!

— Чего?

— Молчать! Тетка-репетитор сказала, что подумала: госпожа Шляхтина-Энгельман-Красавина не бедная, и решила, будто ей подарили нечто эксклюзивное. Все у меня в голове сложилось. Не дурак Лев Владимирович, не дурак! У старухи есть внучка, школьница. Эта учительница к ней ходит. Ты всучил банку с непотребством своим врагам. А они не стали пить дерьмо, подарили преподавательнице. У той открылась аллергия, она приперлась ко мне. И круг замкнулся. Получи, Лев Владимирович, скандал.

— Ничего не понимаю.

— Лучше помолчи!

— Ты с ума сошел, раз такое говоришь! Кто отравился? Чем? Где?

— Ты генетический мусор! Более ни видеть, ни слышать тебя не желаю. Исчезни из моей жизни! Навсегда. Ищи другое место работы. Псих! Вор!

— Лева...

— Пошел на ...!!!»

Конец записи.

Я схватила телефон и набрала номер Коробкова.

— Что ты узнал про Орлова?

— У него высшее медицинское образование, работал в больнице, потом уволился, — зачастил Димон. — Официально не женат, что, конечно, не исключает любовных связей или длительных гражданских отношений. Сеть чайных магазинов создал его отец, Владимир Львович Орлов, доктор наук, сотрудник НИИ, которого давно нет. В тысяча девятьсот девяносто втором году он открыл магазин «Дворец чая». СССР развалился, к власти пришел Ельцин, денег людям науки не платили, вот профессор и решил заняться бизнесом. Сначала он торговал обычным чаем. Видела в торговых центрах закутки, в которых втюхивают лохам «элитный» товар?

Я рассмеялась.

— Да уж. Лучшие сорта Индии, Цейлона и всех островов.

— Во-во, — обрадовался Коробков. — Владимир занимался тем же самым, потом создал фирму «Райский сад». Сейчас это большое успешное предприятие, Лев закупает разные сорта чая за границей, раскладывает в свои банки, дает им названия, например, «Райский сад любви». Товар продается в магазинчиках по всей России, их много. Цена немаленькая. Чаек приличного качества, в красивой коробочке. Несмотря на привлекательность тары, «Райский сад» в Москве не пользуется большой популярностью. В столице пик интереса к «Райскому саду» пришелся на середину девяностых. И понятно почему, в стране почти никаких продуктов не было. В Москве простого грузинского чая нельзя было сыскать днем с огнем. А тут роскошная банка, вид импортный, шикарный подарок и самим пить приятно. Нынче же в столице есть одна фирменная лавка — та, где ты видела Леву. Орлов раз в неделю читает лекции в институте, тогда бутик закрыт. Основная доля продаж приходится на крохотные провинциальные городки. Лев Владимирович имеет солидный доход, он богатый человек. У меня к Орлову пока вопросов нет. Посмотрим на его собеседника, Геннадия Фомина, и...

— Ты вначале называл другую фамилию, — перебила я.

— Бурбонский?

— Да.

— Ты мне не дала договорить, я только начал, хотел сказать, что в метрике он Фомин, его мать, Ксения Федоровна Бурбонская, была замужем. Ничего странного в том, что сын получил фамилию отца, нет, но паспорт юноша получил как Бурбонский. Его мать тогда уже развелась с его отцом. Геннадий сразу после школы поступил в Институт кино и режиссуры. Это частный вуз, который некоторое время находился на пике популярности, но быстро съехал вниз. Учеба там занимала три года, оплату владельцы требовали запредельно высокую, лавочка просуществовала недолго и закрылась. Однако Бурбонский успел получить диплом и вроде как стал актером. Его фото есть в базе «Мосфильма», но интересных приглашений от режиссеров парень так и не дождался. Одно время его снимали в эпизодах, потом перестали. Таланта мало, а гонора через край: требует оплату за день больше, чем у остальных, со всеми скандалит. Ну и зачем эдакое счастье кому-то нужно? Ладно бы звезда Голливуда! А то звать лицедея никак, никто его не знает. Чем Бурбонский занимается сейчас, сведений нет. Вероятно, живет за счет матери, Ксении Федоровны. Госпожа Фомина после развода вернула себе фамилию Бурбонская, работает главным врачом частной клиники «ОРТО», по специальности она психиатр. Доктор наук, успешный автор научно-популярных книг: «Воспитание себя, любимого», «Алфавит птицы счастья», ну и так далее. Я не специалист, но, на мой взгляд, ее книги скорее относятся к научно-популярной психологии, чем к психиатрии. Томики Ксении расхватывают, как бесплатные конфеты. Думаю, издательство «Элефант», которое выпускает ее книги, просто счастливо, заполучив такого автора. Еще госпожа Бурбонская преподает в университете здорового образа жизни. Понятное дело, он платный. Дама может себе позволить содержать сына-нахлебника. Вот только думаю, что чадо ей давно поперек горла встало, небось мамаша Гену уже ненавидит.

— Почему ты так решил? — удивилась я.

Глава 11

— Этот Гена постоянный гость отделений полиции, — пояснил Коробков, — только в прошлом месяце попадал в обезьянник четыре раза.

— За что? — спросила я.

— Подрался у кафе «Мирно-пирно» за парковочное место, — стал перечислять Димон, — сломал нос мужику, влезшему в «дырку», которую собрался занять актер. Устроил дебош в магазине «Фестиваль покупок», площадно ругался в торговом зале с продавцом, якобы тот невежливо ответил на его вопрос. Словесной перепалкой дело не ограничилось, Гена перевернул стойку с бутылками, они разбились, спиртное разлилось по полу. Еще он совершил акт вандализма на выставке картин.

— Геннадия обидела старушка-смотрительница зала? — предположила я. — Косо посмотрела на него?

— Нет, — возразил Коробков, — Геннадия возмутило полотно «Пейзаж с замком Лоревиль». Он сорвал его со стены, что собирался делать дальше, неизвестно, наверное, разорвать его. Но прибежала охрана, отняла картину и оттащила хулигана в служебное помещение, потом его отпустили.

— Вот здорово! — восхитилась я. — Просто разрешили ему уйти домой?

— Ага, — подтвердил Димон.

— Ты уверен?

Коробков кашлянул.

— Это сведения из газеты «Скандал Хит». В отделение полиции, куда должны были доставить дебошира, его не приводили. Про хулиганство в музее сообщило онлайн-издание, которое понятно по названию чем питается. Их корреспондент тогда находился в соседнем зале, где торжественно открылась скандальная выставка «Лицо задницы».

— Что? — изумилась я.

Димон захихикал:

— Фотографии пятых точек разных звезд. Например, Фани Кашниковой, певицы, модели, дизайнера.

— Не знаю такую, — пробормотала я, — но, с другой стороны, времени ходить в кино и на спектакли у меня нет. Телевизор тоже смотрю редко.

— Фаня известна своим участием в скандальных телешоу, куда ее охотно приглашают, — растолковал Димон. — Девица симпатичная, всегда наряжена в откровенные наряды, несет чушь, что позволяет зрителям чувствовать себя умнее ее, она высказывается на любые темы, говорит громко и много. И попа у нее красивая!

— Димон!!!

— Что?

— При чем тут филей неизвестно кого?

— Мы о выставке говорим. На снимки голых задниц так называемых знаменитостей пришла полюбоваться толпа народа. Среди них и репортер газеты «Скандал Хит». В зале с попками ничего интересного не было, народ просто дивился на экспозицию, но вел себя чинно. А вот из соседнего зала полетели вопли, ясное дело, репортер кинулся туда. В статье он указал: «Мужик вцепился в картину. Дежурная попыталась отнять у буяна полотно. Да разве слабая старушка, которая живет на копеечную пенсию от жадного государства, справится с откормленным парнем, у которого будка семь на восемь метров? Он орал, что желает наказать того, кто извращает историческую правду! Не позволит, чтобы Шляхтины-Энгельманы порочили доброе имя Клотильды Бурбонской, его бабушки».

— Интересно, — оживилась я, — об этой Клотильде и какой-то рукописи Орлов Геннадию говорил.

— Думаю, надо съездить в музей и поговорить со смотрительницей, а заодно и с охраной, — предложил Коробков. — С этой задачей прекрасно справится Лиза.

— Лучше отправить туда Федю, — возразила я, — он магически действует на дам любого возраста. Пусть рулит прямо сейчас. Наверное, музей открывается в одиннадцать утра?

— Не угадала! — весело ответил Димон. — Он закрыт до шести.

— Не совсем обычно для музея, — заметила я. — Он не работает днем?

— Точно, — ответил Димон. — Экспозиция расположена в музее «Тот, кто не спит».

— Это что такое? — спросила я.

— Проект продюсера Ирины Габер, — начал объяснять Димон. — Она купила здание бывшего завода, организовала там центр развлечений для тех, кто может себе позволить ночь протусить, потому что на работу пилить к девяти не надо.

Ирина назвала свое детище музеем, чтобы подчеркнуть: это не клуб, а развлечение для интеллектуалов. Там устраивают выставки, работает ресторан, выступают музыканты, певцы. Сейчас это очень модное в определенных кругах место. Отправлю туда вечером Федю, он тебе утром позвонит, доложит. Все. Пока.

Коробков отсоединился, я же позвонила Аверьянову с вопросом:

— У тебя вроде есть приятель в издательском мире? Ты Димону помогал купить книги без торговой наценки. Или я ошибаюсь?

— Ага, — подтвердил Илюша. — А что надо?

— Слушай, — велела я, — и постарайся побыстрей все сделать.

Илья приложил все усилия и выполнил мою просьбу.

Минут через сорок он соединился со мной и сказал:

— Слушай! Дело происходило в самом начале восемнадцатого века во Франции. Герцог Бурбонский крепко поругался с князем Шляхтиным.

— Знакомые все лица, — оживилась я. — Но я думала, что Шляхтин — русская фамилия.

— Верно, — подтвердил Илья, — у Ивана Алексеевича Шляхтина был замок во Франции, хотя у князя большое имение в Тульской области. Шляхтин был очень богат, да еще женился на Ольге Волковой, дочери крупного землевладельца и промышленника, чем увеличил свое состояние. Супруга оказалась слабого здоровья, пара уехала на юг Франции, врачи посоветовали больной сменить климат. Иван там построил дворец. Но это не помогло, жена тихо угасала. Едва Ольга умерла, как вдовец посватался к Клотильде, сестре своего друга Анри Бурбонского. Большая часть этой аристократической фамилии рано скончалась от разных болезней. В живых остались лишь юноша и девушка. Состояние Бурбонских было огромно, Клотильда совсем молода, но она не могла похвастаться крепким здоровьем. Иван Алексеевич был принят в лучших домах Петербурга и Парижа, бездетный вдовец. Кто угодно счел бы его лучшей партией для девушки на выданье. Но Анри отверг Шляхтина, написал ему гневное письмо. Суть послания такова: Иван специально женился на Ольге Волковой, зная, что она долго не проживет, хотел прибрать к рукам ее состояние. Теперь князь собрался проделать то же самое с Клотильдой. Не выйдет. Письмо заканчивалось фразой: «Пока я жив, ты даже на танец мою сестру не пригласишь». Анри тогда исполнилось двадцать три года. Наверное, он думал, что не сойдет в могилу в ближайшее время, но вышло иначе.

Вскоре после отправки письма Анри ушел из жизни от «плохого кашля». Что это за болезнь, не очень понятно. Воспаление легких? Туберкулез? Рак? Юная Клотильда осталась одна. Иван Алексеевич увез красавицу в Россию, там они обвенчались. Клотильда родила мальчика, ребенок явился на свет через семь месяцев после свадьбы. И разразился скандал. Иван обвинил супругу в прелюбодеянии, сослал ее в монастырь и стал продавать ее имущество во Франции. А теперь представь его удивление, когда Клотильда, которая должна была лить горькие слезы в далекой обители, внезапно появилась в Париже и обвинила Ивана Алексеевича во всевозможных грехах. По ее словам, Шляхтин соблазнил юную Кло до брака, забеременела она от него. Свадьбу играли, когда невеста уже носила под сердцем ребенка от того, кто стал ее законным мужем. Не было никакой измены. Хитрый Шляхтин все затеял, чтобы отправить супругу в заточение, а самому нагреть руки на ее собственности.

Клотильда была представительницей древней аристократической фамилии, поэтому дело дошло до короля Людовика Пятнадцатого. Он вступил на престол в тысяча семьсот пятнадцатом году в возрасте пяти лет. Фактически страной правил регент Филипп Орлеанский, у которого было много своих проблем. Ему только Клотильды не хватало, Филипп не стал помогать бедняжке. Несчастная женщина оставила сына Карла на попечение своих дальних родственников, тоже носивших фамилию Бурбонские, но прозябавших в нищете, и куда-то исчезла.

Иван Алексеевич тем временем сошелся с Евдокией Кашиной, вдовой богатого купца, добился разрешения на брак, и у него появилась тьма детей. Евдокия оказалась очень плодовитой. Три раза она родила двойню, потом тройню. И что уж совсем странно для того времени, все отпрыски выжили.

Некоторое время Шляхтины жили счастливо, а потом на семью пролился дождь бед. От «злой лихорадки» умерла Евдокия. Следом за матерью на тот свет быстро отправились дети из-за разных болезней, скончался и сам Иван Алексеевич. Чудом уцелел годовалый Петя Шляхтин, которого унесла к себе домой нянька. Она же потом рассказала, что доктор, который считался близким другом Ивана, отравил по поручению Клотильды всю семью. Баба видела, как француженка передавала врачу склянку с ядом.

— И как прислуга догадалась, что это Клотильда? — не выдержала я. — Послушай, твой рассказ увлекателен. Но где ты начерпался этих сведений? Уж извини, то, что я сейчас услышала, похоже на псевдоисторический роман.

— Мой приятель, который помогал Димону купить книги, работает в самом крутом издательском холдинге России. Я ему позвонил, спросил, не слышал ли он что-нибудь про рукопись, где главная героиня Клотильда? — пояснил Аверьянов. — Честно говоря, я не рассчитывал на успех. Графоманы вокруг Германа роятся толпами, но он вдруг сказал, что некоторое время назад ему на почту прилетела «художественно-выдуманная исторически-правдивая» рукопись. Писатель утверждал, что ему в руки попал какой-то архив. Он знает, что Клотильда пользовалась ядом, который подстраивается под организм человека, находит в нем самое слабое место и бьет туда. Здоровый ранее человек погибает вроде бы от естественных причин. Герман прочитал опус и вежливо сообщил автору, что издательству его произведение не нужно. Тебе не кажется, что сюжет романа похож на то, что случилось у Красавиных? На кончину домработниц.

Глава 12

— Думаю, что «художественно-выдуманная исторически-правдивая» рукопись не вызывает доверия, — вздохнула я. — Интересно узнать, в каких источниках создатель «нетленки» почерпнул эти сведения? Как его зовут?

— Геннадий Бурбонский, — ответил Илья. — Основное составляющее яда Клотильды — плод Вантри. В рукописи указан состав отравы. Ингредиенты самые обычные, неопасные, они почти у каждой хозяйки на кухне есть. Ванилин, корица. Эка невидаль! Но еще там — тот самый плод Вантри. Только не нападай на меня! Не обзывай дураком, но я подумал: может, именно его добавили в чай? После того как Герман отправил писаку лесом, к нему в кабинет пришел молодой мужчина, попросил его выслушать, показал справку от психиатра: мол, он здоров, на учете никогда не состоял.

— Ободряющее начало, — хмыкнула я, — у меня такой бумаги при себе нет. Зачем она нормальному гражданину?

Илья повысил голос.

— Герман тоже так подумал, но посетитель выглядел адекватным. Он представился автором книги про Клотильду, пояснил, что у него есть документы, которые подтверждают его родовитость, утверждал, что в книге все чистейшая правда. Яд, которым пользовалась Клотильда, был весьма популярным в прошлые века, потом, когда изобрели другие отравы, про него забыли. Плод Вантри якобы существует, с ним связана интересная история. И Бурбонский давай вещать, как фрукт нашли в далекой стране. Герман от психа пытался избавиться, но тот не уходил, повторял:

— Вы отмели мою книгу, потому что не разобрались. В ней все правда!

В конце концов редактор не выдержал и спросил:

— Что вам надо?

— Напечатайте мой роман, — потребовал сумасшедший, — я не уйду, пока вы рукопись опять не возьмете, вот она!

Герман взял опус и пообещал еще раз его изучить.

— Нет, — возмутился мужик, — немедленно публикуйте! Плод Вантри существует, Клотильда с его помощью отравила всех, кого хотела. Молодец! Отомстила! Так Шляхтиным и надо! Хочу, чтобы все узнали о подвиге Клотильды!

К Герману порой приходят странные люди с рассказами о массовой смерти людей в подъезде от излучения, которое направляет на них ФСБ. Ну и инопланетяне еще могут граждан похитить, в головы им чипы вставить. Знакомо?

Я рассмеялась.

— Да. Такие индивидуумы могут проникнуть даже к нам. Они очень изобретательно минуют охрану. Если такой человек добирается до моего кабинета, я спокойно выслушиваю его, обещаю разобраться, и адью!

— Герман так же поступил, — рассмеялся Аверьянов, — от «писателя» с трудом избавился, тот ему весь мозг вынес. Когда он мне рассказал про фрукт Вантри, я подумал: а что, если этот плод реально существует? Поинтересовался, слышал ли кто о нем.

— Ты давно Германа знаешь? — спросила я.

— Ну... — пробормотал Илья, — точно не скажу. Еще со времен программы айсикью. В Интернете с ним познакомился, тогда мало у кого свои компы имелись. Не так давно появилось у нас в Сети сообщество экспертов. Можно общаться в общей ленте, а можно в личке с кем-нибудь. Рабочие вопросы на всеобщее обозрение не выносят. Анекдоты травим, наши, специфические. Нормальному человеку их не понять. Байки всякие рассказываем. Настоящих имен там нет. Все под никами, Герман там тоже есть. Он, как я уже сто раз говорил, редактор, его привлекают для анализа разных текстов. Например, предсмертная записка. Надо выяснить, человек сам ее составил или его под диктовку написать заставили? Это тебе только один пример. Он отличный мужик, веселый, определенно не дурак. Я часто удивляюсь тому, сколько Герман знает. У нас в чате один раз разговор зашел о Ван Гоге. Что за болезнь у него была? Разные мнения есть. Народ стал версии выдвигать. И тут Герман прямо с лекцией выступил. Такое написал про художника, что я и не слышал никогда. Удивился, спросил:

— Ты по образованию искусствовед?

Он ответил:

— Часть букв убери — искусство ед. Книгу скачай. Ирвинг Стоун. «Жажда жизни».

Я последовал его совету. А и правда, биография художника Ван Гога очень хорошо написана. Он мне потом еще другие произведения советовал, мы с ним подружились, в гости друг к другу ходим. У него жена приятная. Может, этот Вантри всех горничных-то и убил? Попробую-ка сей фрукт поискать. Вдруг найду?

Я положила телефон в карман, но он тут же зазвонил, меня искал Федор.

— Я побывал в музее для полуночников, — отрапортовал Миркин, — в зале, где проходит выставка картин, нет ни одной бабульки в войлочных тапках. Смотрители там студенты. Конкретно вандала, который полотно «Пейзаж с замком Лоревиль» уничтожить задумал, поймал Никита Одонин. Он мне рассказал, что мужик сначала никакой агрессии не проявлял. Просто ходил, рассматривал зал, больше внимания обращал на девушек, которые там бродили. Музей в основном посещают люди до тридцати лет, молодежи нравится по ночам тусить. Люди постарше уже с семьями, детьми, у них другие интересы. А тот посетитель был не из самых юных. Никита подумал, что он себе бабу ищет, поэтому долго не уходит. Потом перец снял симпатичную брюнетку, завел с ней беседу, сказал:

— Вам не кажется, что странно именовать художником человека, который копирует чужую картину по номерам?

— Прости, не поняла, — остановила я Федю.

— Неужели никогда не видела? — удивился Миркин. — В книжных магазинах продают коробки. В них лист картона, на нем картина, допустим, три медведя в лесу. Все расчерчено на квадраты, каждый пронумерован. И в инструкции указано: единица — зеленый цвет, двойка — синий. Надо взять краски, которые прилагаются, и раскрашивать.

— Встречала такие, — вспомнила я, — прекрасное хобби, наверное, здорово успокаивает нервы.

— Только нельзя в процессе раскрашивания одним глазом новости по телику смотреть, а то руки от стресняка затрясутся, — не замедлил высказать свое мнение Федор, — и я с мужиком согласен: те, кто этим увлекается, не художники.

— Если они себя таковыми считают, то почему нет? — возразила я.

— У брюнетки, с которой вандал общался, было то же мнение, — сообщил Миркин, — она ему ответила, что сама увлекается такой работой, является живописцем-численником. А если посетителю не нравятся подобные картины, то что он делает в зале, где выставлены полотна на конкурс «Лучший пейзаж численника»? Видно, красотка сильно понравилась Геннадию. На тот момент в зале никого, кроме них и служителя, не было. Студент, который наблюдал, как мужик клеится к симпатяшке, еле сдерживал смех. Дядька стал нахваливать работы, спросил у девицы, где ее пейзаж, изобразил, что пришел в восторг, восклицал:

— Полотна в массе сляпаны грубо. А у вас шедевр, прекрасные полутона...

Ну и дальше как по нотам. Завершив песню, он предложил брюнетке выпить кофе. Та кокетливо протянула:

— Ой, нет! Мне домой пора. Мама волнуется.

— Я доставлю вас до дома, — пообещал мужик, — давайте познакомимся, Геннадий Бурбонский, журналист, писатель, историк.

Девушка назвалась Катей и отказалась от предложения подвезти. Ловелас решил не сдаваться, закурлыкал:

— Кто ваш главный конкурент?

Симпатяшка показала на пейзаж с замком.

— Она. Гран-при точно ей достанется, тут без шансов. Надеюсь хоть на простое призовое место.

— Жуткая мазня! — возмутился Геннадий. — Этот человек не способен даже аккуратно один кусок раскрасить. И ему достанется лавровый венок? Что у вас за жюри?

Катя приложила палец к губам.

— Тсс! Автор картины старушка.

— Нельзя раздавать награды из жалости! — возмутился еще пуще Бурбонский. — Побеждать должен достойный.

Катя понизила голос:

— Бабушку зовут Анна Григорьевна Шляхтина-Энгельман. Ее зять очень богатый бизнесмен, он основной спонсор конкурса и выставки, оплачивает банкет. Понятное дело, олигарх хочет мать жены побаловать, Гран-при ей в зубах принесут.

По мере того как Катя объясняла ситуацию, лицо Геннадия вытягивалось, глаза превращались в щелки, уши краснели, а щеки, наоборот, бледнели.

— Понимаю, что я работаю лучше этой бабки, — вещала Катя, — но мне совсем не обидно. Пусть получит главную награду. Все же понимают, по какой причине она ее огребла: если бы не ее зять, не видать бы нам выставки.

— Анна Григорьевна Шляхтина-Энгельман? — неожиданно спросил Геннадий.

— Да, да, — подтвердила Катя, — у вас замечательная память. Мне пришлось помучиться, прежде чем я без запинки смогла повторить эту фамилию.

— Это ей придется страдать! — заорал Геннадий, бросаясь к стене, где висел пейзаж. — Дрянь, гадина...

Он сдернул полотно с держателя, Никита кинулся на дебошира, Катя убежала. Смотритель быстро справился с хулиганом, он занимался самбо. Сейчас этот исконно советский вид спорта, который называется полностью «Самооборона без оружия», не так популярен, как раньше. Но всегда есть ребята, которые посещают секции. Когда примчалась охрана, Бурбонский уже был обездвижен.

Федор замолчал.

Я подвела итог тому, что услышала:

— Очень интересно. Когда Елена, Андрей, Ирина уедут, я порасспрашиваю Анну Григорьевну о Бурбонском.

Глава 13

— Геннадий! — всплеснула руками хозяйка. — Господи, Татьяна! Откуда вы о нем знаете?

— Да вот как-то так случайно всплыло это имя, — ушла я от прямого ответа.

— Мы когда-то жили на даче в поселке Яблоко, где у его матери Ксении был дом, — закатила глаза Анна. — Танечка, я немного лукавила, когда говорила, что у Леночки было счастливое детство, обеспеченная юность и лишь за пару лет до замужества дочери мы обнищали. На самом деле все обстояло... э... немного иначе. Муж оставил после себя квартиру, машину, кое-какие деньги. Но финансов было немного, нам их едва на похороны хватило. И как жить? Я машину продала каким-то грузинам, мандариновым королям. Мы эту сумму несколько лет проедали. Я сглупила, вела себя так, словно мой карман никогда не оскудеет, много тратила, одевала дочку у фарцовщиков. Понимаете, не могла я перед подругами нищей предстать, меня жалеть бы стали... Нет, нет, нет! У нас с Васей была дача, но официально дом принадлежал Алевтине, матери мужа, она там постоянно жила, у нас в особняке были свои комнаты, мы часто туда приезжали. Дом строил муж, но записал его на мамашу. У меня со свекровью были хорошие отношения, ну, я так считала. Но когда муж умер, Алевтина сказала, что не откажется от своей доли в мою пользу, потребует поделить все по закону. Представляете мой ужас? Распилить нашу квартиру! Машину! Я ей сказала:

— Побойтесь Бога, не грабьте внучку, у вас же дача есть. Зачем вам московские метры? В городе вы жить не станете.

Она возмутилась:

— Дом мой! А столичную недвижимость я найду как использовать.

Ага! Дачу Вася построил! Не знаю, чем бы все завершилось, но Алевтина не успела в права наследства вступить, умерла. Ей восемьдесят девять исполнилось. Все имущество мужа досталось нам с Леной. А дом в Подмосковье старая крыса завещала сыну своей сестры. Вот так. Я истратила средства, вырученные за автомобиль. И настало время, когда на море, как обычно летом, мы уже не могли поехать. Леночка, как назло, весь учебный год болела. С продуктами тогда было плохо. Дочка тощенькая, кожа да кости, бледненькая. Педиатр настойчиво советовал провести лето на свежем воздухе. И я нашла дом в деревне, потом как-нибудь расскажу эту историю. В селе тоже было неплохо: молоко от коровы, творог, солнце. Неделю, наверное, мы жили на запасах, которые я из Москвы притащила, потом пошли в местную лавку посмотреть, что там купить можно. Лена, естественно, со мной. Очередь оказалась всего из двух баб. Смотрю, они зефир в шоколаде берут! Редкость по тем временам. Обрадовалась я очень, купила пару коробок. Только их взяла, входит женщина с мальчиком, с виду он старше Лены на несколько лет. Отошли мы от прилавка, слышу звон, оборачиваюсь... Паренек, который только что появился, сбросил с прилавка большую стеклянную банку с какими-то конфетами. Я решила, что он случайно ее задел. А мальчонка как закричит:

— Мама, отними у них! Пусть отдадут.

И вторую такую же банку сбрасывает. Я подумала, что сейчас продавщица устроит скандал, а она дебоширу медальку в золотой фольге протягивает:

— Угощайся, заинька.

Мальчик подарок схватил и бросил в добрую женщину: Лена рот разинула, во все глаза на безобразника смотрит. Дочери не стоило видеть сие зрелище, это дурной пример, потому я быстро увела девочку. А та, полна любопытства, спросила:

— Почему тетя дала шоколадку мальчику, который плохо себя вел?

Я нашла объяснение:

— Он болен, поэтому его все жалеют.

Леночка побежала играть во двор, я хлопотала на кухне, прошло, наверное, полчаса, вдруг слышу голос:

— Простите, пожалуйста.

Поворачиваюсь к двери... стоит та самая женщина из сельпо, мать паренька-безобразника, и смущенно улыбается.

— Простите, Анна, продавщица из магазина, сказала, что вы купили две последние коробки с зефиром в шоколаде. Можете мне одну уступить?

Я опешила.

— Уступить?

Незнакомка уточнила:

— Я куплю у вас лакомство.

И что я могла ей ответить? Пока я пыталась подобрать слова, дама продолжала:

— Мы с Геночкой шли в лавку специально за этим зефиром. Я пообещала его сыну за мытье с головой. Прибежала, а зефир закончился, вы последние коробки в сумку положили. Геночка сильно расстроился.

Каждая фраза незваной гостьи повергала меня все в большее удивление. Но я воспитанный человек, сама мать, поэтому достала из шкафа коробку, протянула матери мальчика со словами:

— С удовольствием угощу вашего сына.

Она вытащила кошелек.

— Это подарок, — сказала я.

Она заохала, заахала, мы познакомились, поговорили о погоде, гостья направилась к двери. А я не сдержала любопытства.

— Ксения Федоровна, что такое мытье с головой?

Она рассмеялась:

— Геночка терпеть не может, когда ему волосы намыливают. Душ принять его еще можно уговорить. А вот на голову воду лить целая история. Не соглашается ни в какую, кричит, плачет. Приходится всякий раз его награждать.

Ее сын давно вышел из детсадовского возраста, и я поинтересовалась:

— Сколько лет вашему сыну? — И услышала ответ:

— Пятнадцать.

Анна Григорьевна всплеснула руками.

— Понимаете? Подросток, почти взрослый, далеко уже не крошка, а мать его купает, терпит его истерики. У него на голове короткий «ежик», там мыть вообще нечего. Лена была на несколько лет младше Геннадия, у дочери коса до пояса толщиной в руку. Но ей и в голову не приходило ныть при виде шампуня. А если вдруг случилось бы нечто подобное, то вместо зефира в шоколаде она получила бы угощение под названием «стой в углу». Но я-то ни малейшего права не имела кому-либо замечаний делать и объяснять матери ее ошибки в воспитании сына. Поэтому промолчала.

Ксения стала к нам захаживать, Гена решил дружить с Леной. Мальчик мне не нравился, но выгонять людей из дома как-то неприлично. И, словно назло, девочек и вообще каких-либо детей возраста дочки в деревне не было. Или они были намного младше, или уже студенты.

Я решила потерпеть присутствие невоспитанного подростка, подумала: эта дружба всего лишь на лето. Но в Москве наше общение возобновилось. Я изо всех сил старалась свести его к минимуму, да госпожа Бурбонская была прилипчива, как пластырь. Она постоянно звонила, приезжала в гости. Гена меня все сильнее разочаровывал — капризный, эгоистичный подросток. Его волновало только осуществление своих желаний. Вот тут он был ас, вдобавок отпетый лентяй, обожатель всяческих развлечений, вечеринок. Постоянно он бегал к кому-то в гости, с кем-то развлекался, у него была орда знакомых. Невероятно гордился своей фамилией, даже передо мной нос задирал. Как-то раз Гена, придя к нам в гости, нагло потребовал: «Я представитель рода Бурбонских, чай нужно первому мне подавать, а не Лене». Я не выдержала, внятно объяснила ему: «Прекрасно, что ты гордишься своим происхождением, предков надо почитать. Но одной благородной фамилии мало. К ней

Мохнатая лапа Герасима

должны прилагаться воспитание, ум, трудолюбие, отсутствие чванства, уважение к людям. Что ты сделал, чтобы не посрамить род Бурбонских? Пока ничего. Учишься плохо, мать репетиторам платит. Начни получать пятерки, докажи всем, что достойно фамилию носишь!» Боже! Гена превратился в огнедышащего дракона. Что он мне наговорил! Лена сразу встала и ушла. Я сижу, не знаю как быть. Выгнать парня? Так он с матерью пришел, перед Ксенией неудобно. Она пыталась сына утихомирить, но у того прямо голову снесло. Обозвал меня чернью, бабой без роду-племени, кухаркой от сохи. Именно эту нелепость произнес. Я поток оскорблений молча слушала, но потом Гена швырнул на пол чашку и завопил нечто совсем непотребное. Кружка, хоть и упала на ковер, разбилась, кофе вытек. Ну, всему есть предел. Я встала и сказала:

— Ксения, мне жаль расставаться на такой ноте, но я более не желаю видеть в своем доме Геннадия. Вы можете приходить, но только одна. Наше общение длится с лета, но полагаю, что господа Бурбонские не в курсе, какую фамилию мы с дочерью носим.

Геннадий почему-то перестал орать. Ксения Федоровна сказала:

— А и правда!

Я вынула из буфета паспорт и положила его на стол.

— Полюбопытствуйте. По одной линии мы из княжеского рода Шляхтиных, по другой происходим от барона Энгельмана. Это еще вопрос, Геннадий, чей род более уважаем: наш или ваш. Вот только мне с младых ногтей внушали: кичиться своим происхождением, кричать на каждом углу о том, кто твои предки, хвастаться родовитостью недозволено. И...

Геннадий не дал мне договорить, вскочил, бросился в прихожую. По дороге он нарочно наступил на осколки чашки и втоптал их ногой в ковер. Достойный поступок истинного аристо-крата. Более мы не виделись.

— И с Ксенией тоже? — уточнила я.

— Бурбонская неплохой человек, — сказала хозяйка дома, — умный специалист. Но со своим сыном справиться не способна. А поскольку встречи с ней непременно предполагали присутствие Геннадия, пришлось поставить отношения на паузу. Инициатором наших посиделок всегда являлась Ксения. Я не нуждалась в общении с ней, а она, похоже, очень хотела подружиться со мной. Почему? Понятия не имею. У Бурбонской весь день занят работой, постоянными встречами с кем-либо. Я бы на ее месте часов в семь сворачивала всякую активность, летела домой, принимала ванну и лежала в тишине, выключив всю связь с внешним миром. Ксения же несколько раз в неделю звонила мне, интересовалась: как день прошел, сообщала свои новости, которые в основном начинались словами: «Геночка сегодня...» Признаюсь, меня общение с ней утомляло. Ну какой интерес мне слушать хвалебные оды парню, которому отказано от моего дома? Я не понимала, почему Ксения так упорно набивается к нам с Леной в друзья. Мы с ней очень разные. Я не люблю тратить много времени на болтовню по телефону, разговариваю кратко, по делу. Гостей приглашаю заранее, незапланированные визиты меня не радуют. А Ксения могла заехать ко мне без звонка, мы тогда жили в городе, об особняке и не мечтали. Представьте, вы приняли ванну, натянули любимый уютный, не совсем новый халат, легли на диван с книгой, рядом на столике чашечка с кофе, кекс. У вас до прихода домочадцев, когда придется оказывать всем внимание, есть еще два часа, можно спокойно поваляться. Как вам это?

— Со мной такое случается редко, — улыбнулась я, — но если вдруг выпадает свободное время, это прямо восторг.

Анна кивнула.

— Вот-вот. А теперь оцените продолжение сей истории. Вытягиваете ноги, берете книгу, собираетесь насладиться компанией кофе-книга-кекс. И... дрр. Домофон. Из него голос Ксении: «Нюшенька, я ехала мимо кондитерской, купила тебе пирожных. Загляну на минутку?» Ваша реакция?

Я вздохнула:

— В первую секунду решу соврать: «Прости, сегодня нам лучше не встречаться, похоже, я грипп подцепила. Температура, насморк — все в наличии». Но потом соображу, что после этих слов надоеда не уйдет, она скажет, что не боится заразы, все равно не мытьем, так катаньем попадет в мой дом, и я отправлюсь открывать ей дверь.

Глава 14

— Хорошее воспитание часто оказывает плохую услугу тому, кто хорошо воспитан, — вздохнула Анна, — зато оно весьма удобно для окружающих. Мне с детства внушали: нельзя быть эгоисткой, нужно думать о других. Когда я только начала общаться с Бурбонской, сразу решила пресечь дружбу на корню. Меня бесило в ней все: манера говорить, сидеть... Но ничего не получалось. Потом мое отношение к Ксении изменилось. Произошло это спустя не один год после одной неприятной истории. «Липучка» вдруг перестала звонить, дней десять не объявлялась, я обрадовалась, решила: она поняла, что не ко двору, теперь исчезнет из моей жизни. Дело было в начале весны. Девятого марта Ксения позвонила:

— Прости, Анечка, что бросила тебя. С праздником! Извини, вчера не смогла с тобой связаться.

Я в ответ:

— Ой, не стоит беспокоиться. Понимаю, дел много. И тебя с прошедшим женским днем.

А сама думаю: «Надеюсь, ты не скоро приедешь ко мне в гости».

Бурбонская продолжала:

— Я по тебе так соскучилась! Прямо до слез! Анечка, извини за просьбу. Позвони Гене, я не могу с ним связаться, очень волнуюсь. Здесь один телефон на пять этажей, очередь к нему, как в мавзолей. А я пока стоять не могу, привязана к гире. И не дойду до аппарата.

Я ничего не поняла.

— К гире?

Бурбонская смущенно пробормотала:

— Я ногу сломала, нахожусь в клинике.

Воспитание и милосердие велели мне поехать к ней.

Анна схватилась за виски.

— Матерь Божья! Затрапезная городская больница. Бурбонская в коридоре лежит, якобы мест в палате нет. Сестры злые, хуже крыс! Воняет отвратительно. Врача не найти. Еда! Лучше не описывать манную кашу, которую я увидела. Кошмар и катастрофа.

Я чуть не зарыдала.

— Ксения, почему вы лежите в таких условиях? Как попали в самую ужасную столичную клинику? Тут, похоже, одни бомжи!

Она забормотала:

— На улице я упала, «Скорая» меня с тротуара забрала. Нога болела так сильно! Я не очень понимала, кто и что со мной делает.

Я возмутилась:

— А Гена что?

Бурбонская стала пододеяльник теребить.

— Позвонить сама ему не могу. Как встать-то? Просила всех, кого тут видела. Кто-то мимо прошел, но встретились и добрые люди, пообещали с мальчиком связаться, потом объясняли: он трубку не снимает. Прости, Анечка. Не хотела тебя обременять. Но я попала в безвыходное положение. Очень о Гене беспокоюсь. Он, наверное, голодный, носит грязные рубашки. Сделай одолжение, возьми ключи, съезди ко мне домой, найди Геночку. И, пожалуйста, привези денег. Тут за плату отношение меняется! Сейчас объясню, где я их держу.

Понимаете, Татьяна? Ксения лежит в аду и тревожится о здоровенном лоботрясе! Геннадий тогда уже был взрослым мужиком. Я первым делом полетела к завотделением. Есть у меня один старинный знакомый, чье имя для медиков, как священная корова. Я из кабинета заведующего позвонила этому приятелю, вкратце ситуацию описала и трубку горе-начальнику сунула. Жаль, вы лицо местного Гиппократа не видели. После разговора он промямлил:

— Не знал же, что вы близкие знакомые самого нашего великого!

Я ему ответила:

— Теперь вы в курсе. Позаботьтесь о Ксении, иначе ваш великий по моей просьбе сам сюда приедет. Царской рукой швабру возьмет, которую техничка у изголовья больной Бурбонской поставила, и даст вам ею по башке. А потом на улицу выметет, и вы более ни в одну клинику не устроитесь.

Через час Ксению перевели в отдельную палату, прибежала медсестра, остальной персонал стал перед Бурбонской ковром стелиться. Пока Ксюшу перемещали, я поехала к ней домой. Время было обеденное, отперла дверь — тишина. Я решила, что дома никого нет, направилась в кабинет, нашла коробку, где, по словам Ксении, деньги лежали. Открываю, пусто!

Я занервничала. Неприятное положение. Хозяйка попросила привезти деньги, она уверена, что их в коробке достаточно. Я же возвращаюсь и сообщаю: ничего нет! Какие мысли у Бурбонской возникнут? Шляхтина присвоила ее средства. Весьма щекотливая ситуация. Вдруг слышу шаги за спиной. Оборачиваюсь. Гена! В халате! Лицо опухшее. Он так изумился:

— Здрасти! Как вы попали в мою квартиру?

Понимаете? «Мою квартиру!» И запах перегара на весь кабинет.

С огромным трудом я удержалась от рукоприкладства, ладонь чесалась ему оплеуху дать.

Вежливо осведомилась:

— Знаешь, где твоя мама?

Гена пожал плечами.

— В командировку улетела.

И у нас состоялся такой диалог.

— Куда?

Парень глаза выпучил.

— Она не сказала, часто летает по работе.

— И никогда не сообщает, где проведет время?

— Почему? Говорит. А сейчас не сказала, мать капризная.
— Гена, Ксения в больнице.
— Да?
— Она ногу сломала.
— А-а-а!
— Одевайся.
— Зачем?
— Поедешь к матери.
— Зачем?
— Еду ей отвезешь!
— Чего, там не кормят? И у меня продуктов нет.
— Купи!
— Денег нет!
— Возьми в коробке!
— Они закончились.

Я набрала полную грудь воздуха, открыла рот, и вдруг раздался девичий голос:
— Генка, ты где? Свари кофе. Ау!
Геннадий убежал.
Анна потрясла головой.
— И в ту минуту мне стало понятно, почему Ксения к нам с Леной прилепилась и отстать не хочет. У нее в то время материальное положение было куда лучше, чем у нас, квартира шикарная, работа престижная. Но Бурбонская была до слез одинока. Ни мужа, ни родителей, ни близких подруг. Я жила финансово напряженно, и тоже без супруга и отца с матерью. Но! Рядом дочь, она меня любит, в нашем доме теплая атмосфе-

ра. На столе не белый хлеб, черный. Но я его ем, зная, что рядом девочка, которая меня никогда не бросит, не обманет, не продаст. А у Ксении к чаю изысканные пирожные, но это все, что у нее есть.

Анна заложила за ухо прядь волос.

— И я перестала злиться, когда она внезапно в дверь звонила, поняла — Ксении просто нужен близкий человек рядом. Почему она меня выбрала на эту роль? Отчего ко мне потянулась? Понятия не имею. Один раз Бурбонская сказала:

— Мы с тобой родня, прямо сестры!

Я возразила:

— Навряд ли. У моих родителей, кроме меня, детей не было, папа с мамой тоже единственными были в своих семьях. Ну как мы с тобой можем быть сестрами?

Она помолчала, потом уточнила:

— Можно стать родными по жизни. Подружиться очень тесно. Помнишь себя года в три-четыре?

Мне стало смешно.

— Никто не может рассказать, как он жил в столь юном возрасте. Мои первые воспоминания относятся к школьным годам. Класс второй-третий.

Ксения на меня внимательно посмотрела:

— Я часто во сне вижу серо-голубой дом. Очень красивый, веселый такой, расписной, крыша малиновая. Двор с деревьями. Комната появляется перед глазами. Большая, кроватей несколько, на них кто-то лежит. Две тени. Ввозят койку, пустую. С одной койки берут девочку, кладут на нее. У ребенка кудрявые светлые волосы, малышка очень крепко спит. Ее увозят, локоны свисают, туда-сюда мотаются. Мне почему-то делается жутко, я кричу:

— Верните Леку!

Одна из теней отвечает:

— Спи, с ней все хорошо. Она сейчас отправится в место, где много-много игрушек и вкусной еды.

Меня это видение долго преследовало. Я просыпалась, плакала. Мама прибегала, спрашивала:

— Ксюша, что случилось?

А мне в уши кто-то шептал:

— Говорить нельзя, молчи.

И я рта не открывала. Но однажды заболела чем-то, в кровати лежала, рыдала, мама рядом сидела, по голове меня гладила. И вот тогда я ей нашептала про тот дом, про ту комнату. Мама так рассмеялась, что у нее слезы из глаз потекли, потом обняла меня.

— Представить не могла, что ты это вспомнишь и в ужас придешь.

Рассказала мне, что я еще до школы сильно заболела. Чем, никто понять не мог. Врачи в рядовой больнице не знали, что со мной. Папа нашел доктора, который поставил правильный диагноз. Разноцветный дом — клиника, куда меня поместили. Комната — общая палата. Мои тревоги — ерунда. Анечка, тебя в детстве клали в больницу?

— Не знаю, — ответила я, — сама не помню, а мама не рассказывала. Она давно умерла.

— Моя тоже, — вздохнула Ксюша.

Анна встала.

— У нас установились хорошие отношения, я жалела Бурбонскую, но новое хамство Геннадия их разбило. Где-то через год после того, как Ксения сломала ногу, она мне ни с того ни с сего принесла в подарок фарфоровую статуэтку, антикварную, и отдала со словами:

— Анечка, посмотри, какая прелесть. Я люблю такие безделушки. Пусть у тебя живет. Я, когда на нее смотрю, детство вспоминаю. А у тебя сейчас нет таких мыслей?

Анна поморщилась.

— Меня удивляют люди, которые радуют другого своей радостью. Если Ксения в восторге от фигурки, то почему она должна у меня стоять? Я равнодушна к таким поделкам, более того, испытываю брезгливость при виде антиквариата. Не понимаю, почему я должна радоваться, обретя то, чем ранее кто-то владел? Мне не нужно чужого. И надоела манера Ксении постоянно твердить о детстве. Прямо болезнь у нее какая-то. Пьем чай, Бурбонская спрашивает:

— Помнишь, как года в два с мамой пирогом лакомилась?

Если кто-то в момент нашей встречи мне звонил, Ксения задавала вопрос:

— Помнишь телефонные аппараты нашего детства? У вас какой в квартире стоял? Черный?

Понимаю, для некоторых людей первые годы жизни самые лучшие, им приятны такие воспоминания. Но у Ксении прямо паранойя была. Сунула мне идиотскую статуэтку со словами:

— Поставь на консоль, буду всегда любоваться своим подарком, детство вспоминать.

На следующий день около восьми вечера раздался звонок в дверь. Смотрю в глазок... Геннадий! Я ему открывать не собиралась. Так парень давай в створку лупить, орать:

— Воровка!

Ну, не ждать же, когда соседи выйдут? Пришлось ему открыть. Он влетел, не поздоровался, мимо меня прямо в уличной обуви бросился в гостиную, хвать фигурку. И на меня накинулся:

— Воровка! Это наше! Семейная реликвия Бурбонских!

Я так поразилась его появлению, что вступила в разговор.

— Ксения вчера подарила мне безделушку.

И понеслось! Гена заорал. Мне на голову полился поток ругательств, обвинений в том, что я выпросила несметно дорогую вещь, родовую реликвию стоимостью в миллионы...

Я схватила совершенно не нужную мне статуэтку, сунула ему в руки и приказала:

— Вон!

Геннадий плюнул на пол и испарился.

Анна передернула плечами.

— Ну, после того случая желание общаться с Бурбонскими пропало навсегда. Геннадия я давно вычеркнула, а теперь к нему добавилась Ксения. Хватит! Накушалась! Да, я испытывала жалость к Ксюше, но всему есть предел. Ксения Федоровна продолжала звонить, но я не брала трубку. Она приехала, стояла под дверью, плакала. Я не открыла. Все. Конец.

— Неужели вы больше не общались? — спросила я.

— Нет, — решительно ответила Анна Григорьевна. — Ксения многократно пыталась наладить контакт, но я не шла ей навстречу. Спустя, наверное, год она перестала о себе напоминать. Таня, у вас когда-либо возникало при виде человека ощущение, что лучше от него подальше держаться? Я веду речь не о хулигане, с которым на темной улице столкнулась. Не о мужчине с лицом уголовника, стоящем в темном подъезде дома. Нет. Это вполне приятная женщина, хорошо к вам настроенная, например, подруга приятеля мужа. Товарищ ее к вам в гости привел. Впускаете незнакомку в холл и кожей ощущаете, что нельзя иметь с ней дела! Случалось такое?

— Несколько раз, — честно ответила я, — словно кто-то в голове говорил: «Осторожно! Не надо заводить дружбу».

— И как вы поступали? — поинтересовалась моя собеседница.

— Не гнать же человека на улицу, — пожала я плечами, — и я не склонна верить «голосам» в голове. Но одна из тех женщин, которые сразу вызвали у меня необъяснимое неприятие, втянула меня в неприятную историю, а из-за второй едва не погиб мой муж.

— Вот и у меня, когда Ксения принялась активно набиваться мне в подруги, кто-то внутри прошептал: «Беги от нее, беги», — призналась Анна. — Поведение Геннадия в день нашей давней ссоры, истории с чашкой — это хамство. Но, положа руку на сердце, не в чашке дело, просто я использовала ту ситуацию для разрыва отношений с парнем, который вызывал у меня раздражение. Потом я испытала жалость к Ксении. Но скандал с фигуркой все решил.

Глава 15

На следующий день около двух часов дня мы собрались на совещание.

— Думаешь, Геннадий решил убить Анну? — спросил Иван Никифорович.

— Полагаю, что нам нельзя сбрасывать эту версию со счетов, — ответила я. — Мы решили, что основной объект преступника — бизнесмен Андрей Красавин. Ну кому может помешать тихая, воспитанная дама пенсионного возраста? Разве что подружки ей завидуют: дочь удачно за олигарха вышла.

— Для своего возраста Анна прекрасно выглядит, — заметил Аверьянов, — фигура на зависть молодым. Волосы густые. Или она парик носит?

— Кудри свои, — подтвердила я, — цвет лица лучше, чем у многих студенток, овал не поплыл, морщин почти нет. Спина прямая.

— Может, она родня графа Сен-Жермена? — хихикнул Федя. — На фото ей лет на двадцать меньше, чем по паспорту. Вот дочь ее выглядит старше своего возраста.

— Можешь узнать, какими кремами Анна пользуется? — шепнула наша новая оперативница Лиза.

Я ответила громко:

— У нее в ванной нет шеренги дорогих средств. Обычная банка крема, российская, с названием: «Увлажняющий».

— Все? — поразилась Елизавета. — А лосьон? Пенка для умывания, крем под глаза, маски, сыворотки?

— Ничего такого, — уточнила я, — еще лак для волос, мыло для душа. Все.

— Гель, — поправила Лиза.

— Мыло, — повторила я, — брусок. В бумажной обертке, на ней картинка: поросенок и умывальник.

— Ты шутишь? — опешила Лизавета.

— Детское мыло, — развеселилась я, — стоит три копейки. Уходом за мордочкой моя временная хозяйка не заморачивается.

— Шея у нее не дряблая, — отметил Илья, — хотя на фото, может, не все видно. Но грыжи под глазами должны быть заметны точно, а их нет.

— Пластику сделала, — тоном всезнайки возвестил Федя, — там подтянула, здесь подкорректировала.

— Непохоже, — возразил Илья, — но могу прогнать фото по базе программы «ченчфейс», и мы выясним, что дама с собой сотворила.

Иван постучал карандашом по столу.

— Зачем нам изучать внешность Анны?

— Просто удивительно, что она так молодо выглядит, — ответил Аверьянов.

— Думаешь, вдруг по документам тетушки со сложной фамилией живет самозванка? — спросил мой муж.

— Нет, — ответил вместо Ильи Коробков, — смотрим на экран. Я выложил снимки Анны разных лет. Выпускной звонок Елены, потом посвящение ее в студентки, защита диплома. Снимки я взял из Фейсбука жены Красавина, та их выставила в день рождения матери, поздравляла ее, похоже, перефотографировала их из альбома.

— Капец, тетя заморозилась! — воскликнул Илья.

— Тань, ну поговори с ней, — взмолилась Лиза. — Может, она ест что-то особенное?

— При мне она питалась, как все, только воробьиными порциями, ходит каждый день в фитнес-клуб, — перечислила я, — потом непременно посещает СПА: массаж, укладка, маникюр, педикюр. Анна подчеркивает, что процедуры с телом, занятия спортом — ее отдых.

— Пластика стопудово! — повторил Федя. — Уколы всякие, вкачала уйму всего в лицо.

— Нет, — отрезал Илья, — в щеках гель всегда виден. Во всяком случае мне. И следов подтяжки я не замечаю. Просто повезло даме с генетикой. Фото ее родителей есть?

— Нет, но могу поискать, — предложил Димон, — только учти, они давно покойные, жили в доайфоновую эру, аккаунтов в соцсетях не имели, так как Интернета тогда еще не изобрели. Разве что найду снимки из паспортов. Но зачем нам они?

— Где сейчас Геннадий? — поинтересовался Иван Никифорович. — Чем он занимается?

— Вот это я легко узнаю, — рассмеялся Коробков, — он постоянно в Фейсбуке топчется, сейчас гляну. Тэк-с. Вчера он ничего не выставил, что странно. И сегодня пусто. Не похоже на Бурбонского. Ну-ка, пошарю в одном интересном местечке, там все найти можно.

Димон забегал пальцами по клавишам.

— Опаньки! Сегодня в пять утра рабочие, чинившие канализацию неподалеку от поселка Крохино, обнаружили в колодце труп. Местная полиция его вытащила и отправила в морг. В кармане куртки найден паспорт на имя Геннадия Бурбонского. Тело в восемь утра опознала мать. Она же сообщила, что сын вчера не вернулся домой с работы. В морге с несчастной матерью отвратительно поступили. Подвели ее к останкам, сняли простыню, женщине стало дурно, так ей врача не вызвали, воды не дали. Бедняга сидела целый час одна, рыдая, в коридоре. В девять ей велели подписать какие-то бумаги и выгнали, такси не вызвали, не подумали, как несчастная в шоковом состоянии доберется до дома. Странно, Геннадий вроде нигде не служил. А мать про работу говорит. Хотя, может, он официально не оформлен, кто ему мешал пахать и не платить налоги. Конверт в лапки — и все счастливы.

— Погиб! — воскликнула я. — Что случилось? Почему он оказался неподалеку от поселка, где живет Андрей Красавин и его семья? Может, это ДТП? Водитель в темноте не заметил на шоссе человека, сбил его, а потом решил скрыть преступление и скинул труп в колодец? Ох, не нравится мне все это. Дима, посмотри, что в местном отделении полиции в отношении Бурбонского предприняли?

Димон опять забегал пальцами по клавиатуре.

— Анна Григорьевна несколько раз упомянула, что Гена не из тех, кто себя утруждает, — напомнила Лиза, — он иждивенец, сидел на шее матери, лоботряс, избалован до предела.

— Но мы знаем, что Шляхтина давно не имеет ничего общего с Бурбонской, — подчеркнул Федя, — а люди меняются.

— Возможно, Геннадий взялся за ум, — согласилась я, — кроме него, у нас нет подозреваемых, которые хотели бы причинить вред кому-то из семьи Красавина.

— Таинственный фрукт Вантри, — подал голос Илья, — вроде таковой существует на самом деле. Но о нем мало сведений. Я нашел лишь статью Марины Анатольевны Гонкиной. В ней рассказано, что Вантри опаснейшее растение. В нашем климате оно не встречается. Ему нужно много тепла, дождей, тогда он вызревает. Тань, возьми немного чая «Райский сад» и поезжай к автору публикации. Она с Вантри знакома, но беседовать со мной по телефону отказалась. Вежливо так сказала: «Желаете поговорить? Милости прошу ко мне в кабинет. Ни с кем не общаюсь, если не вижу лица человека».

— Так, — протянул Димон, — я влез в местное отделение, тело Бурбонского действительно находится в морге. Туда же приезжала его мать. Она сообщила, что в последний раз беседовала с сыном накануне, примерно в восемнадцать часов. Тот ей сказал, что ждет заказчика в офисе, он должен привезти оплату за проделанную работу. Потом Геннадий собирался пойти со своей невестой Кариной Молчановой в кино. Когда сын не появился за полночь, Ксения не забеспокоилась, она предположила, что Гена остался у девушки. И вдруг позвонили из полиции и сообщили ужасную новость.

— Надо поговорить с Кариной, — воскликнула Лиза, — может, она объяснит, почему Геннадий оказался неподалеку от поселка Крохино, где живет Красавин со своей семьей.

— О каком заказчике Гена вел речь, когда беседовал с матерью? — внес свою лепту Федор. — Возможно, у них случилась ссора.

— Сын мог элементарно соврать матери, — предположил Димон, — раздувал щеки, изображая из себя парня при делах. А сам просто пил кофе в ресторане, тратил деньги, которые зарабатывала Ксения Федоровна. А та делала вид, что ему верит, говорила всем, какой Гена успешный. И даже сейчас, когда сына нет, она не может сказать правду. Хотя теперь лгать о его работе бессмысленно. При трупе не нашли сумку, нет ни телефона, ни айпада, ни кошелька. Возможно, это простой разбой. Около Крохина строятся еще три поселка. Неподалеку расположено большое поселение гастарбайтеров. Кто-то из них мог увидеть богато одетого молодого мужчину и решил поживиться. Интересно, часы были при нем?.. Ну-ка! М-да! Про брегет нет ни слова!

Я посмотрела на Ивана:

— Геннадий определенно имел машину.

— «Порше», — тут же отрапортовал Димон, — совсем недешевые колеса купила сыну Ксения.

— Следовательно, он был за рулем, — продолжала я, — гастарбайтер никак не мог к Бурбонскому подобраться.

Коробков кашлянул.

— При осмотре места происшествия обнаружен двухколесный велосипед. Старый. В плохом состоянии. Валялся в канаве.

...бонский воспользовался великом? — ...ь Лиза. — Это не в его стиле.

— Одежда жертвы, — огласил Димон, — ветровка с капюшоном, цвет черный, размер сорок восемь. Рубашка клетчатая, серо-коричневая. Брюки спортивные на резинке, с лампасами. Все вещи новые, от фирмы «Диор», Франция. Очень дорогие. Кроссовки на парне стоимостью в две тысячи евро, производитель тот же. Белье: носки старые, неизвестного производства, грязные, трусы сильно поношены, турецкие.

— Верхняя одежда, как у олигарха, а под ней старое дешевое бельишко, — воскликнула Лиза, — и велосипед в придачу. Куда он «Порше» дел?

Федя сделал единственно возможный в данной ситуации вывод:

— Он его где-то припарковал, поехал в поселок. И на красавчика накинулись грабители.

Глава 16

Я посмотрела на мужа:

— Факт нападения лиц из ближнего зарубежья на Бурбонского не удивляет. Скорей бы повергла в изумление их попытка наброситься на мужчину в «Порше». Как остановить машину? Выманить шофера из салона?

— Элементарно, — фыркнул Димон. — Положить поперек дороги, например, ствол дерева, тут любой притормозит и вылезет, что̶ бодить путь.

— Пусть так, — согласилась я. — Но у «понаехавших» парней есть чувство самосохранения. Они прекрасно знают, что молодые люди на дорогих автомобилях чьи-то дети, родственники. Тронешь такого, беды потом не оберешься. А мужик на ржавом велике определенно свой, в полицию не обратится, испугается. Конечно, у него в карманах жалкие гроши, но лучше пара сотен, чем неплохой куш и камера в СИЗО. Гастарбайтеры в фирмах не разбираются, не поняли, что Геннадий одет на многие тысячи евро. Да и мода сейчас такая, что новая ветровка от «Диор» выглядит как поношенная тряпка с помойки. Я не считаю необычным нападение на Бурбонского. Другое меня смутило.

— Что? — мигом отреагировал Иван.

Я посмотрела на Коробкова, тот повернул ко мне экраном ноутбук.

— Если верить информации в Интернете, Ксения Федоровна опознала тело сына в восемь утра, — начала я. — Значит, она выехала из дома в семь. Квартира Бурбонских находится в центре, до поселка ей без пробок час добираться. Значит, матери позвонили в шесть тридцать. Ей, естественно, понадобилось время на то, чтобы одеться. И это по самым оптимальным расчетам. Возможно, Бурбонской пришлось полтора часа катить, мог образоваться затор на дороге, тогда она должна была выехать в шесть тридцать. Труп, как узнал Коробков, нашли в пять. Вызвали полицию. А часики-то тикают. Предположим, местные стражи порядка появились в полшестого. За десять минут останки из люка невозможно вытащить. Ладно, вытащили с небывалой скоростью. По идее, надо на месте проверить карманы покойного на предмет документов. Но выудили-то несчастного из отхожего места. Что-то мне подсказывает, не захотели оперативники пачкаться, заявили экспертам: «Он ваш!» И слились. Большая удача, если в семь — семь тридцать останки Бурбонского оказались на столе. Я рассчитала время так, как будто все работали без задержек. Но этого никогда не бывает, за полчаса полиция на место не приедет. Труп-то не убежит. Не станут опера торопиться.

— Морг его принял в девять, — заявил Димон, глядя в компьютер, — а Ксения Федоровна, похоже, еще не приехала. Нигде не указано, что мать опознавала тело.

— Где ты нашел сообщение о смерти Геннадия? В прессе? — поинтересовался Иван. — Когда появилась информация?

— В онлайн-издании, — отрапортовал Коробков, — сообщение появилось в восемь.

— Журналист прямо Ванга, написал о том, что еще не случилось. Каким образом писака узнал, что мать покойного приехала на опознание и ей там нахамили? На самом-то деле Ксения еще не появилась в морге! — изумилась Лиза.

— Кто борзописец? — прищурился мой муж.

— Фамилия, имя не указаны, — отрапортовал Димон, — название газетенки: «Вести нашего шоссе». Свяжусь-ка я с ними.

— Нестыковочка по времени, — подвел итог Федя. — Соврамши братцы-кролики из Интернета. Вопрос: как они узнали утром про то, чего еще не случилось?

Я повернулась к Димону:

— Где ты держишь свой паспорт?

— Дома в коробке с документами, — удивился Коробков, глядя в ноутбук. — Чем вызван твой странный интерес?

— Почему не носишь паспорт при себе? — не остановилась я.

— На фиг мне это надо, — махнул рукой приятель, — в телефоне есть снимок всех страниц.

— Вдруг потребуется оригинал, — не утихала я.

— Тогда придется прихватить то, что поэт доставал из широких штанин[1], — развел руками Димон. — Но в наши дни такие ситуации возникают все реже и реже.

— И с какой стати Геннадий таскал при себе паспорт? — спросила я.

— Может, он собрался какой-то договор оформлять? — предположила Лиза.

— Для этого достаточно знать свои данные, — отбила я подачу.

---

[1] Стихи о советском паспорте. Владимир Маяковский. «Я достаю из широких штанин дубликатом бесценного груза. Читайте, завидуйте, я — гражданин Советского Союза».

— К нотариусу спешил, — подсказал Федя, — собирался доверенность оформить. Есть круглосуточные конторы.

— Может, и так, — согласилась я. — Но ночью к юристу мог поехать тот, кто днем по уши занят, и тело нашли на дороге в поселок.

Теперь настал черед Коробкова отправлять мяч на мою половину поля.

— Мы ничего не знаем о работе Бурбонского. Официально парень нигде не оформлен, но вполне вероятно, что где-то трудился.

Я встала.

— Димон, договорись с ботаником Гонкиной. Спроси, может ли она со мной сегодня побеседовать? Потом свяжись с Кариной, невестой покойного, попроси ее пообщаться с Елизаветой. Сколько тебе времени понадобится?

— Полчаса с учетом того, что надо номера телефонов нарыть, — ответил Коробков, — и очень мне хочется с журналюгой из газетенки побеседовать. Прямо Нострадамус какой-то.

— Значит, у меня есть тридцать минут, — обрадовалась я, — сбегаю в буфет, поем.

— Пошли вместе, — предложила Елизавета, — я тоже проголодалась.

Мы с ней спустились на третий этаж.

— Можно у тебя кое-что узнать? — спросила Елизавета.

— Конечно, — улыбнулась я, — постараюсь ответить на все вопросы. Только не спрашивай, какую цифру мне утром весы показывают.

— Когда я оформлялась на работу, в паспорте была указана фамилия Банкина, — начала Елизавета, — но я вот-вот должна была стать Трифоновой.

— Верно, — согласилась я, — Петр Трифонов, сотрудник бригады Димы Буркина, сообщил о желании жениться. Он объяснил, что его невеста оперативный работник, умница, красавица, спортсменка. Думаю, ты понимаешь, что тебя проверили под микроскопом и убедились — Петя не ошибается. Ты на отличном счету, умница, красавица, спортсменка, и предложили тебе перейти под мое руководство. А что не так?

Лиза скорчила гримасу.

— Петя посоветовал не менять фамилию. Я обиделась, спросила: «Не хочешь, чтобы я стала Трифоновой?» Петя понес какую-то чушь. Мне пришло в голову, что это происки свекрови, и я быстро переделала паспорт. И что? Теперь, когда на совещаниях говорят: «Елизавета Трифонова», все начинают как-то странно на меня пялиться! Что не так?

Я секунду помедлила с ответом, потом объяснила:

— В моей бригаде ранее работала полная твоя тезка Елизавета Трифонова. Только ее отчество Гавриловна, а твое Антоновна. Не очень хочется рассказывать подробности той истории. Можешь поговорить с Димой, он тебе все объяснит. Елизавета натворила массу глупостей, и ее убили. Вместо погибшей в бригаду пришла Вера. Она летом поехала отдыхать на дачу к бабушке, там села на мотоцикл, поехала в магазин и на шоссе столкнулась с грузовиком, за рулем которого сидел пьяный шофер. Вера осталась жива, но она до сих пор лечится, не сможет вернуться к оперативной работе, ей найдут место в отделе компьютерного поиска. Сейчас Коробков к ней постоянно ездит, обучает. Когда произносят вслух: «Елизавета Трифонова», все сразу вспоминают твою тезку. Через какое-то время люди привыкнут к тебе. Просто подожди.

— Петька-то не зря просил меня остаться Банкиной, — протянула Лиза. — Почему он мне ничего о моей предшественнице не рассказал?

— Ну, этот вопрос надо супругу задать, — вздохнула я.

— Может, вернуть Банкину, — протянула Лиза, — не хочу, чтобы люди, услышав «Трифонова», думали о покойной.

— Не спеши, — остановила я Елизавету, — все скоро перестанут глаза таращить. Знаешь, как на меня глазели, когда узнали, что я жена Ивана Никифоровича.

— Никак не могу привыкнуть, что стала Трифоновой, — призналась Лизавета, — пару дней назад сижу в ателье, отдала платье ушить. Эсэмэска пришла, что оно готово, а его никак не вынесут. Потом тетка на рецепшене объявляет: «Трифонова, пройдите во вторую кабинку». Раз произнесла, два, три... Женщин в холле было несколько, ни одна не шелохнулась. Та, что рядом сидела, начала шепотом возмущаться: «Вот народ! Записалась и утопала! Небось курить ее поволокло. Примерочных только две, народу тьма. Нам, значит, придется ждать козу?» Я проявила солидарность: «Некрасиво, конечно. Раз уж пришла в ателье, так подожди спокойно, пока твоя очередь подойдет. Есть такие бабы! Хотят за десять минут все успеть». Тут подходит ко мне швея, она для меня много чего делала, пару юбок сшила, и говорит: «Лиза, ты не слышишь? Тебя сколько еще звать нужно?» Только тогда до меня дошло: Трифонова — это же я.

— Как семейная жизнь? — поинтересовалась я, когда мы вошли в кафе.

— Еще не распробовала, — хихикнула Лизавета, — у нас с Петей графики пока не совпадают.

— Девочки, вы болтать сюда пришли или поесть? — осведомилась полная женщина за прилавком.

— Простите, — смутилась я. — Есть что-нибудь вкусное? Только не мясо, яйца и творог.

— Рыба по-парижски! Очень рекомендую. Все хвалят, — заявила буфетчица.

— Небось она по-французски разговаривает, — пошутила я.

Тетка оперлась локтями о прилавок.

— Рыбка вообще молчит. Готовить?

— Да, — ответила я.

— Что еще?

— Чай, пирожные, — перечислила я, — хотя нет, сладкое не возьму, лучше три пирожка с капустой.

— Рыба сегодня судакелло. Ее готовим.
— Судакелло? — удивилась я. — Это кто?
— Ворона — это ворона. Еж, он еж. Судакелло — это судакелло, — повысила голос тетка. — Как на ваш вопрос ответить?
— Где сие чудо-то живет? — поинтересовалась Лиза.
— В отдельном доме с камином, — разозлилась буфетчица.
— И чего ты сердишься? — удивилась моя новая сотрудница. — Ничего глупого я не спросила. Про судака знаю, о судакелле не слышала. Не могу лопать все подряд, хочу знать: он-она-оно в море или в реке плавает? Белая? Красная?
— Народ хвостом стоит, некогда мне трендеть, — донеслось в ответ.
Я посмотрела на бейджик, который украшал блузку хамоватой особы.
— Алевтина, мы тут одни.
Грубиянка моргнула и вдруг улыбнулась:
— Забегалась, не заметила, что все уже свое сожрали. Судакелло родня судаку. Он итальянец. Из Стамбула. Поэтому назван судакелло.
— Тогда уж стамбулелло, — развеселилась Лиза, — город, который вы назвали, является столицей Турции. Не Италии.
Алевтина оперлась руками о прилавок.
— Ты родилась в Москве? Русская?
— Да, — подтвердила Лизавета.

— Если переедешь жить в Париж, то будешь уже не русской? Станешь француженкой? — продолжала Алевтина.

— Нет, конечно, — ответила Трифонова.

— Вот и с судакелло так! Родился в Милане, а жил в Стамбуле. Берете? На гарнир потатосовая икра.

— Чья? — хором спросили мы.

Буфетчица закатила глаза.

— У нас сегодня тут игра «Кто хочет отгрызть миллион»? Вопросы-ответы?! Потатос. Типа нашей...

— Картошки! — воскликнула Лиза. — Только сладкой. Я ее в Мексике ела. Наш картофан безвкусный, а у них прямо творожная запеканка.

— Не знаю, кто и что в Мексике жрет, — поморщилась Алевтина, — за границей и тараканов в оладьи ложат.

— Кладут, — поправила Лиза.

Я дернула ее за кофту, но поздно. Алевтина покраснела.

— Ты кладешь, а я ложу. И что?

Я наступила подчиненной на ногу.

— Ой! — пискнула Елизавета.

— Если человек умничает, значит, у него в голове дырка от бублика, — объявила тетка. — Потатос не растет в огороде, это зубы Потатоса.

Глава 17

Лиза втянула голову в плечи, меня охватило неуемное любопытство.

— Кто такой Потатос? Зверь? Овощ? Фрукт? Грибы?

— Зубы твердые, — высказалась Лиза, — сундукелло еще куда ни шло, можно один раз слопать, но чьи-то клыки грызть не очень приятно.

— Судакелло, — поправила Алевтина, — потатосовые зубы мягкие, типа лапши. Он ими ходит.

— Где? — заморгала Лиза.

— В океане по дну, — рявкнула буфетчица. — Девки, вы мне осточертели. Бла-бла языком. Короче! Берете? Если да, то чай из тыквенных семечек полагается бесплатно. Если его отдельно брать, то он стоит шестьсот рубликов стакашка.

— Сколько стоит... ну... это... с зубами и рыбой? — осторожно спросила я.

— Сто граммов сырого веса пять тысяч.

— Чего? — попятилась Лиза.

— Свиных пятачков, — заорала Алевтина, — рублей!

— Ни фига се цены подскочили, — ахнула моя подчиненная, — еще вчера я тут совсем недорого поела.

— Пять тысяч за одно блюдо бизнес-ланча? — изумилась я. — Сомнительно, что к вам потянутся посетители.

— Ежели денег нет, зачем схватили меню «Экзотика»? — зашипела буфетчица и сунула мне в руки потрепанную папочку.

— Вот сегодняшний обед на ваш копеечный оклад.

Я открыла меню и углубилась в чтение. Салат «Веселая морковка». Состав: «Изюмчик в костюмчике, морковочка в шляпке, орешки от белки Кешки и огурец-молодец перемешались с гавайским дрессингом и готовы сплясать танго в вашем животе». Суп-лапша куриная из цыплят от тети Фиры из деревни Кастрюлино. Рыба прямо из Америки, сорт Непоймикакченазыва с жемчужными ядрами с поля деда Домового, мужа Бабы-яги. Чай на любой вкус.

— Меню составлял человек со специфическим чувством юмора, — вздохнула я, — раньше просто писали. Борщ. Уха. Салат из овощей.

— Прежде тут работала скучная баба, — заявила Алевтина, — теперь мы иначе танцуем. Люди должны на работе смеяться, поплачут они дома. Понравилась меньюшечка?

На лице буфетчицы расцвела по-детски счастливая улыбка.

— Меня приятели и посторонние зовут тамадить на дни рождения, праздники. Все соседи говорят, что Аля лучше всех шутит.

— Здорово, — похвалила я тетку.

Ну не говорить же ей, что слово «меньюшечка» вызывает приступ икоты, а глагола «тамадить» нет.

Алевтине без меня кто-нибудь правду о ее таланте «весело шутить» скажет.

— Если чего не поняли, спрашивайте, растолкую, — излучала радость тетка за прилавком.

— В принципе, все ясно, — пробормотала я, — дрессинг — это соус, скорей всего майонез. Тете Фире следовало жить в Одессе, но она переехала в Кастрюлино и родила там цыплят. Из цыплят тети Фиры сварили суп. Жемчужные ядра — перловка.

— С рыбой вопрос, — влезла в беседу Лиза, — Непоймикакченазыва. Не слышала о такой.

Буфетчица вытащила из-под прилавка коробку, порылась в бумажках, которые ее наполняли, и извлекла картонный прямоугольник.

— Вот. Оставила Нюся, она уволилась. Тут название четко указано.

Я взяла ценник. «Поставщик ООО «Уральские моря». Рыба непоймикакченазыва...» Окончание слова не влезло на небольшой ярлык. Я постаралась сохранить серьезный вид. Замечательная фраза «не пойми как че называ...» написана от руки корявым почерком. Вся остальная информация напечатана. Похоже, рыбаки, которые выловили обитательницу Уральских морей, забыли указать ее название. Вот поставщик и сообщил на этикетке: «Не пойму, как называется то, что упаковано в коробку». Человек, который царапал шариковой ручкой по наклейке, очень хотел уместить всю фразу на ней, поэтому не делал между словами интервалов. И на свет родилась рыбешка «непоймикакченазыва». Вам странно, что Алевтина поверила в существование этого обитателя вод? В советские годы в магазинах продавалась рыба со странным названием простипома. Стоила она недорого, была вполне вкусной. Мой отец самозабвенно копил на машину, поэтому семья ела одни макароны. Иногда по большим праздникам бабушка отваривала рожки, смешивала их с простипомой, добавляла сырое яйцо и запекала в духовке. Рецепт кажется не очень аппетитным, но получалось вкусно. Хотя мне, постоянно евшей перловку и от этого здорово растолстевшей, в детстве любое блюдо, кроме опостылевшей каши, казалось изыском. Ну и почему, если есть простипома, не быть «непоймикакченазыва»? И, кстати, кто из вас знает, где находятся Уральские моря? Во глубине Уральских гор?

— Ланчевать будете? Думайте быстрее, — поторопила нас Алевтина, — до окончания обеда осталось десять минут. Потом ланчевое меню я поменяю на нормальное. Оно дороже.

— Кофе у вас выпить можно? — спросил коренастый мужчина, подходя к прилавку.

Мы с Лизой попятились к двери.

— Слушай, давай у метро купим хот-доги? Пусть они вредные, зато понятно, из чего сделаны, — предложила Трифонова, когда мы очутились в коридоре.

И тут у меня в кармане завибрировал телефон.

— Пообедала? — спросил Димон.

— Рассказывай, — велела я.

— Лучше вернись в офис, — предложил Коробков.

— Мне надо в переговорную, а ты иди за сосисками, — сказала я Лизе и побежала к лифту.

— Вид у тебя не самый довольный, — заметил Коробков, когда я вошла в комнату.

— Все нормально, — заверила я и направилась к кофемашине. — Что госпожа Гонкина? Согласилась на встречу?

— Да, — подтвердил Коробков, — через час в ее лаборатории. Адрес сейчас сброшу.

— Надеюсь, мне не придется ехать на другой конец Москвы, — вздохнула я, взяв чашку с кофе, — иначе могу не успеть.

— Одна остановка на метро, — пояснил Димон, — ее дом соседствует с входом в подземку. На джипе потратишь в три раза больше времени.

— Отлично, — обрадовалась я. — Надеюсь, Карина тоже не отказалась поговорить.

— Ее нет, — сказал Коробков.

Я поперхнулась кофе.

— Умерла?

— Ни в Москве, ни в области нигде не зарегистрирована Карина Молчанова, — объяснил мой друг. — У нее несуществующий адрес и телефон, который ранее принадлежал интернет-аптеке «Сила земли». Народ заказывал по нему всякие сборы лекарственных трав, мази, витамины. Потом, не знаю почему, аптека сменила номер. Старый отключили, он сейчас ничей.

— С мобильным понятно, — кивнула я. — А что с адресом?

— Улица Вольская, дом тридцать, квартира сто двадцать, — выпалил Коробков, — но на Вольской всего двадцать четыре здания. Эта улица находится на юго-западе, а Карина живет в районе проспекта Мира.

— Теперь объясни, как ты ухитрился узнать про квартиру и мобильный, если у Карины Молчановой нет регистрации. И как выяснил, что она живет на упомянутой тобой улице?

— Адрес и телефон сообщила Ксения Федоровна, — неожиданно сказал Димон.

Я обомлела.

— Ты звонил женщине, у которой погиб сын?

— Она осталась одна, — стал оправдываться Димон, — я подумал, может, ей некому помочь? Назвался волонтером фонда «Потеря», сказал, что кто-то из сотрудников может в любой момент приехать, поддержать ее психологически. Ксения Федоровна очень вежливо ответила: «Огромное спасибо за ваше желание и протянутую руку дружбы. Сейчас я немного дезориентирована. Внезапная смерть сына выбила меня из колеи». Я спросил: «Рядом с вами есть кто-либо? Не стоит оставаться одной».

— О нет! Предпочитаю переживать горе без свидетелей, — возразила Бурбонская, — родители с детства мне внушали: «Никогда не плачь на глазах у посторонних». А поскольку мне сейчас очень хочется плакать, то я предпочитаю находиться одна.

— Хоть Карину позовите, — посоветовал я ей.

— Кого? — удивилась она.

— Подругу сына, — объяснил я.

Она вздохнула:

— Знаю ее имя, телефон и адрес: она живет где-то на проспекте Мира, но мы никогда не встречались. Я попросила Гену: «Приведи девочку, хочу на нее посмотреть». А он отмахнулся: «Мама, это просто так. Без далеко идущих планов. У меня таких вагон был». Я возразила: «Но имен тех, кто в твоем вагоне сидел, я никогда не слышала. Ты с ними по домашнему телефону не говорил, а с Кариной часами на трубке висишь. Значит, она особенная. Дай мне ее координаты». Гена попытался увильнуть, но я потребовала. И получила номер и адрес. Хотела с девочкой по секрету поговорить, выяснить ее планы, но она не снимала трубку. Теперь не знаю, как ей сообщить о беде. Официально Карина Гене никто.

Я попросил координаты Молчановой, пообещал деликатно ввести ее в курс дела. И! Адрес оказался вымышленным, телефон сейчас ничей.

— Все интереснее и интереснее, — протянула я. — Побегу к Гонкиной. Времени на дорогу впритык осталось.

Глава 18

В вагоне было одно свободное место. Я села и закрыла глаза. Справа от меня находился поручень, слева сидела женщина лет тридцати. Она не обратила на меня ни малейшего внимания, продолжала разговор со своей подругой. Я стала невольной слушательницей диалога, который грозил перерасти в скандал.

— Не я дура, а ты! Не хочу с тобой говорить! — прошипела одна

— Ирка, не обижайся. Я обозвала тебя сгоряча. Неужели не понимаешь? Это сплошное надувало! Мой папа когда-то давно отволок всю валюту, которую они с мамой на квартиру скопили, в МММ. Это название фирмы, она обещала выплатить огромные проценты. И что? Доллары пропали, ни прибыли, ни вклада назад папа не получил, — ответила другая.

— Сравнила! Они денег не просят.
— Просто так свои уколы делают?
— За инъекции надо заплатить.
— Скока?
— Отстань.
— Нет, ответь!
— Триста тысяч.
— Ирка! Сбрендила? У тебя таких денег нет! Ну ваще! Три сотни за дерьмо!

— Сама ты дерьмо! Через двадцать лет ты станешь жуткой сморщенной старухой, морда отвиснет, верхние веки на щеки упадут. А я буду персиком ананасовым!

— Дура ты! Где бабло нарыла?
— Кредит взяла.
— Ой! Идиотка!
— Отвянь!
— Немедленно верни в банк всю сумму!
— От...!
— Ира! Послушай меня!
— Чего?
— Только не ори!
— Это ты вопишь!
— Может, ты не так все поняла. Тебе сделают уколы?
— Ага.
— Куда?
— В тело!
— В какое место? В лицо?
— Нет, в вену.
— Сколько инъекций?
— Две. Одну сейчас, вторую через месяц.
— Дальше?
— А что дальше?
— Вот я и спрашиваю: что дальше?
— Законсервируюсь внешне. Время пойдет, а я стареть буду намного медленнее, чем ты. Морщин мало появится, волосы не поредеют, задница не расплывется. В шестьдесят ты будешь Бабой-ягой, а я на сорок лет стану выглядеть.

— Ирка, — простонала подружка, — вдумайся в свои слова. Сейчас ты заплатишь триста тысяч, которых у тебя нет.

— Есть! В сумке лежат.

— Они банковские. Как возвращать их собралась? Тебе вечно денег на пожрать перед зарплатой не хватает! Ко мне обедать бегаешь.

— Вот ты какая, оказывается! Ну и подавись своим гнилым картофельным пюре. Все! Больше никогда не зайду, не позвоню!

— Ир! Послушай...

— Пошла на ...! — завопила блондинка, сидевшая по левую руку от моей соседки.

Потом она вскочила и пошла в другой конец вагона. Сделав пару шагов, женщина обернулась.

— Эй! Эмилия Федоровна! Верните мой розовый свитер! Взяли еще в январе и не отдали! Небось заносили до дыр. У меня ни денег, ни ума нет? У вас, Эмилия Федоровна, и того и другого навалом. Зачем у нищей Иры кашемировый пуловер с...?!

Произнеся гневную тираду, Ирина встала у самой дальней двери и повернулась к ней лицом. Народ в салоне сидел в наушниках, все уткнулись кто в телефон, кто в планшетник. Я подавила вздох. Во времена моего детства, если в метро кто-то затевал ссору, повышал голос на спутника, все пассажиры отрывались от газет-книг и хором объясняли скандалисту, что он не прав. Но сейчас иные времена. Уж и не знаю, что хуже: когда окружающие тебя постоянно воспитывают или когда никому ни до кого дела нет.

Соседка повернулась ко мне.

— Слышали, да?

Я не собиралась вступать в бессмысленную беседу.

— Нет. Извините, я сплю.

Но Эмилию не остановило мое равнодушие.

— Моя подруга нашла врача, который ей за триста тысяч сделает уколы красоты. Представляете?! Цена жуть.

Я демонстративно зевнула.

— Да, омолаживание дорогое удовольствие.

— Вы не понимаете, — покраснела Эмилия, — ей пообещали, что сейчас никаких изменений не произойдет. Но она «заморозится» и в шестьдесят будет выглядеть на сорок. Ирке тридцать четыре. Значит, долго ей придется ждать результата. Если на седьмом десятке она станет сморщенной обезьяной, то кому прикажете морду бить за обман? Врач, если будет еще жив, к тому времени адрес и телефон поменяет. Кидалово-надувалово. Ирка, дура, кредит взяла.

Поезд прибыл на станцию, я вскочила.

— Простите, мне надо выходить.

— Я тоже пойду, — заявила Эмилия, поднимаясь, — авось сумею дуру остановить.

Я вышла на платформу первой и постаралась как можно быстрей оказаться на улице. Обсуждать с Эмилией глупость, которую собралась сделать Ирина, не имеет никакого смысла. Женщина решила «законсервировать» свое лицо и непременно осуществит задуманное. Удивительно, как креативны мошенники: инъекции, результат которых можно оценить через двадцать лет! Тут и добавить нечего.

Не успела я очутиться на улице, как прилетело эсэмэс от Димона. «Гонкина ждет в к. 12. Скажи, что ты от Алексея Федькина, владельца концерна по выращиванию овощей, фруктов и консервированию». Как и обещал Коробков, большое здание, в котором располагались разные офисы, стояло у входа в подземку. Я вошла в холл, увидела рецепшен и спросила у администратора:

— Мне в адресе написали «к. 12». Я решила, что имеется в виду квартира, но сейчас понимаю, что ошиблась.

Дежурная, у которой губы занимали три четверти лица, навесила на лицо вежливую улыбку.

— К — это картье.
— Что? — не поняла я.
— Картье, — повторила администратор, — в переводе с французского — квартал, район.

Если мне в магазине говорят: «Вам могу предложить прекрасный скирт, под нее есть шоез ноирового цвета, и коат в колере спелой фрамоизе сюда идеально подойдет...», я не возмущаюсь. Не кричу: «Перестаньте говорить на англо-французском суржике. Я живу в России! Skirt — это юбка, shoes — ботинки, coat — пальто, noire — по-французски черный, a framboise на том же языке — малина. И уж если вы решили изображать иностранку, то произносите слова правильно, не фрамбоизе, а фрамбуаз!» Откуда я знаю название ягоды? Для расследования одного дела мне пришлось несколько месяцев изображать студентку, которая с восторгом изучает язык трех мушкетеров. Я ухитрилась даже зачет сдать!

Но сегодня я по непонятной причине разозлилась и сердито сказала:

— Мы не в столице Франции. В Москве.

Служащая засмеялась и показала рукой налево.

Я повернула голову и уткнулась взглядом в большую вывеску над лифтами: «Красота Парижа» любит вас».

— Наш холдинг включает в себя множество бьюти-лабораторий, где разрабатываются антиэйджинговые средства, СПА-салоны, в которых вам предложат уникальный профессиональный уход, и хирургический блок, — заученно продекламировала жуткая красавица, переборщившая с гелем в губах.

— Понятно, — остановила я ее. — Как мне попасть в двенадцатый квартал?

— Лифт номер три, этаж шесть, — сообщила девушка.

Я пошла к подъемнику и вскоре вошла в большой кабинет, который напоминал библиотеку. Красивая женщина, которой по виду никак нельзя было дать более сорока лет, улыбнулась.

— Татьяна? Присаживайтесь. В связи с отсутствием времени предлагаю опустить часть беседы про чай-кофе, погоду и так далее. Давайте сразу перейдем к главному вопросу. Зачем я вам понадобилась? Но если вы хотите капучино, я велю его приготовить. Предупреждаю, подадут напиток из капсулы, а к нему печенье на пальмовом масле.

— Спасибо. Если я буду угощаться в каждом офисе, куда приходится заглядывать во время работы, то вскоре превращусь в слона с ожирением, — ответила я.

Марина окинула меня цепким взглядом.

— Жира не вижу. Хорошо развитые мышцы. Достаточно посмотреть на трапециевидную, чтобы понять: вы серьезно занимаетесь спортом. Широкие запястья. Вы никогда не будете выглядеть умильным зайчиком. Весы всегда покажут от семидесяти до семидесяти пяти килограммов. Природу не обманешь, она вас задумывала не комаром. В вашем случае потеря веса — удар по красоте. Первым похудеет лицо, появятся морщины. Какой у вас вопрос?

Я вынула из сумки банку.

— Меня к вам отправил Федькин. Небольшая просьба. Можете после визуального осмотра сказать о составе чая?

Гонкина встала, подошла к шкафу и открыла его. Вместо ожидаемых книг и папок я увидела штативы с пробирками, инструменты и несколько приборов, из которых опознала лишь микроскоп.

Глава 19

Гонкина открыла небольшую плоскую банку, в которой я привезла малую толику чая «Райский сад детства», высыпала его в стеклянную тарелку и начала перебирать чаинки с помощью чего-то похожего на пинцет. Потом она открыла темную бутылку и накапала на содержимое банки красной жидкости...

Я терпеливо ждала вердикта.

Наконец Марина закрыла шкаф, сдернула перчатки и бросила их в закрытое, как мне показалось, мусорное ведро. Крышка разъехалась, перчатки провалились внутрь, послышалось тихое гудение.

— Где вы взяли объект исследования? — спросила Марина.

— Чай мне подарили, — соврала я.

— Начнем с нуля, — сказала Гонкина. — Вы кто?

— Татьяна, учительница домоводства, — опять соврала я, — муж владеет сетью автосервисов, у него много разных клиентов. Мы не нуждаемся, я работаю, чтобы дома не сидеть. В начале июня перед уходом на каникулы родители учеников сделали мне подарки. Все знают: я обожаю чай. Поэтому нанесли разных упаковок. Я открыла эту, заварила. Запах мне не понравился, слишком ароматный. Прекрасно знаю, если крышку сняла и по всей кухне корицей несет, к гадалке не ходи, там ароматизаторов через край. Понятия не имею, почему не выкинула жестянку. Обычно я такие подношения мигом отправляю в мусор. А тут затормозила. Пару дней назад в гости к нам приехал Леша, владелец холдинга, который выращивает овощи-фрукты и производит из них консервы. Федькин закончил биофак, увлекается растениями, у него в усадьбе сплошные оранжереи. Все про то, где и что цветет, он прекрасно знает.

Алексей увидел на окне банку, открыл ее. Ему, в отличие от меня, чай понравился. Насыпал в чайник малую толику, кипятком залил. Потом в чашку наплескал. Я всегда процеживаю чай. А Леша любит, как он говорит, «с потрохами». Поднял он кружку... и на стол вернул. Затем вопросы задавать стал: «Где ты взяла эту смесь? Кто подарил?» Я ему объяснила:

— Накануне Восьмого марта я вышла на перемене из кабинета, вернулась, а на столе тесно от пакетов. И, конечно, нигде не написано, кто что преподнес. А почему ты интересуешься?

И тут Леша сказал: «В составе чая есть странные ломтики. Слышала про фрукт Вантри?»

Мне смешно стало. Я настоящая тундра. Яблоко, апельсин, мандарин, банан — только их покупаю. Киви недавно попробовала и то потому, что Алексей заставил. Какой такой Вантри? Предположим, Федькин прав, он есть в чае, и что? Разве от полезных фруктов плохо станет? Но Леша мне запретил чай даже нюхать, дал телефон вашего офиса и приказал: «Отправляйся к Марине Анатольевне. Она гений. Попроси провести экспертизу на Вантри. Если я ошибся, то и слава богу. А коли нет... тогда надо думать, кто тебя отравить решил».

Я засмеялась.

— Лешик у нас очень мнительный. Кто-то у него дома чихнет — Алексей в панике: воспаление легких. Еду не разрешает на два дня готовить, кричит: «В холодильнике суп через пять часов станет ядом». Спорить с ним бесполезно! Я спросила, что в этом Вантри плохого? Лешик трагическим голосом заявил: «Немедленно к Гонкиной».

Я кивнула, а сама подумала: зачем беспокоить занятого человека, профессора, по пустякам, никуда не поеду, совру Федькину, что беседовала с Мариной Анатольевной.

А он, как будто услышав мои мысли, сказал: «Имей в виду, после того, как ты вернешься, я устрою тебе допрос. И пойму, говорила ты с Мариной или нет. Специально ничего тебе про Вантри не сказал».

Вы уж, пожалуйста, расскажите все про Вантри, иначе Лешик меня со свету сживет. У вас в прейскуранте есть пункт: «Ответы на вопросы клиентов». Оплачу время, которое вы на меня потратите. Почему мне надо опасаться Вантри?

Марина Анатольевна поправила воротник блузки.

— Мир растений огромен. Нет специалиста, который обладает исчерпывающими знаниями о всей флоре. А простой человек знает лишь то, что у него около дома цветет, пахнет, зеленеет. В начале девятнадцатого века группа английских энтузиастов отправилась изучать леса Бразилии. Они надеялись найти дикие племена, которые не затронула цивилизация. К слову сказать, даже сейчас, когда бразильскую гевею, дерево, из которого получают сырье для производства каучука, в большом количестве уничтожают, леса этой страны непроходимы. Не так давно один журналист[1] облетел огромный массив джунглей. Ему удалось сделать уникальные снимки аборигенов, которые ведут первобытный образ жизни. Англичане провели не один день в диких лесах и наткнулись на поселение.

Вопреки ожиданиям племя проявило к ним доброжелательность. Нежданных гостей накормили, напоили напитком, похожим на чай, и уложили спать. На следующий день вождь устроил пир. Англичане вернулись на базу в полном восторге. Рассказали тем, кто ждал их в палатках, о том, как прекрасно провели время. Члены экспедиции стали составлять план приобщения аборигенов к цивилизованной жизни. Кроме того, они загорелись желанием изучить еще одну часть девственного леса. На сей раз в поход отправились те, кто ранее оставался на базе. Через две недели, так и не найдя никого и ничего, отряд вернулся. Его членов ожидало потрясение. Все их коллеги оказались мертвы. Поскольку экспедиция в основном состояла из

---

[1] Рикардо Стукерт. Он летел на вертолете, из-за грозы пришлось изменить курс, спуститься совсем низко. Рикардо увидел людей в набедренных повязках, с раскрашенными телами, они начали стрелять в вертолет из луков. Это случилось в бразильском штате Акри, неподалеку от границы с Перу. Бразилия строго защищает свои леса и аборигенов.

врачей, а транспортировать тела домой не представлялось возможным, не было тогда средств «заморозки», вскрытие произвели на месте. Стало понятно: людей не убили, они умерли от естественных причин: инфаркт, инсульт, прободение язвы желудка. Можно было считать произошедшее роковым совпадением. Но сэр Томас, начальник экспедиции, обратил внимание на поведение местных носильщиков, тех, что оставались в лагере, а ранее побывали у аборигенов. Они чувствовали себя прекрасно, но выглядели виноватыми и, что уж совсем странно, не сбежали, когда белые господа стали умирать. Обычно, если случается что-то из ряда вон, местные проводники мигом исчезают. С одной стороны, они опасаются, что их сделают виноватыми, с другой — боятся заразиться чем-то неведомым. Но эти люди остались.

Сэр Томас допросил мужчин и в конце концов узнал правду. Когда англичан повели пировать, носильщиков оставили вместе с аборигенами в месте, где готовят пищу, предложили им какую-то кашу. Один из парней возмутился.

— Белым господам дали вкусное мясо, а нам, вашим братьям, толкушку из каких-то бобов?

Поварихи ничего не ответили. Когда старшие женщины ушли, велев девочке убрать за гостями, та нашептала самому молодому и горячему парню, который во всеуслышание возмущался:

— Белых отравили. Вождь не хочет, чтобы о нас узнали чужаки. Вас тоже хотели к умершим предкам отправить, но потом решили оставить в живых.

— Если англичане умрут, сразу станет понятно кто виноват, сюда прилетит куча людей с оружием, вам лучше побыстрей куда-нибудь уйти, — посоветовал один из носильщиков.

— Нет, — зашептала девушка, — им в еду подмешали фрукт Вантри. Один умрет от кашля, другой от колик в животе, третий от того, что голова сильно заболит. А вы не бойтесь, это не зараза, которая на вас перейдет. Вантри на всех действует по-разному, его съесть надо. Наше племя вовсе не такое дикое. Сюда иногда приходят люди из городов, вождь им Вантри отдает в обмен на лекарства. Противоядия от него нет.

Когда, вернувшись в лагерь, англичане стали умирать один за другим, местные проводники не сбежали, знали, что иностранцы покидают этот мир не из-за заразы. И они очень хотели получить свои деньги.

Ясное дело, те, кто остался в живых, кинулись в деревню аборигенов. Она оказалась пустой, все жители исчезли. Один из носильщиков показал на небольшое корявое деревцо с плодами, отдаленно напоминающими мелкие яблоки.

— Это Вантри, кухарка сказала, что их ни в коем случае нельзя трогать.

Иностранцы осторожно собрали фрукты и доставили их в Лондон в свою лабораторию. В наше время узкие специалисты знают о Вантри, что если им полакомится живое существо, оно неминуемо умрет от какой-нибудь естественной причины. Но механизм действия плодов не изучен до сих пор. Следует отметить, что пик изучения экзотического плода пришелся на конец XIX — начало XX века. Когда же стало понятно, что использовать плод никак не удастся, ученые потеряли к нему интерес. Но я продолжаю его изучать. На мой взгляд, плод можно применять в медицине. К сожалению, многим ученым свойственна «туннельность» мышления, они видят только впереди и позади себя, по сторонам не смотрят, твердят, что фрукт опасен.

Марина Анатольевна нахмурилась.

— И что? Да мы можем найти такие «травки» в огороде на своих шести сотках, что полрайона убить можно. В Европе, России, Азии в сырых местах, на болотах растет вех ядовитый. Милые такие, белые соцветия, которые пахнут морковкой. Отличить вех от десятков других видов зонтичных может только тот, кто изучал ботанику. Его еще называют цикутой. Всего сто граммов корня этого растения запросто убьют корову. А у человека, который решил его пожевать, откроется рвота, начнется угнетение сердечной деятельности, возможен летальный исход. И повторяю, оно растет у нас под носом. Пойдете летом отдыхать на берег реки, а он там под ветерком покачивается. Но российские коллеги бубнят: «Вантри в России не растет. Использовать его невозможно. Зачем нам этот плод?» У европейских ученых то же мнение: «Мы его знаем, описали, и на этом все». А я не сдамся! Докажу, что Вантри прекрасно заменит ботокс! Татьяна, вы богаты?

Глава 20

Я рассмеялась:

— Мы с мужем копейки не считаем, но не входим в список миллиардеров. Нормально обеспеченные люди. Машину купили за наличный расчет, квартиру взяли в ипотеку. Понимаю, почему вы спросили. Наследство. Детей у нас нет, ближайшей родни тоже, тех, кто алчно потирает ладошки в ожидании моей смерти и супруга, не существует. Наша семья не делала никому гадостей, конечно, в течение жизни мы кого-то непременно обидели, задели. Но про врагов, которые жаждут нашей крови, я не знаю.

— С учениками конфликты бывали? — не успокоилась Марина.

Я всплеснула руками.

— Я преподаю домоводство. Учу детей варить суп, гладить вещи, убирать пыль. Всем ставлю исключительно пятерки.

Марина прищурилась.

— У меня родилась только одна версия. Кто-то из родителей привез из поездки в Бразилию в качестве подарков местный чай, купил его на рынке. В него случайно попал Вантри. Понимаю странность моего предположения, но другого просто нет!

— В России его никто не выращивает? — задала я вопрос дня.

Ученая пожала плечами.

— Мне такие люди неизвестны. Зачем разводить ядовитый плод? Какой смысл? Это весьма опасное занятие и очень дорогое. Потребуется специальная оранжерея, не железные ободки с пленкой, не домик из стекла с примитивным обогревом. Тут необходимо изделие от Крофос.

— Что это? — полюбопытствовала я.

— То, что совершенно не нужно обычному садоводу-огороднику, — улыбнулась Марина, — оборудование для ботанических садов, для выращивания лабораторных редких растений. Индивидуальное изготовление. Например, вам нужен циплер. Он весьма капризен, все ему не нравится, приспосабливаться под комнатные условия он не собирается. Вы заказываете ему в Крофосе «дом». Утром там автоматически поддерживается одна температура, в десять по московскому времени идет дождь, в полдень становится тепло, в три часа наступает прохлада, ну и так далее. При этом учтите: в таком режиме может существовать исключительно циплер индийский, «подселить» к нему кого-то не удастся. Экзоты очень капризны, ревнивы, обидчивы.

— Сколько стоит такая «квартира»? Наверное, недешево, — предположила я.

— Полмиллиона рублей минимально, — ответила ученая. — Для обычного человека это очень дорого. И циплер ему без надобности. Оборудование предназначено для профессионалов, для компаний, которые используют редкие растения. Но мы с вами обсуждаем то, чего в чае нет. А именно замечательный плод Вантри.

В первую секунду я хотела воскликнуть: «Зачем тогда вы мне поведали сказку про английских ученых?» Но я сдержалась, просто спросила:

— Вы уверены?

— Конечно, — усмехнулась собеседница, — этот фрукт, когда высыхает, приобретает ярко-фиолетовый окрас.

— А что у меня в чае? — не успокоилась я.

Гонкина вздохнула:

— Ни листьев, ни семян не вижу. Крошечные кусочки, похоже, стебля. Для идентификации материала совсем нет. Определенно это растение. Какое? Не знаю. Извините, я не очень вам помогла.

Дверь кабинета без стука распахнулась, появился парень в зеленом халате.

— Марина Анатольевна, группа готова.

— Иди, Паша, — кивнула Гонкина, — мы уже все обговорили.

Я попрощалась с Мариной и, уже стоя на пороге, поинтересовалась:

— Что можно подмешать в чай, чтобы превратить его в отраву?

Гонкина показала на шкаф с толстыми книгами.

— Большую часть того, о чем сказано в этих справочниках.

Марина Анатольевна толкнула дверь, мне пришлось выйти в коридор.

— Опасных растений в природе масса, — пояснила Гонкина, — поэтому не рекомендую вам грызть незнакомые травинки-листики. Давайте провожу вас, мне на первый этаж. Как обычно, придется ждать лифта.

— У вас какие-то интересные исследования? — для поддержания беседы спросила я. — Разрабатываете новые лекарства?

— Занимаюсь ядами, — ответила Гонкина, — они активно используются. Например, в мазях, кремах, гелях от мышечных болей. Долгое время я работала в разных научных центрах. Потом устала от бюрократических проблем, большого количества бумаг, которые требуется заполнять. Обидно, когда много времени уходит не на творческую работу, а на тупое выбивание реактивов, заявки, которые подписывает человек, ничего не смыслящий в деле. Ох уж эти лифты! Жди их по часу.

— Но вы работаете в центре для тех, кто хочет молодо выглядеть! — воскликнула я.

— Верно, — согласилась профессор, — последние десять лет меня очень увлекла тема антиэйдженговой терапии. Есть интересные разработки.

— Вроде вы специалист по ядам, — напомнила я.

— Про уколы ботокса слышали? — осведомилась Марина, входя в наконец-то приехавшую кабину, где уже стояла дама лет пятидесяти.

— Конечно, — подтвердила я, — его применяют для избавления от морщин.

— Ботокс — медицинский препарат, который получают из бактерий вида клостридий. Говоря по-иному — ботулотоксин, очищенный вирус ботулизма типа А. Нейротоксин. Если совсем просто: яд. Только ослабленный и очищенный до такой степени, что он не способен навредить здоровью, — объяснила Марина, — а я разработала замечательное средство на растительной основе, оно намного эффективнее ботокса, но на старом месте никто мне ни лабораторию, ни бюджет не выделял. А потом мои исследования привлекли внимание холдинга «Красота Парижа». Теперь я здесь, чему очень рада, тут прекрасные условия для творчества. Оказалось, мне нравится делать людей красивыми. Раньше смыслом жизни я считала восстановление здоровья больных, но не каждому можно помочь. Сейчас же вокруг меня нет никаких смертей, одна радость и восторг пациенток. Если хотите обрести молодость, приходите.

Я отреагировала так, как должна себя вести в подобной ситуации обычная женщина:

— Я плохо выгляжу?

— Нет, — засмеялась Гонкина, — но возрастных изменений не избежать. Мы можем «законсервировать» ваше лицо, шею, руки, тело. Процедуры недешевые, поэтому основная масса клиентов ограничивается лицом.

Мы вышли на первом этаже.

— Вынуждена вас покинуть, — завершила беседу Марина, — рада была познакомиться. Мой вам совет: не принимайте подарков от незнакомых людей. Лучше самой купить чай, потратить некую сумму, чем бесплатно выпить напиток и отбыть в последнее путешествие на катафалке. До свидания!

И Гонкина быстро пошла по коридору.

— Девушка, — раздалось за спиной.

Я обернулась и увидела соседку по лифту.

— Не слушайте Гонкину, — сказала она, — она на своих ядах помешалась. Всем в холдинге про фрукт Вантри уши прожужжала. Мне, например, раз пять про англичан, которые его поели и умерли, рассказывала. Говорят, она гениальный спец. Не знаю, мы работаем в разных местах. Но я уверена — вам ботокс не нужен. Ваше лицо в прекрасном состоянии. Уносите отсюда ноги, пока вас не развели на чушь вроде растительного лифтинга. Лет через пятнадцать приходите.

Я выбралась на улицу, вернулась на парковку у нашего офиса, посмотрела на часы и поняла, что надо спешить в дом Красавина. Сев в джип, я позвонила Аверьянову и рассказала ему о беседе с Гонкиной.

— Значит, не Вантри, — повторил Илья. — Не знаю, что подмешали в чай, но постараюсь определить. Тут Дима у меня трубку вырывает.

— Журналюга из газеты, которая дала сообщение про ужасное обращение с Ксенией в морге, не Нострадамус, — заговорил Коробков, — это девица по имени Оля. Она год назад окончила гимназию, учится на журфаке, набирается мастерства в листке, который выпускают для жителей местного околотка. Информацию она, если говорить прямо, сперла в онлайн-издании, которое выпускает одна девушка. А та хитрая бестия. Хочешь читать ее статейки, сначала подпишись, иначе получишь дулю. Я к ней зашел. Мамма миа! Дерьмо бьет фонтаном. Очаровашка учится в гимназии, которая расположена неподалеку от Крохина. И, похоже, мамзель в курсе всех деталей жизни педагогов: кто с кем спит, развелся, родил, к врачу ходил. Сейчас уточню ее настоящие имя-фамилию. И потом тебе мобильный телефон папарацци местного разлива скину. Она свои данные не скрывает, но то, что в ее газете указано, может оказаться враньем. Возможно, это и не девочка, и не школьница, а взрослый дядя. Но ноги растут оттуда. Ольга призналась, что постоянно там информацию черпает. Вернее, тырит, первоисточник не указывает. У нее правило: перед тем как ехать на занятия, порыться в чужой помойке и выудить там чего повкуснее. Первоисточник выбросил рассказ про труп в семь сорок пять. Вот так.

— Значит, у нас другой кандидат на роль Нострадамуса, — вздохнула я. — Разузнай все, ничего не упусти.

— Обижаешь, начальник, — хмыкнул Коробков. — Эх-ма, забыла Танечка, кто ее деревянной головушкой о стол стучал, уму-разуму учил. Теперь она крупный ананас на елке, а я не пойми кто!

— Ты гений! — сказала я. — Но они рассеянны. Я просто напомнила. Пока-пока! Сворачиваю на шоссе.

Приехав в дом Красавина, я отвезла Леру и Анюту в деревню, где им сняли избу, поменяла свой джип на старенькую иномарку, вошла в дом, хотела переложить ужин, который приготовила Рина, в кастрюлю и разогреть его, но не нашла сумку с судками. Обыскав холодильник и осмотрев кухонные шкафчики, я позвонила Лере с вопросом:

— Где контейнеры с едой?

— Ох, — запричитала она, — простите! Все оказалось таким горячим, прямо кипяток. Я поставила коробки на веранде и забыла потом их внести.

Я прошла в столовую, распахнула дверь на террасу и увидела три серые кучи на длинном столе. Это выглядело странно. Отлично помню, что утром, когда я уезжала за помощницами, на террасе царил порядок. Кучи внезапно зашевелились, у них появились сверху круглые шары с ушками, раздалось многоголосое «мяуу», и кошки кинулись врассыпную. Меня охватило дурное предчувствие. Я обозрела стол и увидела, что и по нему, и по полу разбросаны куриные кости.

Я мигом поняла, что случилось. Запах вкуснятины, которую приготовила Рина, привлек соседских кошек. Вот уж им повезло, прямо лукуллов пир! Но мне-то что делать?

Я схватила телефон и набрала домашний номер.

— Привет, — обрадовалась свекровь.
— Ужин для Красавиных! — воскликнула я.
— Я отдала его тебе утром.
— Его съели кошки, — чуть не зарыдала я.
— Спокойствие, — велела свекровь. — Сколько у нас времени?
— Час с небольшим.
— Не падай духом. Приготовишь прекрасное блюдо.
— Я?
— Ты.
— Рина! Я не могу даже...
— Ерунда! Под моим руководством у тебя гениально получится. Ну-ка скажи, какие продукты есть в наличии?

Я бросилась к холодильнику.

— Яйца, сыр, творог, йогурты, сливочное масло.
— Стоп. Возьми яйца и сыр. Что из бакалеи?
— Макароны... — начала я.
— Хватит. Овощи?

Я открыла верхнее отделение второго холодильника.

— Помидоры, сладкий красный перец, лук, морковь, кабачки.

— Супер, выгребай все. Делаем запеканку из макарон с овощами. Блюдо голодных советских лет. Сюда бы еще колбаски.

— Вижу в лотке тамбовский окорок, — сообщила я, — три куска.

— О-о-о! Круто. Итак. Берем отварные макароны, соединяем их с овощами, ветчиной, впихнем яйца, запечем... Ай!

Послышался грохот, громкий лай французских бульдогов Мози и Роки, вопль кота Альберта Кузьмича, потом воцарилась кладбищенская тишина.

— Рина, Рина, — кричала я в трубку, затем набрала номер свекрови.

— Абонент находится вне зоны доступа, — произнес милый женский голос.

Городской телефон тоже не отвечал. Я поняла, что произошло.

Глава 21

У Ирины Леонидовны есть привычка совершать одновременно несколько дел. Свекровь режет овощи, одним глазом смотрит в телевизор, вторым наблюдает за кастрюлей, которая испускает пар на плите, одновременно беседует по телефону с подругой и смотрит чей-то Инстаграм. Поскольку обе руки Рины заняты, мобильный она держит, прижав его подбородком к плечу. В какой-то момент шею свекрови сводит судорога, или она чихает, или на том конце провода сообщают нечто невероятное, причин найдется много, итог один: сотовый падает. Дальше уж как трубке повезет. Иногда она шлепается на стол и продолжает работать, часто падает на пол, а порой происходит катастрофа. Один раз мобильный спланировал в миску с водой для животных. Как назло, именно в этот момент из нее хлебал кот, который не ожидал ничего дурного. Альберт Кузьмич перепугался, несколько дней заикался, говорил «Ммяу, ммяу», потом успокоился, но наотрез отказался ходить на привычный водопой.

Теперь наш аристократ в кошачьей шкуре с шумом и чавканьем пьет из унитаза в санузле Ирины Леонидовны, чем вызывает ужас у нашей домработницы Надежды Михайловны. В последнее время я часто слышу по утрам голос Бровкиной, она речитативом выводит:

— Альберт Кузьмич, ангел мой, разве коту из интеллигентной семьи пристало пить из фаянсового друга? Представьте, что я оттуда чаевничаю. Вам это понравится? Ну, упал телефон, ну облил вас, так потерпеть можно. И трубка два раза в одну миску не падает.

Песню Надежды Михайловны на короткое время заглушает шорох домашних тапочек о пол. Это Рина несется в гостевой туалет, который расположен на первом этаже километровой квартиры. Свекровь своей ванной теперь не пользуется, там нынче чайная Альберта Кузьмича. А кот вкушает воду медленно, с чувством, с толком, расстановкой. Потом он валится на коврик и спит на спине, раскинув лапы. В этот момент нарушать покой барина нельзя, тому, кто осмелится помешать отдыху Альберта Кузьмича, кот ничего не скажет. Но потом вещи нахала будут выкинуты из шкафа. Нет, нет, их не испортят, просто вышвырнут. А в столовой вы обнаружите пустое блюдо, на котором лежали пожаренные для вас котлеты. Кот не ест бифштексы, зато их обожают ненасытные, безотказные утилизаторы любой еды, бездонные французские бульдоги Мози и Роки. Роки недавно на моих глазах сожрал лимон, а до этого Мози слопал головку репчатого лука. Альберт Кузьмич позовет собак, сбросит им ваш ужин и удалится. Еще у него в запасе есть совсем подлый трюк: невзначай за пару минут до того, как человек, нарушивший покой кота в ванной, соберется уйти по неотложным делам, войти в прихожую и потереться о его пальто. Тот, кто пытался очистить верхнюю одежду от кошачьей шерсти, меня поймет. Понимаете теперь, почему Рина совершает марш-броски по маршруту: спальня — туалет на первом этаже? Она опасается мести Альберта Кузьмича.

Я оглядела продукты на столе, уперлась взором в часы и подпрыгнула. Таня, времени почти не осталось. Приготовь хоть что-нибудь!

Я потрясла головой, мозг стукнулся о черепную коробку, проснулся и вспомнил: до того как убить очередную трубку, Рина сказала:

— Сделаем запеканку.

Танюша, включи логику, можно ли запихнуть в духовку сухие спагетти? Нет. Значит, их надо отварить!

Понимаю, что вы сейчас обо мне думаете, но я никогда не готовила «рожки», «ракушки» и их родственников. Как так могло получиться? У моего первого мужа были свои пристрастия. Он не прикасался ни к каким макаронам. Почему? Понятия не имею. Вот сосиски и яйца он уничтожал с упоением, что очень устраивало его жену, то есть меня. Супруг, который готов с энтузиазмом поглощать на завтрак-обед-ужин колбасные изделия, очень удобен в быту. А Гри, с которым я потом соединила свою судьбу, работал в особой бригаде и привел туда меня. Какие семейные трапезы! Пирожок в зубы — и бегом. Теперь же есть Рина. И каков результат? Я не знаю, как отварить макароны!

Я схватила айпад. Спокойно! Не в каменном веке живем. Где тут рецепты? Ну-ка, глянем. Спагетти по-итальянски. «Возьмите отварные макароны...» Нет, не подойдет!

Пару минут я изучала разные рецепты и поняла: советов приготовить вермишель, лапшу, «гнезда», «пружинки» с мясом, рыбой, морепродуктами, просто с сыром и даже вареньем уйма. Но нигде не указано как их варить. Наверное, я одна такая неумеха! Ладно, рискнем.

Я вытащила небольшую кастрюльку. Потом взяла пачку макарон и увидела надпись: «Варить в подсоленной воде семь минут. На сто граммов изделий пол-литра жидкости». Чуть не запрыгав от радости, я поцеловала упаковку, быстро поменяла маленькую кастрюлю на здоровенную, набрала в нее воды, вытряхнула в нее макароны, поставила на огонь и выдохнула. И что дальше?

Рина велела взять овощи, она говорила о запеканке. Следовательно, перец, кабачки, помидоры и все прочее надо нарезать.

Кромсать овощи нудное занятие, да еще от лука совершенно точно потекут по лицу слезы. Неужели у Анны Григорьевны нет чего-то типа комбайна?

Я порылась в недрах шкафчика и вытащила миксер. К нему прилагались большой стакан, два венчика и острый изогнутый нож, который насадили на штырь. Я заликовала. Отлично. Теперь сложим овощи в стакан, опустим туда резак, закроем крышку и нажмем на кнопку.

Сказано — сделано. Пластмассовая емкость затряслась. Минут через пять я решила, что все готово, заглянула в стакан и опешила. Вместо аккуратных кусочков я узрела нечто вроде йогурта по консистенции, только бело-красно-оранжевого цвета. Лук, помидоры, болгарский перец стали однородной массой. И что с этим делать?

Тут зазвонил телефон, меня искал муж. Я обрадовалась и сказала:

— Давай только не говорить о работе.

— Никаких служебных дел, — пообещал Иван Никифорович, — как ты относишься к поездке в Италию? Нравится ли тебе отпуск в сентябре?

Я пришла в восторг.

— Италия! Теплое море!

— В начале осени там не жарко, основная масса туристов уезжает, — сказал Иван, — можно зарезервировать отель. Но, на мой взгляд, лучший вариант дом на берегу. Выберем особняк побольше, возьмем маму, Димона с семьей!

— Ой, как здорово, — обрадовалась я. — Гениальная идея. Зачем нам отель? Там вся жизнь по расписанию.

— Отлично, — сказал муж, — значит, я займусь нашим отдыхом, сниму коттедж.

Глава 22

Я вздрогнула.

— Слушай, а как в советские времена люди снимали квартиры? Дачи?

— Не знаю, — удивился Иван, — передо мной никогда такой вопрос не вставал. У папы с мамой была большая квартира, кооперативная. Мои родители из обеспеченных семей, они никогда не жили на чужих квадратных метрах. И дача своя на Пахре была.

— У нас фазенды не было, — вздохнула я, — сидели летом в городе.

— Да ну? — удивился муж. — Во времена моего детства взрослые всегда старались отправить на июнь — июль — август своих отпрысков на свежий воздух. Если в семье была бабушка с избушкой в Подмосковье, это очень ценилось. И уж совсем здорово отвезти ребенка на море. Лето советского школьника — это двадцать один день с родителями по профсоюзной путевке в Крыму или в Абхазии, потом пара месяцев у бабули в ее избе. Те, кому не повезло с заботливой родней в селе, отправлялись в пионерские лагеря, где время проводили очень даже весело. Возможностей отправить ребенка, как тогда говорили, «оздоровиться» было множество. Предприятия построили лагеря отдыха по всему Подмосковью, путевка стоила копейки. Многие заводы-фабрики-НИИ вывозили детей сотрудников на море.

— Мой отец маниакально копил на машину, — вздохнула я, — он считал копейки в прямом смысле этого слова. Не знаю, какую сумму он определил для ежедневных трат, мне ее размер не сообщали, но отлично помню, как просила у бабушки девять копеек на молочное мороженое и слышала в ответ:

— Не сегодня. Лимит исчерпан.

Слово «лимит» мне не очень понятно, но я не сдаюсь, иду на жертву:

— Плодово-ягодное в картонном стаканчике стоит семь копеек.

— Не клянчи, — сердито приказывает старушка, — сказано: куплю, когда в кошельке зашуршит.

У бабушки для меня денег никогда не было, но я нашла возможность покупать лакомство.

Мне давали десять копеек на дорогу. До школы одна остановка на метро, пятачок туда — пятачок обратно. Я же неслась бегом до цитадели знаний и рысью назад. У меня появлялся гривенник, который я тут же относила в лавку с пломбиром. А потом, уж не знаю как, отец выяснил, что я не пользуюсь подземкой. И я перестала получать два заветных пятачка.

— Да уж! Советский мужик так мечтал иметь машину, что ради ее покупки мог заставить семью питаться сухими макаронами, — хмыкнул Иван.

— Почему сухими? — изумилась я. — Отварить спагетти ничего не стоит.

— Если вермишель-лапша-рожки приготовлены, к ним надо хоть дешевенькое растительное масло подать, — засмеялся Иван, — а сухие палки грызи, как сухари.

— Это уже слишком, — вздохнула я, — таких скряг на свете нет.

— Ошибаешься, — возразил муж, — со мной в школе учился Быков, имя его не помню. Вот они дома хрумкали спагетти, которые не побывали в кипятке. Его отец, как и твой, копил на машину. Ему было жалко копеек даже на крохотную пачку печенья, сухие макароны за бисквиты к чаю сходили.

— Жуть, — поежилась я, — оказывается, мой папаша добрый человек, у нас еще хлеб был и зеленый лук, правда, он на кухне на подоконнике рос.

— Почему тебя волнует вопрос, как Анна Григорьевна сняла дачу? — продолжал Иван.

— Не знаю, — призналась я, — в голове внезапно поселилась мысль: в этом корень всей истории.

— В фазенде, которую много лет назад снимала Шляхтина? — удивился Иван Никифорович.

Забыв, что муж не видит меня, я кивнула.

— У тебя, безусловно, есть чуйка, — сказал Иван, — она рано или поздно появляется у талантливого следователя. Сколько раз я слышал от коллег: «Не могу объяснить, почему подумал про Иванова. Словно кто-то на ухо шепнул». И сам порой получаю неизвестно откуда подсказки, с помощью которых нахожу преступников. Ты просто спроси у Анны про дачу. Может, она вспомнит.

— Прямо сегодня это и сделаю, — сказала я, — после ужина... Мама! Ужин! Макароны!

— Что случилось? — занервничал Иван.

— Потом объясню, — бросила я в трубку, полетела на кухню, схватила с плиты кастрюлю и вывалила ее содержимое в дуршлаг. Когда кипяток стек, я увидела крепко спаянный ком, повторяющий форму кастрюли.

Я застыла в недоумении. Почему так получилось? В памяти ожило воспоминание: вот моя бабка ополаскивает только что сваренные «перья» холодной водой. Я открыла кран и сунула дуршлаг под струю. Через пару минут стало понятно: ничего не меняется. И как подать сей «изыск» на ужин? Назвать конгломерат пирогом и резать его ножом? Как превратить слипшуюся массу в нормальные спагетти? Расковырять ее? Мясорубка! Гениальная идея!

Я бросилась к кухонным шкафчикам. Когда вы проворачиваете мясо, то засовываете в «горло» мясорубки целый кусок. И что потом вылезает через дырочки решетки? Колбаски! Таня, ты нечеловеческого ума женщина!

Вскоре у меня получилась здоровенная гора чего-то похожего на скопление червяков. Выглядело это вовсе не аппетитно. Кто станет есть холодные ошметки макарон? Их надо обжарить!

И тут зазвонил телефон, номер был мне незнаком.

— Слушаю, — на всякий случай сурово сказала я.

— Э... э... позовите Таню, — попросила свекровь.

— Рина! — заорала я. — Это ты! Какое счастье!

— Моя трубка приказала долго жить, — зачастила Ирина Леонидовна, — я попросила мобильный у соседки. Хотела позвонить по городскому. Представляешь! Забыла заплатить, и его отключили!

— Не подумала про стационарный аппарат, — подпрыгнула я, — хотя он, по твоим словам, тоже не работает.

— Слушай, батарейка заканчивается, — тараторила Рина, — отвари макароны, добавь туда овощи, перемешай, впихни яйца, положи в форму, сверху посыпь тертым сыром. Засунь в духовку. Через десять минут все будет готово.

— Можно туда окорок нарезать? — воскликнула я.

— Супер получится!

— Рина, только макароны у меня... ну... э... э... они немного странные, овощи вообще некрасиво выглядят, — призналась я.

— Спокойно! Любую гадость можно запечь, и она превратится в райское кушанье, — отрезала свекровь, — потом зелень...

В трубке возникла мертвая тишина. Мобильный соседки разрядился. Но ведь главное Рина сообщила. Я начала летать по кухне мухой. Раз! Странная масса из красного перца, помидоров и всего остального отправилась к макаронам, туда же полетел и нарезанный окорок. Два! Будущая запеканка переместилась в глубокую сковороду. Три! Верх украсился тертым сыром. Четыре! Я воткнула в смесь два целых сырых яйца. Пять! Ужин отправился в духовку. Я начала наводить порядок.

Не успела я убрать раскардаш на кухне, как из коридора послышался голос Анны Григорьевны:

— Ау, есть кто живой?

— Конечно, — ответила я и поспешила к хозяйке.

А из прихожей, вот же странно, уже доносились голоса Иры, Андрея Михайловича и какой-то женщины. Вскоре все члены семьи, которые сегодня почему-то вместе вернулись домой, расселись за столом.

Я открыла духовку и заморгала. Запеканка выглядела вполне прилично. Румяная сырная корочка сделала творение моих рук очень аппетитным. Единственной странной деталью были два куриных яйца, которые я воткнула в макаронно-овощную смесь. Скорлупа на них треснула и свалилась на сыр, белок разошелся, стало видно жидкий желток.

— Где ужин? — крикнула Анна Григорьевна.

— Уже несу, — отозвалась я и поплыла в столовую со сковородкой в руках.

Глава 23

— Что это? — заморгала Елена.

— Как называется блюдо? — в тон дочери спросила Анна.

Знаете, на чем «горят» все агенты под прикрытием? Их тщательно подготовили, сочинили легенду, почистили архивы, создали нужную личность. Предусмотрели все, организовали мать, отца, одноклассников, коллег по работе. Начнут проверять человека, обнаружат тьму людей, которые расскажут, как их приятель дрался на переменах. Ни сучка ни задоринки. Подготовили всех идеально. А потом агента кто-то случайно спросит:

— Я купил кактус, а он загибается. Может, я за ним неправильно ухаживаю. Сколько раз его поливать надо?

И наступает пауза. Нет ответа. Удивление в глазах того, кто стоит напротив, и его слова:

— Неужто ты не знаешь? Ты же сто раз говорил, что твои родители-ботаники разводили кактусы, торговали ими, а ты им помогала.

Надо вывернуться. Ты со смущенным видом бормочешь:

— Да я маленькая тогда была, не подпускали меня к колючкам. А когда выросла, родители уже перешли на садовые цветы.

Удивление в глазах того, кто стоит напротив, меняется на холодное недоумение. Ты понимаешь, что провалилась. На самых простых, элементарных вопросах сыплются агенты. О сложных-то группа подготовки подумала, но про уход за кактусами, которыми торговала семья агента, никто и не вспомнил.

Я моргнула. Как называется блюдо с яйцами? Память услужливо подсунула слово «судакетто», которое я услышала от буфетчицы.

— Макаронетто, — выпалила я, — миланская кухня.

— Андрюшенька, — засмеялась незнакомая дама, которая сидела справа от хозяина дома. — Помнишь «лабуду перед зарплатой», которую я готовила за пару дней до получки? Когда у нас финансы пели романсы. Ну-ка! Можно мне кусочек?

— Галина Николаевна, что за вопрос? — приторно-сладким голосом произнесла Анна. — Вам в нашем доме разрешено все.

Мать Андрея мигом нарезала мой кулинарный шедевр, взяла себе один кусок, отковырнула маленькую толику вилкой и отправила в рот.

— О-о-о! Очень нежно. И, конечно, моя «лабуда» дешевенькая, а у вас тут окорок! Потрясающе! Вы оригинально поступили с яйцами. Я-то, как по рецепту велено, разбивала их, смешивала с макаронами, так всегда делают, когда запеканки готовят!

Я попятилась в кухню. Смешать с яйцами? Рина сказала: «Впихни в макароны яйца». И как я должна была ее понять? Вот я и впихнула! Надо было объяснить иначе: «Разбей скорлупу, вылей содержимое яиц в макароны, перемешай все ложкой». Ну почему авторы кулинарных книг и опытные поварихи-любительницы думают, что все знают, как надо варить спагетти, и понимают, что «впихнуть яйца в макароны» — это значит смешать с будущей запеканкой содержимое куриной икры?

— Очень красиво вышло, — хвалила меня тем временем дама, — понимаю, почему итальянцы используют яйца столь оригинальным образом. У них в стране много вулканов, вот они их и изображают. Белок разошелся, как кратер, желток — лава. Браво, великолепно! Дорогой, как тебе?

— Мамулечка, — улыбнулся Андрей, — твоя «лабуда» непревзойденный шедевр. Никто не готовит лучше тебя. Но итальянский рецепт Татьяны тоже хорош. Да, прямо-таки мне понравился!

Я скромно опустила глаза. Таня, тебе несказанно повезло. Олигарх, похоже, всегда соглашается с матерью, которая имеет на него огромное влияние. Елена подпевает мужу, она не хочет ему противоречить. Анна Григорьевна тоже изображает восторг. А что ей остается делать? Теща целиком и полностью зависит от зятя. Одна Ирочка молчит, но на ребенка в этой семье обращают мало внимания, мнение девочки никому не интересно.

После ужина хозяин повел мать в ее комнату. У Галины Николаевны в особняке есть собственная опочивальня, куда домработнице строго-настрого запрещено даже заглядывать. Меня о неприкосновенности спальни Елена предупредила сразу, едва я переступила порог дома. Угадайте, как я поступила? Едва осталась в особняке одна, как сразу поспешила к двери, которая преграждала путь во владения Галины Николаевны. Естественно, мне не терпелось узнать, что там прячут. Дверь была заперта, но для отмычки дорогой замок не проблема. Все, что имеет скважину, можно отпереть. С электронным сторожем, когда нужна магнитная карта, чуть сложнее, но и с ним я знаю, как справиться. Вот перед замком, который реагирует на сетчатку глаза или отпечаток пальца, я временно спасую. Но и к таким запорам есть подход, Коробков подскажет, как их обойти. Тем, кто прячет свои секреты за семью замками, надо помнить: если ты что-то запер, то обязательно найдется человек, который сможет открыть все створки. Как же сохранить нечто тайное? Положить в банк? И туда при необходимости чужие руки дотянутся. Не стоит надеяться и на сейфы, ячейки с хитрой электроникой. Что делать? Запихни нечто секретное в стеклянную банку, заверни в старую наволочку и зарой в лесу. Не на своем участке-огороде, его могут перекопать. А чащу-то всю не перелопатят. Чем проще, тем лучше. Я знаю историю про вора, который грабил по ночам богатые дома. Парень дожидался трех часов утра, открывал входные двери с самыми современными замками и уносил с первого этажа много добра. Понятное дело, он предварительно проводил разведку, шел в те особняки, откуда уехали хозяева и прислуга. Талантливый юноша как-то раз решил обчистить симпатичный коттедж, владельцы которого улетели отдыхать. В доме осталась только бабушка, которой перевалило за восемьдесят. В таком возрасте слух притупляется, да и спальня старухи располагалась в мансарде. Ловкорукий молодой человек легко вскрыл замки, но дверь не отворялась. Вор не понимал, что ее держит, пытался открыть и был пойман охраной. И что выяснилось? Престарелая матушка хозяина дома заставила сына прикрепить изнутри щеколду, такую, как та, что была когда-то у нее в сельской избе. Бизнесмен посмеивался, но ради спокойствия любимой матушки велел привинтить железку. И что? Электронные «стражники» сразу покорились аппаратуре грабителя, а толстая палка, которая вставляется в «ушко», не дрогнула. Против лома нет приема. Кстати, в комнате Галины Николаевны я не нашла ничего особенного. Обстановка там не соответствовала дизайну дома. Кровать с никелированными спинками, затрапезный двухтумбовый стол, самый обычный стул, трехстворчатый гардероб. На стене у кровати красный с коричневым узором ковер. Я словно вернулась в детство, очутилась в нашей с бабушкой комнате, только не хватало узкого диванчика, на котором спала я маленькая. Никаких секретов Галина Николаевна от чужих глаз не таила. Наверное, она просто не хотела, чтобы жена сына и его теща заходили на ее территорию.

Я быстро убрала посуду, потом пошла во владения Анны Григорьевны и спросила:

— Можно задать вопрос, который вам покажется странным?

Анна, успевшая надеть халат, кивнула:

— Конечно. Думаю, это не праздное любопытство, вы не обычная прислуга.

— Как вы нашли дачу? — осведомилась я.

— Дачу? — не поняла дама. — Но зачем она нам? Мы круглый год живем за городом.

Я улыбнулась:

— Я плохо объяснила. Ваше знакомство с Ксенией Бурбонской произошло в деревне.

— А-а-а, — протянула Анна.

— Как вы попали туда? — договорила я. — Кто подсказал, где искать дом? У кого вы его снимали?

— Господи, да зачем вам эта ерунда? — отмахнулась Анна.

— Иногда то, что на первый взгляд кажется мелочью, является очень важным, — ответила я. — Если не секрет, расскажите.

Анна показала на кресло:

— Садитесь, дорогая. Никаких тайн нет. Дело давнее, я в то время была бедная женщина. Леночка дохленькая, тощенькая, бледная, всю зиму болела. Врач посоветовал отвезти ее на море. Прекрасная идея, но не осуществимая из-за отсутствия средств. Сейчас многие говорят: «Ах, в советские времена жизнь была стабильная, метро стоило пять копеек, а батон хлеба тринадцать». Не спорю. Я отлично помню цены. Между прочим, хлеб за двадцать пять копеек был лучше. Килограмм сыра — три рубля. Колбаса — два двадцать. Если зарплата восемьдесят целковых, не очень-то разгуляешься. А уж про одежду я промолчу. Обувь! Нога у ребенка растет! Ахнуть не успеешь, ботинки уже малы. Короче, не было у меня денег на юг ездить. Даже если дикарем поехать, потратиться надо основательно: билеты туда-назад, пусть даже в плацкарте, даром не дадут, комнату снять стоит не две копейки, продукты тоже не подарят.

Анна улыбнулась.

— А потом прямо чудо случилось. Мы с Леночкой часто в мае ходили в парк, я на скамейке сидела, девочка белок кормила, уточек. Число, наверное, было пятое, шестое. В парке пусто, суббота, погода прекрасная, народ на выходные уехал на дачи. Тогда много дней подряд, как сейчас, не гуляли. Подсаживается ко мне женщина, очень милая, говорит:

— Простите, что мешаю вам отдыхать. Мне предлагают сюда переехать. Какой здесь район? Я Кира. А вас как зовут?

Я ей все рассказала, Леночка подбегает, семечки для белочек берет. Кира спрашивает:

— Что вы в городе сидите? Девочку надо бы в деревню вывезти.

Я ответила:

— Хорошо на природе, да мне это не по карману!

Кира вдруг обрадовалась.

— Сама живу в деревне. Но сейчас надо в городе до осени остаться, свекровь заболела, уход за ней нужен. В селе у меня кошка и пес. Ищу кого-нибудь, чтобы поселился в доме, животных кормил. Поедете?

Я спросила:

— Сколько за аренду хотите?

Кира рассмеялась:

— Так бесплатно. За заботу о моих любимчиках. С огорода все брать можно, картошки, лука, морковки у меня полный подпол. Варенья-соленья, от пуза ешьте!

Я ушам своим не поверила, но все оказалось правдой. Мы с Леной отправились за город. И что вышло? Свекровь у Киры умерла, ей досталась квартира в Москве. Мы с Кирой подружились. Только потом странно как-то...

— Что случилось? — спросила я.

— Мы в селе несколько раз бесплатно лето проводили, — пояснила Анна, — с Ксенией я там познакомилась. Кира к нам на городскую квартиру в гости приезжала, мы дружили. В середине мая она всегда мне звонила, весело говорила:

— Пакуй чемоданы, Дик и Мурка Лену ждут.

А потом пропала. На мои звонки не отвечала. Я ждала от нее весточки до июня, поехала в деревню. Дом был сдан другим людям. Вот и все.

— И вы больше с Кирой не общались? — уточнила я.

— Нет, — развела руками Анна.

— Не обиделись, что подруга так поступила? — спросила я. — Пустила кого-то вместо вас?

Собеседница положила ногу на ногу.

— У Киры тоже не было мешков с деньгами. Нас с Леной она пускала бесплатно. Но самой средства были нужны. Хозяйка имеет право сдавать жилье кому угодно. Я ей очень благодарна за помощь, жалела только, что общение прервалось. Звонила несколько раз ей по городскому номеру, никто трубку не брал, потом ответил мужчина: «Я двушку купил. Куда подевалась прежняя владелица, не знаю. Вычеркните этот номер из своей книжки».

Глава 24

На следующий день в час дня я приехала домой и наконец оказалась наедине с семьей.

— Позаботиться о животных? — переспросил Иван Никифорович, услышав мой рассказ.

— Да, — подтвердила я, — собака и кошка. Наверное, еще за домом присмотреть. Анне просто повезло, она жила у Киры бесплатно.

— Я тоже бы не оставила «кабачков» одних, — воскликнула Рина, оглядывая французских бульдогов.

— Мама, «кабачки» остались в прошлом, — усмехнулся Иван, — щенки выросли, теперь они дыни-торпеды.

— Скорей уж арбузы, — поправила я, глядя на живот Мози. — Рина, большая просьба, если я еще раз позвоню и спрошу рецепт какого-то блюда, объясняй детально. А то вчера ты сказала: «Впихни два яйца в макароны».

— Все верно, — кивнула свекровь.

— Лучше называть действия последовательно, — вздохнула я. — «Возьми яйца, разбей их, вылей желток с белком в спагетти и перемешай».

— Так это и дураку понятно, — захихикала Рина, — не в скорлупе же их в макароны засовывать. Такое никому в голову не придет.

— Да-да, — подхватила я, — конечно, ты права. Но мне лучше говори очень подробно, поэтапно. Ладно?

В глазах мужа запрыгали чертики, но он ничего не сказал, задал вопрос на другую тему:

— Чем ты сегодня занимаешься?

— Поеду в офис, — ответила я, — домой заскочила ненадолго, соскучилась по Ирине Леонидовне, животинкам. Сейчас Альберта Кузьмича поглажу, и на работу. Димон должен был пообщаться со школьницей, которая ухитрилась написать о визите в полицию Ксении на опознание трупа сына до того, как его тело вытащили из канализационного колодца. И вроде Коробков нашел еще что-то интересное про Бурбонских. Но пока я не знаю подробностей.

Иван встал.

— Ну а у меня несколько встреч.

— Заберешь еду? — спросила Ирина Леонидовна. — Судки в холодильнике.

— И когда ты все успеваешь? — поразилась я.

— Так мне на службу не надо ходить, — сказала Рина.

— Уж лучше с утра до ночи пахать, чем у плиты скакать, — пробурчала я и пошла в прихожую, держа в руке судки с ужином для семьи Красавина.

— Стой! — закричала Рина, выбегая в холл с большим, как мне показалось, сундуком.

— Стою, — ответила я.

Ирина Леонидовна поставила сундук на кресло, открыла, выхватила у меня сумку с емкостями, засунула ее внутрь и затараторила:

— Еще скиснет, ты же будешь по городу таскаться, не зима на улице, лето. Лучше ужин в холодильник спрятать. Воткни синий провод в прикуриватель. И хоть неделю катайся, все свеженьким останется!

Рина захлопнула крышку.

— Неси аккуратно, не урони.

До офиса я долетела быстро, поднялась на наш этаж и спросила у Миркина:

— Где Дима?

— Он поговорил с журналистом, — ответил Федор, — выяснил все про корреспондента. Нет его.

— Что узнал, докладывай, — потребовала я.

Миркин запустил в волосы пятерню.

— Газетенка существует только онлайн. Главный редактор, он же издатель и владелец интернет-сплетника, девочка Агафья. Никаких журналистов нет. Она сама автор всех статеек.

— Значит, гимназистка, — пробормотала я.

В комнату вошел Димон и сразу включился в беседу:

— Сейчас все просто. Завел сайт и пиши, что хочешь. Что для нас интересно — газета зарегистрирована на Баранову, она одноклассница Иры, дочери Елены и Андрея. Агафья не впервые пишет про Шляхтиных-Энгельманов, в основном льет грязь. Она цитировала опус какого-то ученого, тот утверждает, что Анна самозванка. Якобы последние Шляхтины погибли в тысяча девятьсот восемнадцатом году, когда пытались бежать во Францию. Похоже, девочка их терпеть не может. Справедливости ради замечу, что ее газета — собрание сплетен и мерзких рассказов про учителей. Но в последнее время основная тема — Шляхтины.

— Так они еще и рядом живут! — уточнила я.
— Разве я не сказал? — удивился Димон. — Извини, забыл, значит. Да, в одном поселке, но особняки расположены в противоположных его концах. Хозяйка сего издания гордо пишет на стартовой странице: «Нас читают миллионы, мы самое известное онлайн-издание России и Европы», но это бахвальство. Подписалось на него чуть более сотни человек. Изучив список тех, кто читает новости от Барановой, я понял — это ее одноклассники и ученики гимназии, где учится девочка, впрочем, есть и посторонние подростки. Взрослые, наверное, решили: чем бы дитя ни тешилось, лишь бы не шлялось где-то без присмотра. Охота Агафье главного редактора из себя изображать? Да пожалуйста. Родители у нее при деньгах, дед с бабкой тоже. Не жалко девочке средств на создание сайта отсыпать, над ним профессионал поработал. Некоторое время у Агафьи в читателях была Ирина Красавина. Но потом она отписалась. Случилось это после того, как Агафья впервые выложила в Сеть главы из книги про Шляхтиных.

— Что за произведение? — поинтересовалась я. — Биография?

— По отрывкам, которые опубликованы, можно определить жанр как фантазии на историческую тему. Я нашел весь роман на литературном портале «Пишем — читаем», — отрапортовал Димон. — Ну, там все участники добры друг к другу так, что, думаю, кое-кто из них, прочитав «ласковые» слова в свой адрес, повесился в туалете. Полюбуйся!

Коробков развернул ко мне ноутбук, я стала читать отзывы: «Застрелись, идиот», «Не пиши, писатель», «Что за ...?», «За ... нам видеть это дерьмо?», «Здесь хоть как-то отсеивают шлак или кидают все вместе?», «Зайдите в мой Инстаграм, лайкните последнее фото, я участвую в конкурсе», «Геннадий, вас можно привлечь за клевету и выпороть за отсутствие знаний. Олимпиада».

Я посмотрела на Коробкова.

— Геннадий?

— Автор бессмертного творения в жанре исторически-фантастической беллетристики Геннадий Бурбонский. Он свое имя указал, за псевдоним не прятался

— В каком жанре написан роман? — рассмеялась я.

— Исторически-фантастическая беллетристика, — повторил Димон.

— Теперь понятно, как надо именовать книги, авторы которых описывают балы римской знати времен императора Максимилиана, для участия в которых прибыл из России царь Петр Первый, — окончательно развеселилась я. —

Надо узнать у Аверьянова: то, что сын Ксении вывалил в Интернет, — это тот опус, который видел Герман, приятель Ильи? Или Бурбонский еще одну книгу накропал?

Глава 25

Вернувшись в поселок, я остановила машину у ворот гаража, нажала на брелок, услышала стук, посмотрела в окно и увидела девочку лет тринадцати. Юная особа была при полном макияже, с укладкой и в дорогой одежде.

Я опустила стекло.

— Добрый день, что вы хотите?

— Ваша Ирка за деньги пляшет голой перед мужиками! — сообщила красавица.

Я вышла из машины.

— Ирина несовершеннолетняя. Ее в стриптиз не возьмут. Вот исполнится девочке восемнадцать, тогда может оформиться на такую работу.

— Я не вру! — топнула ногой модница.

— Разве я сказала про ложь? — осведомилась я. — Просто уточнила, что пока Иру никто не пригласит прилюдно раздеваться.

— Зря вы мне не верите, — разозлилась незнакомка.

Я внимательно посмотрела на нее. Кудри ее уложены затейливо, глаза, щеки, губы — все накрашено по принципу «клади гуще». Накладные ресницы, черная подводка век, фиолетово-коричневые тени. Лицо покрыто толстым слоем тонального крема, из-под которого кое-где проступают прыщи, губы обведены карандашом бордового цвета и накрашены помадой оттенка «гнилой баклажан». Девице отчаянно хочется выглядеть модной и красивой. Родители ее, похоже, поддерживают желание дочери, они накупили ей дорогой одежды. Но белые джинсы в стразах не красят школьницу, у которой эдак килограммов десять лишнего веса. Обтягивающая розовая маечка демонстрирует валики жира на боках и большой живот.

— Ирка на дому выжучивается, для порновидео работает, — продолжала гимназистка, — деревня Аноскино, улица Ленина, четыре. Отплясывает без ничего, а ее снимают. Во!

У меня перед лицом оказался айфон последней модели. Я посмотрела на экран и обомлела. Вокруг шеста крутится тоненькая фигурка, на ней только крохотные красные трусики, которые почти ничего не скрывают. Парадоксальным образом в таком виде танцовщица казалась намного более обнаженной, чем если бы она сбросила бельишко. Лица не видно, его скрывают роскошные кудрявые волосы. Судя по шевелюре, это дочь Красавина.

— Ну че? Ваша Ирка! На лохмы гляньте, такая бардачина на голове тока у нее, — торжествующе заявила девица. — Отличная доченька, да? Если сейчас туда поедете, найдете свою красотку бухой по полной программе. Она всегда пьяная ...!

Я села за руль и, забыв спросить имя доносительницы, помчалась в Аноскино.

Дом номер четыре стоял у самого леса, собаки во дворе не было, дверь оказалась открытой. Я влетела на террасу и крикнула:

— Ира!

Тишина. Ноги понесли меня по узкому коридорчику, я очутилась в большой комнате, которую оборудовали под студию. У стены стояла двуспальная кровать в стиле «Барби с двойным сиропом». Все постельное белье и плед из искусственного меха были конфетно-розового цвета. В центре комнаты торчал шест. В паре шагов от него на полу лежала спящая Ира, на девочке были только трусики. Я на секунду замерла, потом внимательно посмотрела на внучку Анны Григорьевны. Что-то мне показалось странным. В ту же секунду со двора послышались шаги, я ринулась на звук, ощутила резкий запах псевдофранцузских духов и увидела во дворе стройную фигуру в джинсах, она ковыляла в сторону калитки.

— Подождите, — крикнула я.

Незнакомка побежала. Ну это она зря. У девицы в туфлях на высоченной платформе и тонких, как зубочистки, каблуках нет ни одного шанса удрать от меня, обутой в удобные кроссовки.

Я быстро догнала модницу, опередила ее, закрыла спиной выход на улицу и спросила:

— Вы кто?

Блондинка подняла ногу и попыталась ударить меня. Я не выгляжу тростинкой, и на взгляд человека, который по широкой дуге обходит здание фитнес-клуба, я просто толстая тетка. Но те, кто имеет хоть малейшее отношение к спорту, бросают взгляд на мою шею, смотрят на верхнюю часть трапециевидной мышцы и быстро соображают: жира у меня нет, одни мускулы, я постоянно тренируюсь. Незнакомка, похоже, относилась к первой категории людей, она решила, что легко справится с бабой-кучей. Попытка избить начальницу особой бригады закончилась быстро и не с тем результатом, которого ожидала фанатка высоких каблуков.

Через пять минут я втащила ее в избу и уложила на пол.

— Немедленно развяжите меня! — заорала девица.

— Только после ответов на мои вопросы, — усмехнулась я.

— Помогите! — завопила незнакомка.

Я села в кресло.

— Горло зря сорвешь. Никто тебя не услышит. Ты не в городской квартире. В избе. Соседний дом находится на солидном расстоянии. Объясню ситуацию. Я заберу Ирину, которую кто-то решил подставить, наняв стриптизершу. А ты останешься здесь связанной. Спустя некоторое время приедет полиция, и поедешь ты в не очень комфортной машине в не самое приятное место. Есть второй вариант. Ты рассказываешь честно, что тут произошло, и уходишь свободной. Выбор за тобой.

Блондинка молчала.

— Сама могу рассказать о спектакле, — продолжала я. — Уж не знаю, каким образом толстая девочка с непривлекательной внешностью заманила сюда Красавину. Чем Иру здесь угостили? Чай? Кофе? Кола? В напиток подлили снотворное? Очень надеюсь, что именно его, а не какую-то наркоту. Трюки на шесте выделывала ты. Браво! У тебя отлично получается.

— Правда? — обрадовалась вдруг пленница. — Всерьез меня хвалите или издеваетесь?

— Совершенно искренне восхищаюсь, — улыбнулась я, — это только кажется, что вертеться на никелированной палке легко и просто. Ан нет. Нужны сильные руки, спина, ноги. Танец на пилоне не просто исполнять.

— Вы тоже огонь, — не осталась в долгу стриптизерша, — уложили меня мордой в землю за секунду. А я вовсе не размазня.

— Ты хороша в своей профессии, — отметила я, — а вот в драке профан. Если не знакома с восточными единоборствами, то никогда не поднимай ногу, чтобы пнуть противника. Схватить тебя за ступню, дернуть и кинуть на землю дело секунд. Я просто воспользовалась твоим неумением вести рукопашный бой. Как тебя зовут?

— Галя я, — после короткой паузы ответила блондинка, — ужасное имя! Халя! С провинции! Халка!

— Татьяна, — представилась я.

— Как вы догадались, что не Ирина на пилоне корячилась? — поинтересовалась танцовщица.

— На записи не видно лица, у Иры редкой красоты волосы, каштановые, вьющиеся. Целая копна. Большинство женщин о такой гриве мечтает. Понятно, что в первую минуту я подумала: это Ира, — сказала я, — повороты такие быстрые, что рассмотреть лицо исполнительницы невозможно. Да еще волосы болтались туда-сюда. И трусики на танцовщице очень приметные: розовые, блестящие, мегаоткровенные, они явно для выступления, не для жизни. Теперь посмотри на Иру. Ее филейная часть прикрыта короткими «боксерами» зеленого цвета. Вот и прокол. Исподнее другое. Ты нацепила парик и старалась изобразить Красавину. Полежи-ка тут минутку одна. Интересная мысль мне в голову пришла.

Я вышла из большой комнаты и переместилась в соседнее маленькое помещение. Там тоже стояла кровать, но самого обычного деревенского вида, с горой подушек и кружевными подзорами. На покрывале лежали парик, розовые трусики, у стены стоял штатив с небольшой камерой.

Я взяла парик и вернулась в гостиную.

— Галя! Про ДНК слышала?

— Каждый день про анализ в телике орут, — ответила девушка, — знаменитости выясняют, кто от кого детей родил. Блевать от этих шоу тянет.

— Этот анализ можно проводить в разных случаях, — объяснила я. — На изнаночной части парика определенно найдется хоть один волос с твоей головы. А если нет, то там есть капли пота, кожные частицы. Аналогично и с бельем. Эксперт легко докажет, что этими вещами пользовалась ты, а не Ирина. Вот Ириных следов точно не обнаружат. Олигарх Красавин сгноит особу, которая решила его дочь выставить в самом неприличном виде. Хочешь угодить за решетку? Ты там на раз-два окажешься!

— Кто у нее родители? — испугалась Галя.

— Отец — очень богатый бизнесмен Андрей Михайлович Красавин, — повторила я, — и у матери есть свое дело.

— Она наврала! — воскликнула Галя. — Сказала, что Ирина, как я, мать у нее уборщица, а она лезет к ее брату... Меня девчонка увидела на кассете, узнала... ой-ой-ой! Если мать услышит! Павел мне голову оторвет за то, что я нас спалила! Тетенька! Я все расскажу. Я вообще не при делах! Деньги мне нужны! Позарез. Понимаете?

— Заявление о желании получить купюры прозвучало отчетливо, а вот остальное невнятно, — ответила я, развязывая руки танцовщице, которые перетянула тонким, но очень прочным шнуром.

Я его всегда ношу при себе. Так, на всякий случай, вдруг пригодится.

Галя со стоном села.

— Снимай джинсы, — велела я.

— Зачем? — залязгала зубами девушка.

— Если боишься получить ремешком по попе, то это дело твоих родителей, — поморщилась я, — не являюсь фанаткой телесных наказаний. Давай сюда брюки.

Галя подчинилась, я унесла джинсы в маленькую комнату, выбросила их из окна подальше в кусты и вернулась в помещение с шестом.

— Холодно, — пожаловалась пленница.

— Не замерзнешь, — отмахнулась я, — не голая на морозе осталась. Зато мне спокойнее, в одних трусах ты не убежишь. Теперь давай поговорим начистоту. Тебя ведь не Галей зовут?

Глава 26

— Олеся, — вздохнула девушка.

— Красивое имя, — отметила я, — теперь назови фамилию.

— Гуртова, — выдавила из себя девица. — Как вы догадались, что я не Галя?

— Секрет фирмы, — засмеялась я. — Тебе цепочка на шее не мешает?

Девица схватилась рукой за украшение.

— Знаешь хоть одну Галю, которая повесит на себя кулон с именем Олеся? — поинтересовалась я.

Пленница молчала.

— Ты кто? — продолжала я. — Где работаешь?

— Учусь в институте на факультете современной журналистики и пиара, — ответила Олеся.

— Рассказывай подробно, кто и зачем решил опорочить Иру, — приказала я и услышала такую историю.

Мать Олеси работает секретарем ректора в учебном комплексе «Международные знания» в паре километров от села, где мы сейчас находимся. На огромном участке расположены школа, вуз и общежитие для студентов. Владелец института, гимназии и кампуса построил все в расчете на детей из близлежащих поселков с очень дорогими домами. Понятно, что обучение платное, стоит немалых денег. И что весьма заманчиво — в институт те, кто получил аттестат в местной школе, поступают без экзаменов. Результаты ЕГЭ не особо интересуют приемную комиссию. Понимаете? Даже если школьник еле-еле набрал минимальное количество баллов, он все равно получит диплом о высшем образовании. Меня в этой истории обрадовало лишь одно — в этом институте нет медицинского факультета, и строить самолеты там тоже не учат, слава богу, в нем готовят исключительно журналистов и пиарщиков. Семья Олеси состоит из мамы и брата, отец давно умер. На зарплату секретаря невозможно выучить двух детей в очень дорогой школе. Да и одного туда не отправишь. Но и Павел, и Леся окончили гимназию, а потом без проблем переместились в высшее учебное заведение. Наверное, вы уже догадались, что Нина Сергеевна, мать недорослей, попросила ректора пригреть своих оболтусов. А тот пошел ей навстречу, ребята Гуртовы получают знания бесплатно. Мать очень просила отпрысков не рассказывать никому о великодушии начальника. Да Олеся и Паша не собирались распространяться о своей бедности. Леся врала одноклассникам, что ее отец олигарх, живет в Швейцарии, а мать просто из-за скуки работает у ректора. Денег в семье лом, их девать некуда. Наивные первоклассники поверили в эту историю и, что удивительно, став старше, не усомнились в ней. А Леся и Паша изо всех сил поддерживали образ несметно богатых людей со строгими принципами.

— Не ношу мех, я против убийства животных, — говорила Олеся, снимая в гардеробе пуховик.

— Мама очень боится воров, они ей повсюду мерещатся, мы никого к себе в особняк позвать не можем, — вторил ей Паша.

У многих студентов были собственные машины, а школьников привозили или личные шоферы, или автобус от гимназии. Брат с сестрой прикатывали на велосипедах, а зимой шли пешком.

— Наша планета погибает от смога, — пафосно вещала Леся, — не хотим убивать экологию.

Вот так они заработали репутацию борцов за чистоту природы. И ловко прикрывали свою бедность.

Но как объяснить отсутствие дорогого телефона, планшетника, компьютера? Нина Сергеевна наскребла денег на айфон, и сын получил его в подарок на Новый год. Олеся рыдала в туалете от обиды.

Первого января Паша шепнул сестре:

— Есть идея! Надо устроить в избе покойной бабушки онлайн-студию.

— Чего? — не поняла Леся.

Старший брат обнял ее.

— Спокуха! Скоро все себе купим. Нам понадобится стартовый капитал. И твое желание заработать.

— Согласна делать что угодно, — заверила Олеся.

Сестра не знала, где братишка раздобыл денег, но она прилежно училась танцам на пилоне у девицы, которую нанял Павел. Базовые навыки у нее были. В школе Леся активно занималась спортивной гимнастикой, ей требовалось только освоить специфические движения. Паша тем временем приобрел камеру, шест, кровать с розовыми аксессуарами. Подготовка заняла три месяца. Наивная мать поверила сыну, который спел ей песню про то, как ему трудно готовиться к семинарам в их маленькой квартире, мешают звук телевизора, грохот посуды на кухне, духота. Поэтому Павел решил перебраться в избу бабушки.

— Конечно, дорогой, — воскликнула Нина Сергеевна.

Она очень обрадовалась, что у сына проснулась тяга к знаниям.

Брат с сестрой стали снимать и выкладывать видео. Сначала никто из пользователей Интернета не заинтересовался выкрутасами Олеси. Затем появились зрители и постоянные клиенты. На карточку начали капать деньги, потом они полились рекой. Олеся оказалась весьма талантливой, Паша освоил мастерство оператора. Снимали не только в избе. Олеся в бикини на фоне заснеженных елей выглядела прекрасно. Видео, где девушка запрыгивает в сугроб, а потом выныривает из него без бюстгальтера, вызвало бурю восторга. Понравилась и трансляция из деревенского летнего душа, и пляски под дождем в яблоневом саду. Пара «кинематографистов» обзавелась модной дорогой одеждой и гаджетами. И Нине Сергеевне платьев накупили. Матери они с самым честным видом соврали, что прибарахлились в Интернете на сайтах аутлетов. Все шло прекрасно, но на днях Олесю после занятий во дворе у вуза отловила толстая, некрасивая, щедро размалеванная девчонка в форме гимназии.

— Привет, — сказала она, — я Баранова Агафья.

— Ну здравствуй, — ответила танцовщица. — Имя у тебя чумовое.

Толстуха понизила голос:

— Я все про тебя знаю.

— Прикольно, — хихикнула Леся. — Скажи, сколько у меня волос на голове?

— Насрать мне на них, — приветливо произнесла Агафья, — ты круто голой пляшешь.

Олеся не нашлась, что ответить.

— Могу растрепать всем, чем ты занимаешься, а могу и промолчать, — прогнусавила Агафья.

К Гуртовой вернулся дар речи.

— Сколько?

Баранова расхохоталась и показала на свои серьги.

— Они стоят больше, чем космический корабль. Деньги запихни себе в задницу! Выполнишь мою просьбу — и можешь быть свободна.

— Что надо делать? — спросила Леся.

Заказчица объяснила задание. И как должна была поступить Олеся? Отказаться? Но тогда рухнет вся их с Пашей красивая жизнь, из института придется уйти. Страшно подумать, что будет с мамой! Да она инфаркт заработает. Нина Сергеевна зануда, обожает пилить детей, наставлять их на путь истинный. Жить с ней сплошная мука. Но брат с сестрой любят ее.

— Мы все сделали, как Агафья велела, — каялась студентка, — Паша перебросил поганке видео и убежал. А я задержалась, потому что в обед съела пиццу, живот у меня схватило, от биотуалета отлипнуть не могла. Скрутило не по-детски. Вот и все. Честное слово, я не знала, чья дочь Ира. Когда вы фамилию ее отца назвали, я чуть опять в сортир не полетела. Андрей Михайлович Красавин, это он владелец гимназии, вуза и всего, что там есть. Если он узнает, как я его дочь подставила! Ой! Маму с работы выпрут! Нас из вуза выгонят. Мы ничего плохого не делали. Просто снимали эротические танцы для озабоченных.

Ради заработка. Выкладываем начало выступления бесплатно, а кто хочет увидеть все — платят.

Олеся заплакала. Я вынула телефон.

— Димон! Срочно отыщи мобильный отца Агафьи Барановой. Сейчас напишу, что ему надо сказать. — Потом я повернулась к Лесе. — Сиди тут. Если сбежишь, для меня ничего не изменится, есть запись нашей беседы. А вот тебе плохо придется. Но коли хочешь, чтобы дело закончилось миром, да еще получить деньги, которые тебе за молчание определенно предложит папаша Агафьи, то оставайся на месте до моего возвращения.

— И куда я с голым задом двину? — шмыгнула носом Олеся.

В ту же секунду затрезвонил мой телефон.

— Где-то минут через сорок он примчится, — отрапортовал Димон, — дочурку притащит.

— Отлично. Успею, — обрадовалась я и увидела, что Ира начинает шевелиться. Похоже, действие снотворного закончилось

Глава 27

— И какого... ты это все затеяла? — процедил сквозь зубы высокий стройный мужчина в дорогом костюме.

Толстая девочка в белых джинсах втянула голову в плечи и показала пальцем на Иру, которая успела проснуться и одеться.

— Она меня обозвала вруньей!

— Да, — кивнула Красавина, — и обещала всем рассказать, чем Агафья занимается в своей газете. Брехаловом.

— Сама ты ...! — заорала дочь Баранова и в ту же секунду получила от отца звонкую пощечину.

Я поморщилась.

— Михаил Борисович, давайте без рукоприкладства.

— Не сметь указывать, как мне собственную дочь воспитывать, — завопил Баранов и снова отвесил Агафье оплеуху. — Семейное горе! Жрет безостановочно, весит, как мужик, покрылась от сладостей прыщами! Учится кое-как! В голове только шмотки, мальчики, украшения. Вертит ... перед зеркалом, за учебник не сядет! ...! ...! ...!

Он замахнулся, но я успела перехватить его руку. Баранов сделал несколько безуспешных попыток освободиться, потом язвительно спросил:

— Чемпионка по армрестлингу?

— Нет, по боям без правил, — в тон ему ответила я. — Давайте сначала разберемся в том, что происходит. Спокойно.

— Ладно, — неожиданно согласился бизнесмен.

Я посмотрела на Агафью.

— Ты меня за кого приняла? Почему показала видео стриптиза незнакомой женщине? Сказала: «Ваша Ира голой пляшет».

Баранова молчала.

— Отвечай, — ледяным тоном велел отец, — иначе отправлю тебя навсегда к тетке в Саратов!

В моей голове промелькнула фраза: «В деревню к тетке, в глушь, в Саратов». Во времена, когда Грибоедов писал комедию «Горе от ума», Саратов, возможно, и считался медвежьим углом. Но сейчас это большой, очень красивый, уютный город! В наши дни поездка в Саратов скорее обрадует, а не испугает. Но Агафья затряслась.

— Ой, не надо!

— Не нравится в подвале сидеть за дурное поведение? — уточнил папаша.

— Там мыши, — всхлипнула толстушка.

— Лучше б крысы, — отрезал добрый папенька.

Агафья не вызывала у меня добрых чувств, но мне стало жаль девочку, чей отец, не задумываясь, распускает руки. А тетя в Саратове, похоже, под стать Михаилу Борисовичу, она запирает девочку в подполе, где живут грызуны. И зачем некоторые люди заводят детей? Для того чтобы издеваться над ними?

Наверное, я на время потеряла контроль над выражением лица, потому что Михаил мигом зарычал:

— Нечего на меня так смотреть! Вы ее не знаете! Дерьмо, а не девка! Все дурное к ней прилипает, а хорошее отскакивает! Учиться не желает, одни колы в дневнике. Разожралась до свинского состояния! Ни хрена делать не хочет! Попросил чай мне вечером заварить, так эта ... на кухне встала, зенки выпучила. Я спросил: «Где мой напиток?» В ответ услышал: «Не знаю, как делать чай». В тринадцать лет она не способна кипяток в чайник налить. В первом классе два года просидела. Вдумайтесь! В первом классе два года! Можете кого-нибудь назвать, кому это удалось? Я перевел дебилку из лучшей московской гимназии в приют сирых, убогих, где за деньги мартышке аттестат выдадут. И что? Она и там последняя в классе!

— Эйнштейн, — неожиданно сказала Ира.

— И что ты вякнула? — взвился Михаил. — Кто тебе позволил в присутствии взрослых пасть разевать?

У Иры сузились глаза, я поняла, что нужно срочно вмешаться в беседу.

— Михаил Борисович, Агафья и Ирина уже взрослые девушки, грубить им не следует. Ваша дочь трясется от страха, а Ирине очень неприятны ваши слова. Да и мне неудобно видеть вас в таком состоянии. Давайте спокойно обсудим ситуацию. Напоминаю вам: Агафья сделала гадость Ире. Если Андрей Красавин узнает, что ваша дочь велела накачать Ирину лекарством и потом выставить ее стриптизершей, а господин Баранов нагрубил его дочери, то...

— Эй, ты Красавина? — перебил меня мужик.

— Да, — кивнула Ира.

— ...! — выругался Михаил Борисович. — ...! ...! ...!

Ирина подняла бровь.

— Мой папа всегда говорит: «Хочешь, чтобы твой ребенок не матерился? Не ругайся сам».

— Почему ты произнесла фамилию «Эйнштейн», — сменила я тему разговора.

Ира убрала со лба прядь волос.

— Альберта Эйнштейна выгнали из пары школ за тупость, по математике у него одни двойки были. Это не помешало ему стать гением. Агафья не дура. Просто она родителей боится, они вечно ее унижают. И ест постоянно, потому что от сладкого организм вырабатывает эндорфины, гормоны удовольствия и счастья. Баранова не виновата. У них дома вечные скандалы. Отец орет на мать, бьет ее. А та потом Агафью лупит. У Баранова бизнес шатается, вот-вот рухнет, поэтому он истерит. Если Михаил Борисович поймет, что так нельзя, что он сам во всем виноват, у них в семье жизнь наладится.

— Откуда ты все это знаешь? — поразилась я.

— Наша классная руководительница вызвала родителей Агафьи, пришла ее бабушка, — пояснила девочка, — она правду преподавателю рассказала, плакала очень. Беседовали они в учительской, там никого не было. А я пошла, чтобы с физры отпроситься, оказалась в предбаннике перед дверью комнаты, где училки собираются, ну и услышала, как старушка рыдает.

На лице Михаила появилось удивление.

— Он их всех запугал, — продолжала Ира, — поэтому Агафья так себя ведет. Если ребенка дома любят, он тоже всех любит, если гнобят — он всех, кого может, гнобит. Агашу в школе боятся, она сильная, как даст кулаком, потом синяк остается. Малыши от нее прячутся. Одноклассники предпочитают не связываться с ней, хотя у нас есть ребята физически покрепче Барановой, например Вадик Сикорский. Он в теннис профессионально играет, удар у него, как толчок паровоза. Но Вадька Агафью сторонится.

Ира замолчала.

— Продолжай, пожалуйста, — неожиданно вежливо попросил Михаил. — Почему мелочь мою дочь боится, я понял, она всех лупит. Но мальчик-спортсмен по какой причине ее опасается?

Ирина набрала побольше воздуха.

— Мать на Агашу наорет, а потом денег дочери на карту навалит. Извиняется таким образом. У ребят в классе аккаунты в соцсетях, все меряются, у кого больше подписчиков. К Агафье сначала народ повалил, а потом дружно ушел, никто не остался из наших, хоть она и заманивала конкурсами, объявила приз — айфон. Почему? Она тем, кто комменты, на ее взгляд, не сладкие-сладкие оставляет, такие гадости пишет! Обижается ни на что. Маша Ремизова накопала ей под фото с платьем: «Модное». И Агафья про нее написала, что она одеваться не умеет, ходит в дешевом дерьме.

Михаил глянул на дочь.

— Разве Маша что-то плохое сделала? Она же комплимент тебе написала.

Агафья сидела молча, опустив голову.

Ира пожала плечами.

— Любой поймет, что Машка шмотку похвалила. У Ремизовой глаза больные, она в очках ходит, ей длинные сообщения писать врач запретил. Агаша же ждет чего-то вроде «Роскошь прекрасная, ты в нем принцесса, ах какая красавица...», и меду с конфетами в сиропе побольше. Вот она на Марусю и напала за короткое «Модное». Машка от нее сразу отписалась и Агафью забанила. И все так поступили. Баранова тогда решила выпускать газету, ребята к ней поперли! Почему? Многие живут в нашем поселке или в соседних. А для учителей построены таунхаусы, пока они работают в нашей гимназии, им бесплатно полдома положено. В издании Барановой новости — огонь: математичка подралась с мужем; химик жрет только бигмаки, а его жена спит с тренером по теннису. И про родителей учеников понос. Самое прикольное, что Агафья не врет. Она платит прислуге, например уборщицам, за каждую интересную новость деньги дает.

— ...! — снова не сдержался бизнесмен. — ...! ...!

— Теперь ее многие читают, ржут, на переменках обсуждают новости, — договорила Ира.

— Не новая мысль отстегивать гонорар непорядочным людям, — усмехнулась я, — нынче этот метод использует почти вся желтая и не желтая пресса. Но как взрослые относятся к хобби Барановой? Агафья, что думают твои родители по этому поводу?

— Они обо мне вообще не думают, — зашмыгала носом девица. — Придут вечером домой: «Какие отметки в школе?», «Дура, учись лучше!», «Домашнее задание сделала? Марш за учебники. Не смей выходить из комнаты, пока задачи не решишь». Все. Больше ни отец, ни мать меня не замечают. А как я математику сделаю, если ни фига не понимаю? Дома никто про газету не знает.

— У тебя профессионально сделан сайт, — заметила я. — Где деньги взяла?

— Со своей карточки, — вздернула нос девочка, — у меня бабок больше, чем у вас.

— А учителя? — удивилась я. — Они как реагируют на новости о себе?

Ира засмеялась:

— У преподов времени нет по нашим аккаунтам лазить, и у Агаши все закрыто. Хочешь войти? Купи подписку. Она педагогов не пустит, взрослых тоже, проверит сначала, кто к ней «стучится».

— На всякого мудреца довольно простоты, — усмехнулась я. — Знаю про эту, так сказать, газету, читала материалы.

— Как вы ко мне попали? — изумилась Агафья.

Я не собиралась рассказывать ей о том, что Коробков может пролезть к кому угодно. Если информация хоть раз появилась в Сети, Димон ее непременно отыщет и добудет, невзирая ни на какие преграды. Но сообщать это девице не стоит. Я сделала удивленное лицо.

— Агафья! Элементарно создать профиль от лица школьницы. Простые имя-фамилия, фото еды, косметики, любимой собаки-кошки. И как ты проверишь, что Таня Петрова из Минска, которой ее сетевая подружка Оля Иванова из Москвы рассказала о ржачном аккаунте Барановой, вовсе не твоя ровесница? А? В полиции есть специальное подразделение, которое ловит педофилов. Каким образом его сотрудники находят этих людей? Они создают в соцсетях странички якобы детей. Вернемся к тому, что случилось сегодня. Агафья хотела стать звездой школы, чье появление всегда вызывает восхищение, обзавестись фанатками, которые будут копировать ее одежду, повторять выражения кумира. Мы живем во времена тотального увлечения подростков социальными сетями. Когда я училась в восьмом классе, королевами считались красивые девочки со стройными фигурами, пышными локонами. Еще мои одноклассники уважали тех, кто имел спортивные достижения, таланты, например, побеждал на конкурсе по приготовлению тортов. Ну, и все хотели дружить с веселыми, компанейскими ребятами, с отличниками, которые охотно давали списывать. Сейчас дети смотрят на количество подписчиков, лайков, комментов. Впрочем, красивая, стройная, доброжелательная, щедрая ученица и сегодня окажется в королевах, даже если она принципиально не сидит в Интернете. Но как Агафье завоевать трон, если она не добрая, не симпатичная и жадная?

Баранова нашла, как ей показалось, правильный путь — газета с компроматом. Да, она достигла успеха, у нее много читателей. Но ожидаемая популярность в школе не пришла.

— Точно, — кивнула Ира. — Баранову побаиваются, не хотят стать очередным героем ее постов, никогда не зовут на дни рождения, праздники, даже гулять с ней не хотят. У Агафьи репутация бессовестного папарацци, а с такой вступать в близкие отношения опасно, узнает твои тайны и напишет про них. Баранова не сумела стать королевой.

Красавина замолчала.

Я кивнула.

— Это место занято тобой, да, Ира? Тебе не разрешают приглашать домой приятелей, не покупают модную одежду, запредельно дорогие гаджеты. Но, несмотря на то что тебя воспитывают строго, не дают много денег на карманные расходы, с тобой все мечтают дружить. Мне написали, что у тебя в соцсетях самое большое в школе количество подписчиков, среди них много выпускников. Агафья изошла завистью и решила начать кампанию против всеобщей любимицы. Увы. Баранова не имела никакого компромата на одноклассницу. Ира умна, она понимает, что дружба не предполагает исповеди подругам. Свои большие и маленькие секреты Красавина держит при себе. Но Агафья нашла где-то статью о том, что Шляхтины-Энгельманы самозванцы, и опубликовала ее. Ира мигом отписалась от газеты

Агафьи, но блокировать ее не стала и никак не ответила на клеветническую публикацию. Но в Интернете стали спрашивать у Иры, почему она не выразила Агафье свое возмущение, Красавина задала вопрос:

— У кого-нибудь из вас родители обедают с горничными за одним столом?

— Нет, — ответили ребята.

— Почему? — поинтересовалась Ирина.

— Хозяева с прислугой вместе не едят, — написали все, — иначе они сами с ней ровней станут.

— Вот и ответ на вопрос, почему я не высекла словесно Агафью, — пояснила Ира. — Мне с ней выяснять отношения — все равно что вашим родителям с прислугой за чаем сплетничать. Обижаются только на равных по уму и воспитанию. К тем, кто глупее, злее тебя, надо относиться снисходительно, их следует пожалеть.

— Конечно, Агафья прочитала это сообщение, рассвирепела и решила опозорить Ирину. Михаил Борисович, у меня есть для вас предложение.

— Какое? — тут же спросил Михаил.

— Если ваша дочь честно ответит на мои вопросы, то никто не узнает о том, что именно она организовала, чтобы унизить Ирину, — пояснила я.

— О'кей! — тут же решил бизнесмен.

— Папа, а о чем она спрашивать будет? — испугалась дочь.

— Да хоть о том, что у тебя в ...! ...! — взвился отец. — ...! Совсем ума нет? ...! Едва в школе услышат про твою ... газету, мигом выгонят! По всем гимназиям о твоей ... «жопалистике» разнесут. ...! ...!

— Вы так много ругаетесь! — сказала Ира.

— Тебя не спросил, — огрызнулся Баранов.

Глава 28

— Он не матерится, — произнесла вдруг Агафья, — он так разговаривает. Грубые слова вроде артикля употребляет.

— Тяжело тебе с ним, — посочувствовала Ира.

Агафья махнула рукой.

— Отец предсказуем. Я знаю, куда ткнуть надо, чтобы он завопил или заткнулся. Вот мать трендец полный. Самозаводящаяся система. Нет логики в том, когда и почему ее истерика стартует. Непредсказуема, как фонтан дерьма из канализации.

— Поговори у меня! — взлетел на волне гнева Михаил. — Развякалась! Дура! ...! ...!

Толстушка запустила руку в карман дорогого кардигана, вытащила конфету и начала ее разворачивать. Ира подошла к Агафье и протянула ей раскрытую ладонь.

— Не ешь. Сладкое помогает только на пять минут, потом задница шире будет. Отдай мне. Я что-нибудь придумаю, соображу, как тебе нервы не рвать без шоколада. Перестанешь постоянно его есть, прыщи сойдут. Это точно.

Михаил Борисович, который явно собирался продолжить нападки на дочь, поперхнулся. В комнате стало тихо. Агафья завернула конфету и положила ее на ладошку Иры, Красавина продолжила:

— Татьяна пообещала молчать о том, что случилось. Я тоже никому не скажу ни слова.

— Я считала тебя своей единственной подругой, — вспыхнула Агафья, — самой лучшей! А ты! Никогда меня в гости не приглашала!

— Ты меня тоже в дом не звала, — парировала Ира.

— Так мне стыдно, — всхлипнула Агафья. — Мать начнет на бабку орать, та ответит. Такая вонь пойдет. Не хотела, чтобы ты слышала.

— А у меня отец ненавидит посторонних в доме, — пояснила Ира, — но можно дружить и не забегая в гости.

— Ты от моей газеты отписалась! — шмыгнула носом одноклассница. — Да и раньше лайки не ставила!

— Я на тебя подписалась, чтобы не обижать, — пояснила Ира. — Не очень-то мне нравится читать про то, с кем учительница физики спит. Неинтересно это. Отписалась же я после того, как ты опубликовала клевету на мою семью!

— Неправда! — возмутилась Агафья. — Не гадничала я на вас!

Красавина прищурилась:

— Да ну? А книга Геннадия Бурбонского? Все главы ты печатала!

Агафья растопырила пальцы.

— Только три! Он заплатил за них! А бесплатно я ничего не размещаю.

Я не выдержала и вмешалась в беседу:

— Господин Бурбонский дал тебе денег?

— Не он, тетя Вилли на карточку перевела, — уточнила Агафья, — Геннадий текст на почту прислал. Историческая тягомотина о том, как во времена динозавров один мужик по фамилии Шляхтин какую-то Клотильду удавил... Ира, я вообще не знала, что это про твоих родных. Тетя Таня сказала, что я отомстить тебе хотела, поэтому все напечатала. Нет. Мне предложили деньги. Я вообще не думала, что та глупость к тебе имеет отношение.

Ира села на диван.

— Моя мама Елена Васильевна Шляхтина-Энгельман. И бабушка тоже.

— ...! — выплюнул очередное бранное слово Михаил.

Агафья развела руками.

— Ты же Красавина.

— Да, я ношу фамилию отца, — согласилась Ира, — но это не отменяет того, что я по матери Шляхтина-Энгельман.

— Ну... — забубнила Агафья, — я же не знала! Узнала правду, когда ты у себя написала. Никогда бы не согласилась тебя позорить, но... тетя Ксюша сказала тете Вилли, а тетя Вилли мне. Он...

писатель. Я думала... книга... ну заплатят мне... А когда ты написала, что таких злых, глупых жалеть надо... вот тут я решила тебя проучить. Но честное слово, когда главы выкладывала, понятия не имела, что они про твою семью. Я бы тогда отказалась.

— Подожди, — остановила я девочку. — Тебя о публикации в газете попросили? Кто?

— Тетя Вилли, — жалобно сказала Агафья, — дядя Гена сын ее подруги! Он ку-ку на всю голову. Странный совсем.

Я уже поняла, о ком идет речь, но решила досконально разобраться в ситуации.

— Кто такая тетя Ксюша?

— Подруга Вилли!

Я поняла, что надо запастись терпением.

— Вилли — это имя? Сокращенное от Вильям?

— Фамилия. Английская. А зовут ее Клава. Тетя Клава Вилли.

— Тетя Клава Вилли! — заорал Михаил.

— Да, — кивнула Агафья, — ее дед князь или граф. Не помню. И предки тети Вилли родня тети Ксюши. Они очень давно вместе служили у какого-то короля.

— Бред, — подвел итог Михаил, — она врет.

— Сделайте одолжение, не мешайте, — отмахнулась я. — Агаша, очень тебя прошу, расскажи, кто, почему и как попросил тебя опубликовать в твоей газете главы из опуса Геннадия.

— Я собираю деньги на четвероногое счастье... — начала Агафья.

— Сто раз говорено, — заревел Михаил. — Никаких вшивых животных в моем доме никогда не будет!

Странно, но дочь не проявила сейчас ни малейшей агрессии или подростковой обидчивости. Она спокойно объяснила:

— Я давно знаю твою позицию. Пока я живу с родителями, нечего и мечтать о собаке. «Четвероногое счастье» — это название приюта для бездомных собачек. Хозяева их выкинули, потому что песики заболели, постарели или перестали радовать. Я у них волонтер.

— Кто? — поразился Михаил.

— Волонтер, — повторила дочь, — помогаю кормить питомцев, мыть, лечить. Деньги им даю.

— Мои бабки! — опять пошел вразнос папаша. — Да я прямо сейчас закрою твою карточку. Швыряться тем, что отец потом и кровью заработал!

Агафья покраснела.

— Я знаю, на какие средства ты свой бизнес основал. На миллионы Сергея Борисовича, своего брата. Его давно посадили, я еще в школу не ходила. Он тебя попросил свой запас валюты спрятать. Ты же на эту сумму купил магазин. Сейчас твой брат вышел, все узнал, требует свою долю в предприятии, вот поэтому нам разорение грозит. Ты думал, что дядя Сережа за решеткой умрет, сам об этом маме говорил: «Да не вернется он оттуда, удавят его в бараке, денежки мои навсегда». Папа, ты вор и жулик! Пусть я не самая добрая, умная и честная, но кто мог родиться у афериста и бывшей проститутки? Я и про мать знаю, чем она занималась, пока ты на ней по глупости не женился!

Баранов был настолько поражен словами дочери, что даже не выматерился, а уточнил:

— Юлия забеременела тобой. Я, как честный человек, отвел ее в загс.

Агафья вздернула нос.

— На твоем месте я потребовала бы сделать анализ ДНК. Уверен, что я именно твоя дочь, а не Сергея Борисовича? Мама раньше с ним спала. Лично я сомневаюсь, что мы родня. Я вообще на тебя не похожа.

Баранов открыл рот, а девочка продолжала:

— Ни копейки из твоих денег на собак я не беру. Сама зарабатываю, газета приносит доход. Ты не имеешь права указывать, на что мне собственные тысячи тратить.

Отец молча обозревал Агафью, а та повернулась ко мне.

— Приют организовала и содержит тетя Вилли. Она богатая, все время ходит в центр «Красота Парижа» на дорогие уколы. Каждый день.

— «Красота Парижа», — повторила я, сразу вспомнив свою встречу с профессором Гонкиной.

— Да, — подтвердила Агафья, — там старухи молодятся. Уколы, операции и всякое такое. У Вилли есть подруга — тетя Ксения Бурбонская. Она тоже из семьи то ли графов, то ли князей, а у нее сын Геннадий. Он часто бывает у тети Вилли. Сейчас вроде работает там, но не постоянно. Она предпочитает, чтобы ее звали не по имени, а по фамилии. У нее был жутко трусливый отец, он специально дочку Клавкой обозвал, чтобы никто не догадался, что она дворянка.

— Ума палата у мужика была, — буркнул Михаил.

— Геннадий глупый, — неслась дальше Агафья, — но тете Вилли он очень нравится. Бурбонский постоянно ко всем приматывается, рассказывает о том, что его предки — короли Франции. Только они не от законных браков, а мор... морген... забыла слово.

— Морганатический[1], — подсказала я.

— О! Точняк! Вы вообще-то умная, — похвалила меня Агафья.

— Да нет, просто в детстве прочитала много романов Дюма и оттуда набралась знаний, — ответила я.

---

[1] **Морганатический брак** — брак между лицами неравного положения, при котором супруг или супруга, имея низкое происхождение, не получает высокое социальное положение своей второй половины. Попросту говоря, если царь женился на кухарке, то она не станет царицей, а их дети наследниками престола. Но это только в том случае, когда в стране есть закон о морганатическом браке.

Глава 29

— Тетя Вилли попросила меня помочь дяде Гене за деньги. А тот дал главы из своей книги для публикации в моей газете, — затараторила Баранова, — я удивилась, объяснила, что у меня подписчики моего возраста, стариков нет. Геннадий сказал: «Выставляй главы. Зачем мне это надо, не твое дело». Ну я и сделала.

— Так, — кивнула я, — теперь объясни, откуда у тебя информация о смерти Бурбонского? И как ты ухитрилась узнать о том, что Ксению Федоровну вызвали в полицию, до того, как они это сделали?

Агафья потерла глаза кулаком.

— Что главное в газете? Горячая новость! Если хочешь заиметь много подписчиков, надо каждый день их удивлять. А у меня два дня не было ничего острого. Утром я в школу поехала, на дороге полиция, охрана из поселка. Я шоферу велела остановиться и позвать кого-нибудь из наших секьюрити, я плачу им за информацию. Ну и узнала, что из колодца труп вытащили. Вызовут на опознание его родных. В кармане у покойника нашли паспорт на имя Бурбонского. Вот я удивилась! Опять он! Я прямо по дороге заметку написала и в Сеть скинула.

— Как ты выяснила, что с матерью покойного плохо обращались? — не утихала я.

— Придумала, — призналась Агафья, — все знают, какие в полиции хамы. Я решила: точно мать прикатит, ну и сгустила немного краски. Вот уж не думала, что кто-нибудь догадается, что я сообщила о плохом отношении до того, как Ксения в отделении появилась. Да и какая разница-то, во сколько она притопала! Мы всем классом в тот день поехали в Звенигород на экскурсию в монастырь, нас историчка повезла. Я побоялась, что в церкви Интернета не окажется, и выбросила инфу раньше. Какая разница-то?

— Как оказалось, большая, — вздохнула я.

Ну вот, одна «журналистка» просто соврала, вторая просто украла информацию. Все так просто теперь.

— Раньше еще я договорилась с Олеськой, что она Иркой прикинется и у шеста спляшет. Я знала, чем они с Пашей занимаются, но не писала про стриптиз, — разоткровенничалась Агафья, — хотела с них деньги за молчание потребовать. А когда Ирка так про меня в Сети высказалась, я решила ей отомстить. Только видео получила, помчалась к дому Красавиной, очень хотелось ее родным кино показать. Встретила вас, решила, что вы мать Иры.

— Тебя не смутило, что супруга очень богатого человека катается на дешевой иномарке и одета очень просто? — удивилась я. — Неужели ты никогда не сталкивалась с Еленой Васильевной? Вы ведь в одном классе с Красавиной учитесь.

— В гости друг к другу мы никогда не ходили, — ответила вместо Агафьи Ирина, — мать моя в школу ни разу не заглядывала. Я нормально учусь, веду себя примерно, зачем родителей вызывать? Очень редко бабушка на празднике показывалась, но это было раза два в первом классе.

— Раньше, когда мы лучшими подругами считались, Иришка рассказала, что ее отец очень жадный. На всем экономит, у него даже собачью какашку не выпросишь, — наябедничала Агафья, — ее мамаша вещи где подешевле покупает. Поэтому я ее с вами и перепутала.

— Не совсем так, — возразила Ира, — у папы мать есть, та вечно ему в уши зудит: «Жена и дочь эксплуататорши, на свои шмотки твои деньги спускают». Когда мать с отцом куда-то вместе идут, они очень дорого наряжаются. А для обычной жизни мама себе платья в аутлетах выискивает. У меня таких шмоток, как у Агаши, нет. Вот бабушке Ане отец ни в чем отказать не может, ей он часто дорогие подарки притаскивает. Его мать, Галина Николаевна, гордится, что в зашитых-перешитых юбках рассекает. Анна Григорьевна же очень модная. Поэтому баба Галя ненавидит бабу Аню. И маму! И меня. Хорошо, что она с нами не живет. Один раз папина мамашка мне в детской письмо оставила: «Ирина! Ты очень плохая дочь. Тебя Господь накажет за то, что все деньги, которые отец заработал, тратятся на твои игрушки и прихоти. Вот разобьет тебя паралич, сядешь в инвалидную коляску, заплачешь, что ноги не ходят, да поздно будет».

— Вот ...! — традиционно отреагировал Михаил.

— Тетя Таня, если честно, я ни на вашу машину, ни на одежду не смотрела, — сдавленным голосом произнесла Агафья, — очень хотела Ирине отомстить! Ничего не замечала. Сейчас мне так стыдно! Мы же лучшими подругами были. БезИруськи мне тошно. Я совсем однаааа!

Баранова разрыдалась, Ира бросилась к ней с объятиями.

— Я тоже по тебе скучаю! Совсем-совсем не сержусь. Написал дядька фигню. И плевать. Что меня разозлило? Я ж не совсем Шляхтина-Энгельман, наполовину Красавина. Папа главнее мамы!

— Папа лучше мамы, — пропищала Агафья, размазывая по лицу слезы, перемешанные с макияжем.

— Папа главнее мамы, — вторила ей Ира, — папочка самый лучший, только он меня не любит.

— И меня! — отчаянно заголосила Агафья. — Не любит! А я его обожаююю!

Девочки зарыдали в четыре ручья. Михаил Борисович подошел к ним и стал растерянно бубнить:

— Ну ...! Хорош выть! Перестаньте ...!

— Не матерись, — попросила сквозь слезы Агаша.

— Так ..., я не ругаюсь, — стал оправдываться отец, — ...! Ну ...! типа ... доча! Не сердись! Ну, я, типа, тебя ваще-то ...! Ну, очень хорошо к тебе отношусь ...!

— А-а-а, — выводила Агафья, — папочка, скажи, что любишь меня. А-а-а! Скорей! А то я умру!

Михаил растерянно посмотрел на меня.

Я развела руками.

— Ну да, типа люблю ...! — наконец-то выдавил из себя Михаил. — Только перестань сопли лить! Хочешь, прямо сейчас поедем, я куплю сумку, которую ты просила, а я тебя на ... послал из-за двойки по сраному английскому. Фирма... э... еще такая... дочь кабана называется!

Агафья задрала край кофты и вытерла им лицо.

— Дольче Габбана, папа, не дочь кабана.

— Ну, я, типа, ваще в бабском шмотье не разбираюсь, — вздохнул Баранов, — но все тебе куплю ...! Сам! Лично!

— И шубу из леопарда? — вдруг спросила Агаша.

— Да, — без колебаний ответил отец, — только не реви. Нет нервов на твои слезы глядеть. Поехали. Возьму все, на что покажешь! ...!

— Папа, у тебя с деньгами плохо, — напомнила девочка.

— Доча, — расцвел родитель, — бумага они, как приплыли, так и уплывут. Как уплыли, так и приплывут. Закон реки. Бревно туда-сюда мотает. Вставай! Есть у папки тугрики ...!

— Ты меня лучше обними, — попросила Агафья.

Михаил Борисович опять взглянул на меня, в его глазах метались растерянность и непонимание.

Я пожала плечами.

— Для нас, женщин, слова «Люблю тебя, ты самая лучшая» ценнее манто из раритетного меха. И не по возрасту оно Агаше.

Баранов засопел, потом раскрыл объятия.

— Ну ...! Хватит! Чего я злюсь-то! Хочу, чтобы ты человеком ...! выросла! Кабы не любил, наплевать на тебя, делай, что хочешь ...! Ну, хорош! Подбери сопли. Ну...! э...! э...! ну ты...! типа... ну, ...! любимая доча! Вот!

Ирина сделала несколько шагов и прислонилась ко мне. Я обняла ее и сказала:

— Вас родители любят, просто они считают, что воспитывать — это непременно отругать. Хвалить опасно, вдруг вырастет капризница. Со мной тоже так обращались. Агаша, приют для собак где находится?

— В Зубовке, — ответила девочка, — большой красный кирпичный дом. Он один такой в деревне, остальные постройки развалились.

— Когда Вилли туда приезжает? — спросила я. — Каждый день?

— Она там живет, — пояснила Агафья.

— Спасибо тебе, — улыбнулась я, — Ира, нам пора домой.

— Ириска, я тебе на ватсап кой-чего скину. Можно? — спросила Агафья.

— Ага, — кивнула девочка.

— Разблокируй меня, — попросила Агафья.

— Давно уже это сделала, — ответила Ира, — ждала, что ты мне напишешь.

— А я думала, ты мне напишешь, — хихикнула Агафья.

Когда мы вошли в дом Красавиных, Ира неожиданно взяла меня за руку.

— Вы сказали, что ваши родители были строгими.

— Во времена моего детства с детьми обращались иначе, чем сейчас, — увильнула я от прямого ответа, — нас до восемнадцати лет не считали за людей, мы жили в системе жестких запретов. Теперь все иначе.

— Любите маму и папу? — не отставала Ира.

— Они умерли, — снова избежала я конкретного ответа.

— Вспоминаете их? — не утихала девочка.

— Иногда, — кивнула я.

— С любовью?

Я молчала.

— Только честно, — попросила Ира, — когда вы думаете о родителях, вам радостно? Тоскуете по ним?

Я не произносила ни слова.

— Вам без них плохо? Вы когда были счастливее, сейчас или в детстве? — наседала Ирина. — Хотите вернуться в школьное время?

— Нет, — призналась я, — воспоминания горькие, а не сладкие. Сейчас я определенно счастливее, чем была в твоем возрасте. Прилети сюда волшебник в голубом вертолете, предложи он мне снова стать школьницей, я откажусь. Тогда у меня не было друзей, одноклассники не считали меня своей. Толстая, неуклюжая троечница, которая потела и покрывалась красными пятнами, когда ей велели отвечать у доски, я не могла похвастаться успехами ни на одном поприще. В дневнике ряды неудов, на занятиях физкультурой последняя, на уроке домоводства косорукая, ни петь, ни плясать, ни изображать принцессу в самодеятельном театре не могла. Вернувшись с занятий, я читала все, что попадалось под руку, записалась в районную библиотеку. Родители мной не интересовались, я их раздражала, была докукой, меня надо было одевать, кормить. Не помню, чтобы мама или бабушка хоть раз обняли меня и сказали: «Танечка, ты лучше всех, я тебя люблю». Не было такого. Счастье пришло ко мне, когда...

Я замолчала, потом договорила:

— ...когда я стала взрослой. Многие люди вспоминают детство, юность, школьные и студенческие годы как лучшее время в жизни. Но это не мой случай.

— Мало кто из взрослых так честно ответит подростку, — сказала Ира.

— Ты же просила не лукавить, — улыбнулась я, — вот я и не стала тебя обманывать. В твоем возрасте человек уже способен многое понять.

Ирина сделала глубокий вдох, открыла рот, но я ее опередила:

— Не стану ничего говорить твоим родителям о сегодняшнем приключении.

Ира кивнула.

— А я не расскажу им, что вы не домработница. Сегодня во время разговора с Агашей я поняла: вы не прислуга, тетя Таня.

— Однако ты догадливая, — улыбнулась я и протянула девочке руку. — Дружба?

Ира пожала мою ладонь.

— Договор подписан.

— Можешь посидеть минут пятнадцать одна? — осведомилась я. — Мне надо отъехать. Не испугаешься?

Девочка засмеялась:

— Я не маленькая.

— Иногда взрослые боятся одни в доме находиться, — возразила я.

Ира взяла домашние тапочки.

— Я только рада буду, что взрослых рядом нет. Но вы не задерживайтесь. Скоро все вернутся.

Я поспешила к гостевому домику и крикнула из прихожей:

— Лера, Анюта, вы где?

Женщины быстро вышли к вешалке.

— Как только вы на ватсап скинули, что едете в особняк не одна, а с девочкой, мы сразу здесь спрятались, — пояснила Анюта.

— И вам эсэмэску послали, — добавила Лера.

— Бегом в мою машину, — скомандовала я, — мне надо успеть вас доставить в избу и вернуться сюда, пока хозяева не явились домой.

Глава 30

Обычно я сплю, как кирпич. Но сегодня долго ворочалась в кровати, потом встала, вышла во двор и поняла: в Подмосковье наконец-то пришло лето. Еще сегодня днем я ходила в легкой куртке. А сейчас ночью, когда должно стать прохладнее, я стою в тонком халате и мне жарко.

Я глубоко вдохнула упоительный воздух. Никогда не испытывала желания жить за городом. Огород и прочие деревенские радости не для меня, у меня все огурцы засохнут, а куры не подарят хозяйке ни одного яйца. Да я и не испытываю ни малейшей радости, копаясь в земле, мне лучше в городе. Но сейчас я поняла, почему в последнее время все больше и больше москвичей стремятся обзавестись домиком в подмосковном селе. Воздух упоительный, вокруг тишина, вместо гула никогда не спящих улиц пение соловья. И, наверное, огурцы, которые только что сняли с грядки, и яйцо от собственной несушки, намного вкуснее тех, что продают в магазинах. Вот постареем с мужем и поселимся где-нибудь подальше от мегаполиса.

Я усмехнулась. Таня, до пенсии еще далеко. И сотрудники особых бригад никогда не станут рантье. Нет, возможно, вас лет эдак в восемьдесят отправят на заслуженный отдых, сядете у камина с вязанием, начнете пить вкусное какао и... И тут зазвонит телефон! Вы услышите знакомый голос, бросите клубок в огонь, разольете напиток и кинетесь одеваться. Труба пропела, вас вызвали на службу, старый боевой конь ринулся в битву. Ничего, что грива седая, копыта разъезжаются и в спине остеохондроз. Пожилая лошадь, как известно, борозды не испортит. Если ты принял решение влиться в особую бригаду, будь готов и в девяносто лет влезть на самое высокое дерево или изображать из себя студента.

Я медленно пошла по дорожке. Погуляю минут десять и отправлюсь на боковую. В большом доме все, похоже, видят десятые сны, ни в одном окне нет света.

Я зевнула, и тут в кармане завибрировал мобильный.

— Спишь? — спросил Димон.

Отличный вопрос в два часа ночи.

— Гуляю в саду.

— Слушай, прости, — смутился Коробков, — я не посмотрел на часы. Завтра поговорим.

— Нет, правда, я дышу свежим воздухом, — остановила я Димона, — говори.

— Я стал глубоко копаться в биографиях действующих лиц и выяснил кое-что интересное, — сообщил Димон. — Сначала про Анну Григорьевну Шляхтину-Энгельман. Родители Ани, Григорий и Антонина Шляхтины, были учеными. Григорий — доктор наук, заведовал в одном НИИ лабораторией, о которой в СССР почти никто не знал. Чем там занимались? Руководители коммунистической России были престарелыми людьми. Когда в тысяча девятьсот восемьдесят пятом году Михаил Горбачев стал генеральным секретарем ЦК КПСС, то его, пятидесятичетырехлетнего мужчину, считали мальчишкой. Средний возраст членов политбюро составлял семьдесят лет, на посту почти все они находились до своей смерти. Народ придумывал анекдоты, смеялся над дикцией стариков, потешался над теми, кто читал дважды одну и ту же страницу написанного референтом доклада. Да и внешне дедки выглядели неважно.

В конце пятидесятых в Москве создали научно-исследовательский институт, который стал заниматься проблемами здоровья людей пожилого возраста. В нем была лаборатория номер десять, которой руководил профессор Шляхтин. Чем она занималась, никто не знал. Григорий Андреевич не отчитывался директору НИИ, получал очень большое финансирование. Институт находился в Черемушках, а для подразделения Шляхтина построили целый комплекс в лесу на Ильинском шоссе. Лаборатория просуществовала чуть больше пяти лет, потом ее закрыли. Вскоре Шляхтин умер от инфаркта, Антонина Николаевна резко изменила род деятельности, из врача стала библиотекарем, до самой своей смерти сидела на выдаче книг и одна воспитывала дочь Анну. Одновременно со службой Тоня сменила и место жительства, переехала из Брюсова переулка на Юго-Запад. Когда Анне исполнилось восемь, ее отдали в школу. В те годы дети шли в первый класс в семь лет, Анечка же слегка запоздала.

Почему? Нет ответа на этот вопрос. Возможно, мать решила продлить детство дочери. Антонина нашла хорошую школу, но она находилась неподалеку от метро «Смоленская». Маленькая семья снова переехала и обосновалась в Старомонетном переулке. Там Анна прожила до своего замужества, и эта квартира до сих пор принадлежит ей. Интересный факт: ни в одной детской поликлинике Анна Шляхтина не состояла на учете. И! Внимание! Младенец с такими именем-фамилией в тысяча девятьсот пятьдесят втором году ни в одном загсе, как новорожденный, не был зарегистрирован. Зато в книге актов за пятьдесят седьмой год есть упоминание о выдаче повторного свидетельства о рождении девочки Анны Григорьевны Шляхтиной, которая появилась на свет пять лет назад. Понимаешь?

— Да, — ответила я, — сведения об усыновлении-удочерении закрыты. Очень часто люди, которые берут приемных детей, переезжают на другую квартиру. Новоиспеченные отец и мать не хотят сообщать ребенку правду, поэтому скрываются от соседей, которые по злобе или по глупости могут нашептать малышу, что он не родной. Но книги загса подделать невозможно.

— Иногда это делают, — возразил Димон.

— Ну да, — согласилась я, — но лишь тогда, когда вмешивается одна организация, а это случается крайне редко и делается ради безопасности страны. Ради простого усыновления никто на подлог не пойдет. Вот поэтому документы загса могут стать свидетельством того, что люди взяли ребенка из приюта. Новорожденного-то сначала зарегистрировали на другое имя, фамилию, а потом выдали повторное свидетельство с данными новых родителей. Бурбонский прав! Анна по крови не Шляхтина.

— Зато она вышла замуж за представителя семьи Энгельман, — возразил Димон. — А теперь я жду оваций, похвал, фимиама. Не спрашивай где и как, путь к истине оказался тернист, но гениальный Коробков смог найти список сотрудников, которые работали в лаборатории под руководством Григория Шляхтина. Увы, почти все они покойные, жива лишь Радионова Эльвира Борисовна. Фамилия у нее необычная, мы привыкли к Родионовой, а у нее после «р» стоит «а». Эльвире сейчас восемьдесят один год, она геронтолог, занимается вопросами старения. У Шляхтина Эля служила лаборанткой, нанялась на работу в возрасте шестнадцати лет.

— Странно, — воскликнула я, — ее взяли в подразделение, о работе которого не сообщали даже директору НИИ.

— Речь идет о давних временах, пятидесятые годы двадцатого века, — напомнил Димон, — в то время человек шестнадцати лет считался взрослым, он мог идти работать. Это сейчас ты до тридцати годков ребенок. Но Эля попала в НИИ не с улицы. В списке сотрудников лаборатории есть Радионов Борис Глебович. Отец привел дочь в престижное место. Я созвонился с Эльвирой, у нее молодой голос, быстрая реакция. Если бы я не знал, сколько ей лет, решил бы, что общаюсь с дамой, которой далеко до пенсии. И вот новая вкусная конфетка.

Глава 31

— Среди работников лаборатории был Федор Степанович Бурбонский, — продолжал Коробков, — правая рука Шляхтина, тоже доктор наук. Его жена Валентина Сергеевна — химик. Федор скончался через пару лет после Григория, причина смерти та же — инфаркт. У него была дочь Ксения. Внимание, вот оно, сладкое, о чем я говорил. У Ксюши тоже повторное свидетельство о рождении, а Валентина после смерти Федора сменила адрес. Она вела себя, как Антонина, переселилась из центра на окраину.

— Забавно, родители Ксении Федоровны и Анны Григорьевны были коллегами, — протянула я, — девочки могли встречаться в детстве.

— Возможно, — согласился Димон, — есть еще интересные сведения о других сотрудниках лаборатории. Их сообщу позднее. А сейчас резко сменю тему. Ты просила найти некую Киру, ей принадлежал дом в деревне, который Анна сняла на лето, чтобы вывезти Елену на свежий воздух.

— Кира пустила жильцов бесплатно, — уточнила я, — ей требовалась женщина, чтобы ухаживать за ее собакой и кошкой. Несколько лет

Анна и Леночка ездили в Подмосковье, потом их перестали приглашать.

— Вранье, — отрезал Коробков, — в селе, где до сих пор находится особняк, коим и поныне владеет Ксения Федоровна, никакой Киры никогда не было. Имя нечасто встречается, это не Маша, Таня, Оля.

— Так, — протянула я.

— А вот у госпожи Бурбонской на лоне природы два владения, — вещал дальше Коробков. — Одно — двухэтажный дом, который в самом начале пятидесятых построил Федор. Почему он выбрал для строительства дачи это село? Потому что там когда-то жила его мачеха, вторая жена его отца, Нина Петровна, изба ей принадлежала. Фамилия Нины не Бурбонская, она оставила себе девичью — Елизарова. Пожилая дама скончалась. Ее скромные владения давным-давно принадлежат Ксении. Когда Анна впервые приехала в село, она думала, что живет у Киры. Ан нет! Шляхтиных, мать и дочь, приютила Бурбонская.

— Чем дальше в лес, тем толще партизаны, — протянула я.

— Слушай дальше, — велел Коробков.

Разговор длился долго. Когда мы с Димоном завершили беседу, ко мне прилетело сообщение с незнакомого номера: вывеска ресторана «Мясо без рыбы». Потом снимок зала, в котором было только два посетителя: Иван и симпатичная женщина в элегантном светлом наряде. Фото сопровождал текст: «И где твой муж?»

Я внимательно изучила снимки. В том, что я вижу Ивана Никифоровича, сомнений не было. Женщину я не знаю, вполне вероятно, что она клиентка, которая отказалась приехать в офис, и моему супругу пришлось встречаться с ней в кафе. Я не ревнива и очень хорошо знаю, что мой муж не станет лгать, если полюбит другую женщину. Он честно мне скажет: любовь прошла. Но почему-то мне стало неприятно и тревожно. Я стала пристально рассматривать незнакомку. Нужно признать, что выглядит она намного лучше меня. Стройная дама, и платье сидит на ней идеально. Вот на мне одежда часто выглядит несуразно, моя фигура не позволяет носить «футляр». Да и ноги у меня не отличаются красотой форм, они от коленей до ступней ровные, смахивают на поленья. Незнакомка же сидит на стуле боком к столу, мне прекрасно видны ее стройные ножки в изящных «лодочках» на каблуке. М-да. И колени у нее загляденье. И волосы роскошные, вьются крупными локонами. Скорей всего, от природы они не такие, их облагородили в салоне. Но мои волосы короткие, даже при всем желании мастер не сможет соорудить мне великолепную прическу.

Трубка опять издала тихий звук. На сей раз я получила видео. Абонент, который отправил его, снимал издалека, похоже, исподтишка. Я увидела, как Иван Никифорович встал, наклонился, поцеловал спутницу, а потом двинулся в глубь ресторана и исчез за темной занавеской. Вероятнее всего, за ней скрывался туалет.

Я изумилась. Нет, это не клиентка. Иван никогда не лобызается с посторонними, и вообще он не из той породы мужчин, которые направо и налево чмокают всех прелестниц, встречающихся на пути. Иван не полезет с объятиями к незнакомке. Кто она?

Из глубины души выползла змея ревности и поползла в мой желудок. К горлу подступила тошнота. Я быстро пошла к гостевому домику, и тут меня настигло третье сообщение: «Таня, посмотрите на себя в зеркало. В свое время вы понравились Ивану. Но сейчас! На кого вы похожи? Муж уважает вас как сотрудницу, считает умной, креативной. Но зачем ему в постели сообразительная корова? Иван интеллигентный человек, он не может сказать правду: «Ты мне как женщина давно опостылела». Поэтому к вам обращаюсь я. Таня, вы толстая тетка с неухоженным лицом, жидкими волосами, неуклюжая, одеваетесь по-старушечьи. Вы абсолютно не сексуальны. Наверное, вы опытный профи, но в качестве спутницы жизни полный отстой. Ни разу не видела вас в туфлях, только в кроссовках. Вы не ходите с Иваном в театры, кино, рестораны. Заняты исключительно работой. У вас нет общих интересов. Вы начальник — подчиненная, но не муж — жена. Иван с вами несчастлив. А с этой шлюхой расцветает. Задайте себе вопрос: «Хочу, чтобы Иван от меня ушел?» Да? Тогда ведите себя по-прежнему, жрите плюшки, носите мешки вместо модной одежды, работайте без выходных. Нет? Тогда приведите себя в порядок! Диета, стилист, новая одежда, косметолог. Если не хотите отдать супруга в руки коварной бабенки, то я могу вам помочь стать красивой в короткий срок. Подумайте недельку. Потом я напишу вам, чтобы узнать ответ».

Подписи не было. Я вошла в гостевой дом, не зажигая света, отправилась в спальню и набрала номер, с которого прилетали сообщения.

— Номер не обслуживается, — донеслось из трубки.

Я легла в кровать и попыталась включить логику. Для посторонних я репетитор русского языка и литературы, бегаю по частным урокам, вбиваю в головы лентяев-оболтусов знания, объясняю им, что Пушкин писал стихи, а не пел в опере. А Иван скромный бизнесмен, занимается компьютерными технологиями. Ирина Леонидовна простая пенсионерка. Такой видят нашу семью соседи и посторонние. Мы вежливые, спокойные люди, так называемый средний класс, не голодаем, позволяем себе маленькие радости, любим животных. Кем Иван и я являемся на самом деле, знают лишь члены особых бригад, а там болтливые не служат. Неизвестный благожелатель, который продемонстрировал мне встречу мужа с его якобы любовницей, ухитрился воткнуть острую спицу в мою болевую точку. Я обладательница комплекса «плохая жена». Я постоянно ругаю себя за то, что не забочусь о муже, не готовлю обеды, не выполняю домашнюю работу. И про посещения театра-кино чистая правда, мы с супругом бегаем по маршруту дом — работа — дом. Служба отнимает львиную часть времени, оно ненормировано. Субботы-воскресенья, праздники мы не проводим вместе, не собираем гостей. Отправитель послания написал горькую правду: мы скорее коллеги, чем супруги. Стоит ли удивляться тому, что Ивану захотелось общения с обычной женщиной, которая понятия не имеет, что место преступления осматривают по часовой стрелке, но готова в любой момент отправиться с Ваней веселиться. С такой дамой не стыдно появиться на людях, она стройна, модно одета. Когда я выходила куда-либо в платье? К глазам подступили слезы. Таня, ты жирная уродина, которая не умеет подать себя в выгодном свете. Зайка моя, ты ухитряешься так подбирать одежду, что она выпячивает все твои недостатки. Надо бы, наоборот, скрывать их. И, наверное, соперница прекрасно готовит, она не роется в Интернете, пытаясь найти ответ на вопрос: как варить макароны? Еще она шьет, вяжет, умеет танцевать, петь и в постели огонь. А я куча!

Я схватила кофту, которая висела на стуле, и вытерла ею лицо. Автор письма предложил мне подумать несколько дней, и, если я приму решение поработать над собой, мне обещают помочь вернуть любовь Ивана.

Кофта полетела на пол. Так! Танюша, выключи истеричную бабу, которая неожиданно включилась после чтения сообщений. Выдохни. И посмотри на ситуацию не как ревнивая жена, а как начальница особой бригады. Как ты, моя любимая куча, должна сейчас поступить?

Рука потянулась к телефону, я набрала знакомый номер.

Глава 32

Пролетели три недели. Во вторник в нашем офисе собрались члены моей бригады, а еще Иван Никифорович, Анна Григорьевна, Елена Васильевна, Андрей Михайлович, Радионова Эльвира Борисовна, Лев Владимирович Орлов. Последний держал на коленях сумку.

— Теперь понятно, почему Татьяна оказалась идеальной горничной, — воскликнула Елена, узнав, кем на самом деле является ее домработница. — Мама, что за бред ты придумала?

Анна хотела ответить дочери, но я опередила ее:

— Есть предложение. Давайте выслушаем Эльвиру Борисовну.

— Я же просила, — поморщилась Радионова, — без отчества! Когда величают меня как по паспорту, я чувствую себя старухой. А у меня, хоть я и не молодуха, задор в душе кипит. Аня, ты меня не помнишь?

Шляхтина удивилась:

— Мы знакомы?

— Да, и очень хорошо, — кивнула Эльвира. — Хотя чего я хочу! Когда вас привезли в центр, одной сестре исполнилось два года, второй двенадцать месяцев, — пояснила Радионова.

— Каким сестрам? — растерялась Анна.

Эльвира нахмурилась:

— Девочка! Если ты помолчишь, я все объясню.

Орлов начал копаться в своей сумке.

Дверь открылась, в комнату вошла стройная женщина лет сорока восьми — пятидесяти.

— О! Кто к нам явился! — воскликнула Радионова, которая определенно чувствовала себя королевой бала. — Здравствуй, рыбонька!

— Добрый день, — произнесла дама.

— Устраивайтесь поудобнее, — попросила я вошедшую, — давайте представлю вас. Ксения Федоровна Бурбонская. Хотя полагаю, Анна и Елена вас знают.

— Анечка, конечно, меня помнит, — улыбнулась мать Геннадия, — а вот Леночка...

— В моем возрасте старческого слабоумия не бывает, — буркнула Елена, — вы одно время считались подругой моей мамы. Она когда-то снимала дом в деревне, а у вас там был особняк. Наша первая встреча произошла в местном магазине.

— Так мне говорить или их слушать? — осведомилась Эльвира.

— Пожалуйста, начинайте рассказ, — попросила я.

Радионова вытянула шею.

— Мой отец, очень талантливый врач, работал в лаборатории, которую возглавлял Шляхтин. Сотрудников в ней было не так уж много. Григорий Андреевич не держал, как он говорил, «шлак». Там работали: Борис Глебович, мой отец, супруги Федор Степанович Бурбонский и Валентина Сергеевна, Владимир Антонович и Нина Орловы. Еще была пара лаборантов: я и Миша Хазин. Чем занималось научное подразделение? Поиском методов омоложения не только внешнего, но и внутреннего. Шляхтину велели за пять лет создать средство, которое придаст верхушке советской элиты не только нормальный внешний вид, но и вернет ей здоровье. Как вам такое задание?

— На мой взгляд, оно невыполнимо, — не замедлил с ответом Миркин.

Лев Владимирович опять стал копаться в сумке.

Эльвира вздернула подбородок.

— Верно, если за решение этой задачи возьмется середнячок, обычный доктор наук, то ничего не получится. Открою великую тайну: если человек защитил диссертацию, это еще не свидетельствует о его уме. Нет. Просто сей индивидуум умеет долгое время сидеть на попе ровно и, перелистав кучу чужих работ, создать свой опус, в котором не найдется ни одной мало-мальски оригинальной идеи. Да, подчас рождаются талантливые, даже гениальные люди, но их мысли так необычны, что научное сообщество не всегда может их оценить...

Эльвира на секунду умолкла, потом продолжила:

— Способна ли жаба понять, как живет птица? Может ли земноводное петь соловьем? Выживет ли птица в болоте в тесном соседстве с лягушками? А? Вот так и одаренный человек никогда не станет понятным серой массе. Над гением любят потешаться, и ясно почему. Он может явиться на службу в разных ботинках, волосы у него стоят торчком, одежда мятая... Грязнуля? Дурак? Нет, просто все его мысли заняты работой, на обувь плевать с высокой колокольни. Внешне гений странен, но создает нечто такое, чем люди потом столетия пользуются. Мой отец принадлежал к этой породе. И ему посчастливилось попасть в уникальный коллектив.

Эльвира показала пальцем на Анну Григорьевну.

— Ты не помнишь, не знаешь Григория Андреевича, а он из стаи великих!

— Не помню, — согласилась Шляхтина, — смутные какие-то обрывки в голове остались. Я была совсем маленькой, когда папа умер. Но я его хорошо знаю.

— Откуда? — спросил Иван.

В глазах нашей клиентки на секунду промелькнуло беспокойство.

— Откуда? — повторила она. — Так мать о муже постоянно говорила. Для нее он оставался живым. Мама с утра до ночи поминала любимого Григория, цитировала его слова. А вот на кладбище она меня не брала и сама на могилу ходила редко. У меня создалось ощущение, что отец жив, просто он уехал в командировку.

— Антонина растворилась в муже, — улыбнулась Эльвира, — нынче такой жены не встретишь. Продолжаю. Повторяю. Григорий собрал уникальный коллектив единомышленников. Я, девочка-глупышка, которую папа привел в лабораторию на должность лаборантки, а по сути уборщицы, ощущала трепет, понимала, что отец доверил мне войти в команду, которая занимается потрясающими исследованиями. Боже, какие это были люди! Шляхтин — гений! Остальные неординарные мыслители ему под стать.

Эльвира сделала глубокий вдох.

— Ладно, вернусь к сути вопроса. Я появилась в лаборатории, когда Григорий Андреевич начал эксперимент с детьми. Сразу хочу объяснить тем, кто не имеет отношения к науке. От идеи до таблетки, которую человек покупает в аптеке, подчас проходят десятилетия напряженной работы ученых. Но Шляхтина и его коллектив торопили, им предписывалось выдать результат за одну пятилетку. Сейчас-то я понимаю, что это невозможно. Думаю, мой отец и все остальные знали, что задача невыполнима, но куда им было деваться? Приказ партии и правительства. Престарелые вожди жаждали омоложения. Подчеркну — я не знала научной стороны вопроса.

Никто мне, девочке, не собирался объяснять, что и зачем делают в лаборатории. Но то, что там ищут, как создать, грубо говоря, таблетку от старости, я сообразила быстро, потому что при мне вели рабочие беседы. Так сложилось, что ни у Григория с Антониной, ни у Федора Бурбонского с женой, ни у Владимира Орлова с супругой не было детей. Лишь у Бориса Глебовича родилась дочь, то есть я. Почему остальные не обзавелись потомством? Антонина правая рука мужа, они жили в лаборатории. Какие дети? Отвлекаться на пеленки Шляхтины категорически не хотели. У Бурбонских была та же ситуация. У супруги Орлова возникли какие-то проблемы по женской части, она постоянно болела. Помню, что Владимир занимался домашним хозяйством. Вот моя мама в науке ничего не понимала, топталась всю жизнь на кухне, родила меня. Для чего Шляхтину понадобились дети? Объясню вам примитивно: им вводили лекарства, которые изобрели в лаборатории. По замыслу ученых, с помощью капельниц из малышей вырастут взрослые, которые будут отличаться в лучшую сторону от остальных: не потеряют до ста с лишним лет здравый ум, память, приобретут устойчивость к болезням, сохранят тело молодым. Что придумал Шляхтин? Старость надо лечить с младенчества. С двух-трех лет, а то и раньше. Если крошкам регулярно вводить лекарства, которые разработала лаборатория, то к ста годам они будут огурцы-молодцы. Вот почему из домов малютки доставили трех девочек, две из них были сестрами, и мальчика. Настоящие их имена никому не известны. Малышек подобрали на подмосковном шоссе, где они рыдали на обочине. Возраст старшей определили как два года, вторая примерно на год младше. Мальчика обнаружили на вокзале, он спал на скамейке в зале ожидания, врачи сочли его годовалым. Как Шляхтин умудрился получить ребят для эксперимента, кто разрешил ему вводить лекарства детям, покрыто мраком неизвестности. Еще одну крошку отобрали у цыганки, которая попалась на воровстве. При одном взгляде на ребенка, белокурого, голубоглазого, стало понятно: в таборе у него родных нет. На вопрос: «Где ты украла дитя?» — ромала рассказала охотничью историю о том, как нашла бедняжку в какой-то деревне в пустой избе.

Старшую сестру назвали Ксенией, младшую Анной, мальчика — Львом, а третью девочку Олей.

— Лека, — вдруг тихо сказала Бурбонская. — Она ведь умерла?

Эльвира повернулась к Ксении Федоровне.

— Ты помнишь?

— Мне долго снился сон, — вздохнула Бурбонская, — я в комнате, где стоят кровати, на них спят дети. Вдруг появляются люди с каталкой, на нее кладут мою соседку. У нее длинные красивые волосы. Я пугаюсь: «Куда забирают Леку?» Одна из женщин объясняет, что с ней все будет хорошо. Меня сновидение отчаянно пугало.

Один раз я рассказала о нем маме, та пояснила, что я в детстве попала в больницу... Но потом все выяснилось. Мамочка перед смертью рассказала мне правду.

— Какую? — тут же спросил Иван Никифорович.

Глава 33

— Простите, — смутилась Ксения, — я перебила Эльвиру Борисовну.

— Ничего, детка, — кивнула Радионова, — говори. Твоя мама определенно знала больше меня.

Бурбонская прижала руки к груди.

— Валентина Сергеевна очень меня любила. Мне и в голову не могло прийти, что я приемная. Но, понимая, что вот-вот уйдет из жизни, мамуля открыла мне истину. Я узнала про лабораторию Шляхтина. Мама не скрыла, что я без роду без племени, найдена на дороге вместе с младшей сестричкой. Кто мы? Как очутились на шоссе? Никто не знал. Григорию Шляхтину для эксперимента требовались совершенно здоровые дети. Но разве кто-то из родителей отдаст свою кровиночку в лабораторию? Значит, надо использовать сирот, о которых никто не побеспокоится. В приюты редко попадают дети с нормальным развитием. Чаще всего там живут те, кого забрали из неблагополучных семей. Шляхтин сам ездил по интернатам, искал подходящих ребят.

— Можно вопрос? — не удержалась я. — Неужели ученые не испытывали жалости к почти младенцам, которых собирались использовать в качестве лабораторных мышей? Ведь одна девочка умерла!

Ксения растерянно замолчала, вместо нее заговорила Эльвира:

— Ваш вопрос наглядно демонстрирует отличие обычного человека от гения. Вы в ужасе от того, что детям ставили капельницы, потому что не видите дальше собственного носа. А великие умы думали обо всем человечестве, о том, что есть возможность продлить людям активную жизнь. Дети в данном случае просто объекты эксперимента.

— Хорошо, что я не гений, — буркнул Коробков.

— Мама не скрыла от меня, что Ольга скончалась, — сказала Ксения, — но после вскрытия выяснилось, что у нее была аневризма головного мозга. Внешне девочка выглядела здоровой, анализы прекрасные. КТ, МРТ тогда не было. Обнаружить сосудистую патологию не могли.

— И второй вопрос, — продолжила я. — Ученым дали всего пять лет, а они замахнулись на работу, результат которой сами не увидят, умрут до того, как детям исполнится сто лет.

— Ну и что? — удивилась Эльвира. — Другие их опыт закончат. Последователи. Ученики.

— Коллектив через пять лет разогнали, — напомнила я.

— Ну, точно этого никто не знал, — возразила Радионова, — срок могли продлить, все на это надеялись. Шляхтину удалось найти детей, которые отличались завидным здоровьем. Им стали ставить капельницы. Несколько лет подряд, регулярно. А потом лабораторию закрыли. Малышам, с которыми проводили эксперимент, предстояло отправиться в приют, но никто из ученых не хотел прерывать работу, поэтому Шляхтины удочерили Аню, Орловы — Леву, а Ксению взяли Бурбонские. У Григория и Антонины остался запас инъекций, их можно было приготовить, составляющие покупались в обычной аптеке. Детям продолжали ставить капельницы.

— Верно, — перебила ее Бурбонская. — Не знаю, что сказали остальным, а мне объяснили: «Ксюшенька, это витамины, они помогут тебе быстрее расти».

— Дети становились старше, — заметила Эльвира, — взрослым было невыгодно, чтобы ребята поняли: они все почему-то должны терпеть вливания. Поэтому после развала лаборатории малыши не встречались, и никому из них не объяснили, что они приемные.

— Мама до конца жизни молилась на фотографию отца, постоянно говорила: «Доченька, никогда не забывай, из какой ты семьи, учись на отлично, не позорь фамилию Бурбонских», — вздохнула Ксения. — Я жила с гордостью за своих предков. И вдруг узнаю правду. Хорошо, что я уже давно стала взрослой, Геннадий в школе учился.

Но даже в этом возрасте я испытала шок и растерянность. Кто я? Кем были мои биологические родители? И, оказывается, у меня есть сестра?! Еще мама сообщила, что у них с папой не осталось никаких документов о работе лаборатории. Все дневники наблюдений остались у Антонины. Куда бесценные бумаги делись после ее смерти? Ответа нет. В день смерти Федора Степановича мама позвонила Антонине Шляхтиной, которая давно вдовствовала. После того как скончался Григорий, Тоня резко оборвала общение со всеми. Мой папа и другие сотрудники лаборатории упрашивали вдову отдать им все документы. У родителей была недвижимость в подмосковной глуши, они собирались там продолжать работу. Орлов и Радионов примкнули к Бурбонским. Антонина отвечала всем одинаково: «У меня ничего нет». И все! Далее она контактировать с бывшими коллегами отказалась. Почему? А спросите ее! Если разобраться по сути, документация принадлежала всем ученым. Шляхтина ее просто захапала! Уж не знаю, как бы дальше развивались события, но вскоре ушел из жизни мой отец, за ним Радионов. А Орлов решил заняться чайным бизнесом. Идея восстановить за свой счет исследования завяла на корню.

Умирая, мама назвала мне имена-фамилии всех детей. Ясное дело, первой я решила найти Аню. Получить телефон и адрес Анны Григорьевны Шляхтиной оказалось просто и позвонить ей тоже. Но я рассудила так: если мне позвонит незнакомая тетка с заявлением: «Здрасти, я ваша родна сестра», — что я ей отвечу? «У меня нет ближайших родственников». Если же неизвестно кто будет настаивать, без приглашения приедет в гости, я никогда его не пущу в дом. Я навела справки об Анне, узнала, что она, в отличие от меня, живет с дочкой бедно, и в голове возник план. Я решила стать Анечке лучшей подругой, а уж потом, через несколько лет, открыть правду. Но как нам познакомиться, встретиться?

Ксения улыбнулась:

— Я придумала целую пьесу. Мне за небольшую плату помогла одна женщина. Она «случайно» встретилась со Шляхтиной, назвалась Кирой, предложила Ане пожить с ребенком у нее на даче. Бесплатно. Надо было только присмотреть за домашними животными.

Ксения засмеялась:

— Кошечку и собачку я подобрала на помойке, прикормила их, приголубила во дворе. Мне в селе принадлежали два дома, но об этом соседи не знали. Известно было, что хозяйка одной избы живет в Москве. То, что Аня мне родня, никто не знал, фамилии-то разные. Кто платит за свет и прочее, тоже людям неведомо. Прекрасно знаю деревенские нравы, сплетни, которые распускают бабы. Если выяснится, что Ксения Бурбонская владеет парой построек, на меня покатит цунами зависти, злобы, пересудов. Оно мне надо? Я очень надеялась, что Аня не устроит тщательную проверку Киры, денег-то со Шляхтиной не требуют! И все вышло по-моему. Да не совсем так, как я рассчитывала.

Ксения заложила за ухо прядь волос.

— Ане не понравился Гена. Ведь так?

Обычно словоохотливая Анна Григорьевна сейчас просто кивнула.

Бурбонская продолжала:

— Знаю, я избаловала сына. Я ему с пеленок твердила: «Помни, кто твои предки, не позорь фамилию Бурбонских». Это мне в детстве внушала мама. Но на Гену эти речи подействовали иначе, чем на меня. Он стал считать себя избранным, великим, гениальным. Аню возмущало его поведение, но у нас все же возникли доверительные отношения.

— Это тебе так казалось, — вдруг возразила Шляхтина, — я тебя едва терпела. Только воспитание не позволяло выгнать тебя. Уж очень ты навязывалась, постоянно звонила, приходила.

— Я хотела сблизиться с тобой, — пролепетала Ксения.

— Получилось наоборот, — ответила Анна.

— Наверное, — не конфликтно согласилась Бурбонская. — Я чувствовала, что не нравлюсь Анне. Поэтому, несмотря на то что мы довольно долго общались, никак не решалась открыть ей правду. Она из-за неприятия Геннадия стала сторониться меня. Я испугалась, что сестра вообще откажется от встреч, поехала к ней, чтобы все открыть. На беду со мной увязался Геннадий. И случилась беда. Сын возмутился, что ему подали чай последнему, обозвал Аню дворняжкой. Вспыхнул скандал, Гену выгнали.

— За дело! — отрезала Анна. — За его беспардонное хамство.

— Гена мой двоюродный брат? — уточнила Елена.

— Да, — подтвердила Ксения.

— С ума сойти! — воскликнула владелица цветочного бизнеса. — Только такой родни нам не хватало!

— После того как Аня отказалась видеть Гену, мы еще недолго общались, но потом Шляхтина и меня отсекла, — вздохнула Ксения. — Думаю, после слов Леночки: «Только такой родни нам не хватало» — все поняли, по какой причине я так и не открылась Ане. Гена Шляхтиным никак не нравился. Я казалась прилипчивой особой. И, что самое главное: у меня не было никаких доказательств нашего родства. Только рассказ мамы. Как отреагируют Шляхтины? «Только такой родни нам не хватало». Но я-то чувствовала, что Анечка моя сестра!

— Можно сделать анализ ДНК, — предложил Аверьянов.

— Да! — тут же воскликнула Ксения. — Да, да!

Илья посмотрел на Анну.

— Хорошо, — после короткой паузы согласилась Шляхтина.

— Мама! — возмутилась Елена. — Немедленно откажись.

— Если мы и правда сёстры, — сказала Анна Григорьевна, — то это многое меняет. Я хочу знать правду.

— По окончании беседы я возьму защёчный мазок у обеих, — пообещал эксперт.

— Ксения Фёдоровна, — спросила я, — как вы поступили, узнав, что объявлены в семье Шляхтиных персоной нон грата?

Бурбонская начала теребить край кофты.

— Я не дура на профессиональном поле. Всё, что имею, заработала своим трудом. А в личных отношениях не всегда разумна. Уже говорила: эмоции часто меня захлёстывают. После полного разрыва с Анной я оказалась совершенно одна. На службе было море народа, я всем нужна, меня рвали на части. Но как только я войду в квартиру... тишина. Никого. Даже кошки нет.

— А сын? — удивился Иван.

Ксения опустила голову.

— Гена разносторонне одарён. Мог стать писателем, художником, музыкантом. Талантов у него через край. Да только он легко загорается и так же быстро гаснет. Но если вбил что-то себе в голову, не отступит. После скандала у Ани дома он терпеть не мог Шляхтиных-Энгельманов, написал роман про Клотильду Бурбонскую. Принёс мне свой опус для изучения.

Ксения пожала плечами.

— Смешно, право. Он там наплёл таких кружев! Начертил зигзагов! Даже я возмутилась, велела ему изменить имена-фамилии героев.

Знала, что Аня никогда «сагу» не увидит. Но мне самой было неприятно. Сын стал кричать, что он написал гениальный роман. Исторический. Я зачем-то ввязалась с ним в спор, принялась объяснять:

— Для создания серьезного произведения надо изучить архивы.

Гена мне в ответ:

— У меня родовая память. Я реинкарнация Анри, брата Клотильды. Зачем мне документы, которые Шляхтины переписали, как им выгодно? Помню все прекрасно!

Ксения тяжело вздохнула:

— Ну что тут поделаешь? Я же врач! Отлично знала: пора лечить сына. Если у человека возникают проблемы с психикой, то часто такой больной уверен, что он здоров, а родственники, которые хотят его к психиатру отвести, гады. Что делать? Применить хитрость. Кое-какие медикаменты можно раскрошить и в кефир подсыпать. Кое-что переложить в банку из-под витаминов и выдать за БАДы. Через несколько месяцев Гена мне с торжествующим видом показал письмо из издательства: «Уважаемый господин Бурбонский. Ваша рукопись «Черная правда лжеграфини Шляхтиной» не может быть опубликована. Советую вам представить ее на одном из литературных сайтов. С уважением». И неразборчивая подпись. Мне стало жалко сына, я стала его утешать:

— Многим впоследствии великим прозаикам отказали в публикации их первого романа...

Гена меня перебил:

— Мать! Ау! Ты не поняла? Моя книга прекрасна! Издательство предлагает опубликовать ее в Интернете. Сейчас все так делают. Бумажные томики! Кому они в наш век нужны?

Бурбонская замолчала. Раздался тихий звук, Ксения посмотрела на телефон, который во время нашего разговора держала в руке, прочитала сообщение и стала писать ответ.

Орлов снова стал рыться в сумке. Меня охватило любопытство: что Лев там постоянно ищет, почему не поставил саквояж около стула на пол?

Глава 34

— Предлагаю временно перестать говорить о Геннадии, — предложил Иван Никифорович, — давайте вернемся к другому вопросу. Ксения Федоровна, что вы делали после разрыва отношений со Шляхтиной?

— Поняла, что воссоединиться с сестрой не получится, оставила все попытки подружиться. Жила только работой, — ответила Бурбонская. — Время шло, я думала, что в моей жизни ничего не изменится, и вдруг позвонила Эльвира Борисовна. Мы встретились!

Ксения замолчала.

— Верно, — подтвердила Радионова, — я решила, что мы бы могли продолжить дело родителей. Ксения прекрасный врач, я биолог.

— Она и мне позвонила, — подал голос Орлов, — я вообще ничего не знал! Представляете? Сижу спокойно в магазине, и вот тебе, Лева, отличное предложение, добуквенно помню, что услышал.

«Здравствуйте, уважаемый Лев Владимирович. Вас беспокоит Эльвира Борисовна Радионова. Фамилия пишется через «а»! Вот такая редкость».

Она болтает, а я думаю: «Господи, что этой тетке надо? Какая мне разница, что за буква у нее в паспорте. Мир полон идиотов». А из трубки несется:

«Я с вашими покойными родителями, батюшкой Владимиром Антоновичем и матушкой Ниной, работала в одной лаборатории».

Пришлось ее прервать.

— Тьфу на вас! Отец мой жив и прекрасно себя чувствует. Мама, увы, трагически погибла, под машину попала.

— Володя не умер! — обрадовались с той стороны. — Тогда я сейчас приеду. Скажите папеньке, что Эля Радионова, через букву «а», спешит в гости. Разговор есть о продолжении дела наших родителей!

И отсоединилась.

Лев усмехнулся:

— Я даму за сумасшедшую принял. Отцу моему тогда за сто лет перевалило. Но он был огонь. После похорон мамы вел жизнь двадцатилетнего парня. На скейтборд встал, с парашютом прыгал, постоянно за границу летал, дом на Мальте купил. В восемьдесят лет женился на сорокалетней и живет с Вероникой счастливо. Мне он оставил свой бизнес, сесть магазинов по всей стране. Все прекрасно работает. Я сам торгую в главном московском бутике, составляю новые смеси, но это так, к слову. После беседы с Эльвирой я позвонил папане на Мальту.

— Хочешь поржать? Я говорил с психованной...

Пересказываю, думаю, он смеяться будет, а в трубке тишина. Потом отец спросил:

— Фамилия через «а»?

Я ответил:

— Да какая разница? «А» или «о»?

И тут папа выдает:

— Левушка, две жизни не прожить. Я часто думал в последнее время: рассказать тебе все или в могилу унести? Вроде ты уже взрослый...

Я решил его слова в шутку обратить:

— Пап, твой сын уже старый.

А он как будто меня не услышал.

— Я боялся, что ты меня бросишь. Рассердишься, получится, что мы с мамой вроде тебя обманывали, разорвешь отношения.

Я притих. Что отец несет? Может, к нему маразм подкрался? А он не останавливался:

— Прости, сынок. Я струсил. Поговори с Эльвирой, мы на самом деле вместе работали. Она дочь моего коллеги и друга Бориса, светлая ему память. Когда побеседуешь, новость переваришь, успокоишься, позвони мне. Какое бы решение ты ни принял, например отречься от меня, все равно позвони. Очень тебя прошу!

И отсоединился.

Лев обвел присутствующих взглядом:

— Ксения, Анна, мы были маленькими, я вас не помню. И в отличие от Бурбонской, никаких снов не видел. Всю жизнь пребывал в уверенности, что у меня есть отец и мать, они сына безмерно любят. Ни малейших сомнений в нашем родстве не возникало. Я обожаемый в детстве мальчик, потом подросток, который регулярно получал нагоняи за сигарету, рюмку, ночевку не дома, поступил в медицинский, работал в больнице, потом бросил. Устал. Надоело. Занялся с отцом бизнесом по линии чая, увлекся. Мама погибла. Отец меня всегда поддерживал морально и материально. И вдруг! Появляется Эльвира, которая выкладывает правду — я не Орлов и вообще имя я только в два года получил, потому что был найден на вокзале. Меня будто по темечку битой шарахнули. Попросил Эльвиру уехать. Она поняла, в каком я состоянии, и смылась.

Пару часов я в себя приходил, потом папане звякнул, сказал:

— Пусик!

Я его так в детстве называл, потом перестал. Отец ответил:

— Слушаю, червячок!

А это мое детское прозвище. У нас так заведено было: мама — мусик, папа — пусик, я — их червячок.

Я услышал, как Владимир Антонович ко мне обратился, и чуть не зарыдал.

— Папа! Я поговорил с Эльвирой. Даже разбираться ни в чем не желаю. Ты мой пусик. Один-единственный. Я тебя люблю.

Отец ответил:

— Ты мой червячок, самый любимый мальчик на свете.

Лев потер затылок.

— Нервничал я, конечно. Тяжело узнать, что ты не пойми кто и звать тебя никак. Но в буре отрицательных эмоций возник огромный зеленый остров: я понял, как люблю отца. Многие приемные дети, выяснив правду, закатывают предкам истерику. Кричат: «Не хочу жить с вами, не родные вы мне, чужие». Глупые, тупые гаденыши! Вас взяли из приюта, обогрели, выучили, а вы, твари неблагодарные, вопите про чужую кровь?! А своя кровь вам что сделала? Пила, гуляла, нюхала, кололась? Хороший человек ребенка в приют не сдаст. В интернат ребенок из приличной семьи попадает лишь в случае смерти всех родственников, и не о нем сейчас речь. О массе детей, которые на попечении государства оказались. По телевизору я недавно шоу видел. Муж с женой взяли в семью девочку, которая родилась больной. Родная мамаша, пьянь-рвань, недолго думая от малышки отказалась. У той лицо было изуродовано: заячья губа, волчья пасть, плюс доктора обещали задержку в развитии. И вот этот «букет» другие люди взяли. Вылечили дочку, из дуры умной сделали, выучили. Сидит симпатичная девушка, двадцать лет ей, студентка престижного вуза, одета с иголочки и вещает:

— Я случайно узнала, что им не родная. Всю жизнь они меня обманывали. Хочу мамочку любимую найти, обнять, поцеловать.

Вот же пакость какая! Не лгали тебе, берегли от правды. Хочешь знать, что мамашка понятия не имеет, от кого в пьяном угаре ребенка зачала? Готова жить с алкоголичкой в бараке? Ну и дуй туда! Я бы на ее месте папе с мамой на шею кинулся, на колени встал, головой в пол кланялся, рыдал: «Спасибо, любимые, что меня, страшную уродину, больную, тупую выбрали, лечили, учили, одевали, обували...»

Лев махнул рукой.

— Пережрала эта сиротинушка крема сладкого! Но я не такой. И единственное хорошее, что случилось в результате беседы с Радионовой, — моя беседа с отцом. Я успел сказать, как люблю его, как он мне дорог, как я благодарен ему за все. Мы охотно ругаемся с родителями, а вот похвалить их, поцеловать — это на потом откладываем. И плачем у могилы: не нашел времени проявить свою любовь, а теперь поздно. Спасибо Эльвире! Я успел. И теперь всякий раз, когда мы созваниваемся, говорю отцу о своей любви.

— Что вам предложила Эльвира? — остановил Орлова Коробков.

Лев Владимирович криво улыбнулся:

— Ей втемяшилось в голову возобновить работу лаборатории. Если коротко, то суть беседы была такова: «Лева, дайте мне денег, я восстановлю лекарство, которое изобрели наши родители».

— Что вы ответили? — спросил Димон.

Орлов потер лоб.

— Я вполне обеспеченный человек, веду бизнес, на меня работают умные люди. Если вдруг возникает сложная проблема, я могу спросить совет у отца. Сам экспериментирую с разными смесями. Какие таблетки от старости? Чушь невероятная. Невозможно дряхлого в молодого превратить. Старье новым не станет. Так я Эльвире и объяснил.

Лев замолчал, а Радионова разозлилась.

— Да просто пожадничал. Не захотел дело отца продолжать. Но я нашла инвестора и теперь усердно работаю.

— От меня Радионова пыталась получить какие-то записи, — вмешалась в беседу Ксения, — все повторяла: «Твоя мама архив оставила?» Очень была разочарована, когда выяснила, что никаких документов у меня нет.

— У меня она тем же самым интересовалась, — поддакнул Лев, — пообещала: «Отдашь документы, лекарство будет сделать пустяк! Люди за мои таблетки передерутся, я получу большую прибыль, тебе процент отрежу! Неси папки!»

Планов у нее гора! Хотела сама пилюли штамповать. Я отказался. Наделает ерунды, впарит народу, не дай бог, кто-то тапки отбросит, и отдадут нас под суд. Радиновой в ее возрасте ничто не грозит, ее домой отпустят. А я так легко не отделаюсь.

— Лекарство существует! Оно работает! — завопила Эльвира. — И вы этому наилучшее подтверждение. Лев, у тебя что-нибудь болит?

— Вообще или сейчас? — уточнил Орлов.

— В целом! — воскликнула Радионова.

— Не могу пожаловаться на здоровье, — пожал плечами Орлов.

— Вот! — заликовала Эльвира. — А почему? Потому что в детстве ты получал капельницы с препаратом.

Лев Владимирович рассмеялся:

— Я не курю, не алкоголик, не бегаю по бабам, занимаюсь спортом, слежу за питанием, не злюсь, не завидую. Веду так называемый здоровый образ жизни. То, что в меня влили в глубоком детстве, давно вытекло.

— Вы все выглядите моложе своих лет, — уперлась Эльвира, — про меня и говорить нечего. Да-да, я тоже получала капельницы. Отец мой считал, что лекарство не только с пеленочного возраста эффективно. Мне его колоть начали в шестнадцать лет. Посчитайте, сколько мне лет, а я на своих ногах и в здравом уме. Лева, ты выглядишь на сорок пять! Ксения тоже! Про Аню я вообще молчу! Она внешне маков цвет, зато душонка у нее гнилая!

— Велите ей замолчать, — процедила теща олигарха.

— Никто, никогда, нигде, ни при каких обстоятельствах не имеет права запретить мне говорить, — фыркнула Эльвира. — Сейчас сообщу про Аньку такое, что она, противная баба, навсегда рот захлопнет!

Радионова повернулась к Ивану Никифоровичу.

— Знаете, чем эта особа занимается?

— Мы в курсе, — спокойно прервал пожилую даму мой муж.

Глава 35

— В курсе! — язвительно повторила Эльвира. — И какой у вас, интересно, курс?

Коробков кашлянул.

— Отвечу. У Андрея Михайловича Красавина внушительный бизнес. Он занимается разными делами и всегда на зависть успешен. Но когда он женился на Елене, у него был только медцентр «Красота Парижа». Так?

Красавин впился глазами в Димона.

— Какое отношение мои проекты имеют к тому, о чем тут говорили?

— Самое непосредственное, — объяснил Коробков. — Помните, когда, у кого и почему вы купили «Красоту Парижа»?

Красавин опустил одно веко и стал похож на сонную черепаху.

— У этого объекта было много владельцев, всех я не помню.

— Нет, — возразил Коробков, — хозяин был один. Смотрим на экран. Там договор, в нем четко указаны лица, совершившие сделку. Любопытный документ.

На некоторое время стало тихо, потом Елена звонко произнесла:

— Там упомянута моя мама. Ничего не понимаю.

— В договорах и впрямь разобраться трудно, — согласился Иван Никифорович, — они, как правило, составляются на жестком юридическом суахили. Перевожу на простой язык обывателей. Госпожа Шляхтина-Энгельман продает господину Красавину «Красоту Парижа» за смешную сумму пятьдесят тысяч рублей. Подозреваю, что это все деньги, которые тогда были у «богача» в запасе.

Елена ойкнула, а Иван продолжал:

— Но поскольку договор существует только на бумаге, самого процесса купли-продажи никто не видел, то я сейчас пофантазирую на эту тему. За год до того, как стать счастливым мужем, Андрей был всего-то скромным преподавателем музыки в школе.

Елена ахнула.

— Зарплата у него — кот наплакал, — объяснял тем временем мой муж, — зато была большая квартира в центре Москвы. Жилье досталось ему от Майи Михайловны, покойной бабушки, та считалась одним из лучших гинекологов Москвы и никогда не бедствовала. Упомянутая дама твердой рукой руководила дочерью Галиной и внуком, она мечтала, что Андрюша станет известным музыкантом: гастроли по всему миру, контракты, деньги. Но не получилось, мальчик упал, сломал руку. Майя Михайловна умерла в тот год, когда внук поступил в институт, она успела его на первый курс пристроить. Майя прекрасно понимала — Галина мямля, успеха она никогда ни в чем не добьется, продаст то, что накоплено матерью, проест, останется на бобах. Бабушка боялась, что Андрюша останется без жилья, и подарила апартаменты внуку, специально оговорив в дарственной: сбыть квартиру с рук Красавин сможет лишь после того, как ему стукнет тридцать.

Все получилось так, как рассчитывала умная бабушка. Галина продала все, что имела, а вот хоромы сбыть с рук не могла. Уж не знаю, уговаривала ли мать сына...

— Прямо танком на меня наезжала, — неожиданно произнес Андрей, — рыдала, вечно жаловалась на нищету, требовала уехать в отдаленный район, переселиться в ее однушку и жить на деньги, которые я выручу от продажи квартиры бабушки.

Елена оперлась руками о стол, привстала, потом села.

— Постой! У Галины была собственная жилплощадь? Вы с ней теснились в однокомнатной квартире? А бабка шиковала в центре?

— Нет, — ответил муж, — Майя Михайловна давно отселила дочь, у той всегда был несносный характер.

— Он это сказал или мне почудилось? — оторопела жена бизнесмена.

— Меня бабуля забрала, — словно не слыша ее, продолжал Красавин, — я с ней жил. Она скончалась, когда я стал первокурсником, но мне хватило ума понять, что недвижимость на Арбате — капитал. Нельзя его проесть. Я перебрался жить к Галине, многокомнатные апартаменты сдал. Деньги отдавал матери. Бабушка перед смертью взяла с меня честное слово, что я не брошу маму.

Елена схватила бутылку воды.

— Значит, вы не нищенствовали?

— Нет, — сказал Андрей.

— Зачем тогда ты говорил, как суп на три дня из одного окорочка варили? — возмутилась Лена.

— Кто это говорил? — прищурился муж. — Я?

— Ну, нет, — уже спокойнее отреагировала Елена Васильевна, — Галина об этом постоянно твердила.

Андрей развел руками.

— Не всем досталась такая мать, как тебе.

— Но ты постоянно ей поддакиваешь, — взвилась супруга, — разрешаешь меня гнобить!

— Хочу, чтобы Ирина имела перед глазами достойный пример и потом, когда вырастет, уважала нас, пожилых, — отрезал Красавин. — Да, Галина Николаевна не особенно умна, эгоистична, любит только себя, но она моя мать. Я обязан оказывать ей уважение. И категорически не выношу ссор в доме! Твоя свекровь ночует в нашем доме раз в два-три месяца. Можно и потерпеть.

— Я просто офигеваю, — по-детски высказалась Елена. — Почему ты мне правду не рассказал?

Андрей махнул рукой и ничего не ответил.

Иван встал и включил кофемашину.

— Анна Григорьевна, истина имеет обыкновение выныривать из болота, может, вы теперь расскажете, как Елена нашла себе мужа? А мы всех угостим капучино. Сразу подчеркну: если вы откажетесь, эту историю озвучу я.

Шляхтина кашлянула:

— Лена меня с подросткового возраста ни в грош не ставила, ее тянуло исключительно к плохим мальчикам. Я это видела, пыталась удержать девочку дома. Куда там! Нацепит футболку, вырез до пупа, и к двери. Кричу: «Доченька, юбочку надеть забыла!» В ответ: «Вечно ты придираешься! Это платье». Господи! Вы только представьте, что могло случиться, когда Лена ночью после похода в клуб одна домой возвращалась! Еще изнасилуют! Как ее дома удержать? Приходилось больной прикидываться. Кто бросит умирающую мать? Только негодяйка. Елена не такая, она оставалась дома. Некоторое время мне удавалось ее обманывать, потом она мою хитрость раскусила, скандал устроила. Как дочь себя вела до замужества, я вспоминаю с ужасом! Два аборта!

— Мама! — закричала Лена.

— Я вру? — прищурилась Анна. — Говорю о твоих безумствах не для того, чтобы бесшабашную девчонку опозорить. Объяснить хочу, по какой причине сделала то, что задумала. Лена три раза попадала в клинику неврозов, потом подцепила неприятную болезнь половой сферы, слава богу, в легкой форме, обошлось циклом уколов. Я наблюдала калейдоскоп отвратительных парней: рокер, писатель, художник — все алкоголики-наркоманы, нищие, злые, ленивые! В конце концов я поняла: или я выдаю ее замуж, или дщерь сопьется, на иглу сядет, истаскается по мужикам. А где найти подходящего человека? Я огляделась по сторонам, телефонную книжку полистала... Ба! Майя Красавина. Когда-то давно мы с ней детей в одну музыкальную школу возили. Майечка врач, очень занятой человек, но на внука всегда время находила. Лена моя год музыкой занималась и отказалась, а вот внучок у Майи был усердный. Мы с Красавиной пару раз в году созванивались, на Восьмое марта, Пасху, Рождество, поздравляли друг друга много лет, потом перестали. Я навела справки, узнала, что Майечка умерла. А внук ее не стал музыкантом из-за перелома руки, преподает в школе. Не женат. Ни в чем дурном не замечен. Найти телефон парня оказалось не так уж трудно. Я его пригласила для разговора.

— Ушам своим не верю! — закричала Елена. — Андрей! Она врет?

Глава 36

Красавин усмехнулся:

— Все чистая правда. Анна Григорьевна предложила мне стать ее зятем. Я ответил: не смогу жить с женщиной, которая мне не нравится. Анечка сказала: «Конечно. Если при виде Лены ничего у тебя не дрогнет, не стоит. Но если моя дочь хоть немного тебе по душе придется, то я обещаю, что ты станешь богатым». Подсказала, как мне с Леной познакомиться и как себя вести. В раннем детстве мы друг друга видели, но, конечно, она меня не узнала. Я сразу понял — Елена по паспорту взрослая, а на самом деле ум у нее двенадцати-четырнадцатилетнего подростка. Она жила по принципу: если чего хочу, то и беру. В моей постели она в вечер знакомства оказалась.

Андрей посмотрел на жену.

— Все сложилось так, как будто кто-то наколдовал. За неделю до беседы с Анечкой семья, которая снимала квартиру бабушки, съехала. Новых постояльцев я не нашел и очень расстраивался. Но после разговора с будущей тещей понял, что все как по заказу получилось. Елена мечтала выйти замуж за богача. Она наигралась с нищими творческими людьми, поняла — лучше, когда у спутника жизни кошелек тугой, и заводила романы только с обеспеченными мужиками. Да не везло ей! Спали с ней охотно, но под венец других звали. Квартира в центре на Елену произвела впечатление, она сразу решила, что я парень со средствами.

— Я не такая корыстная, — обиделась его супруга, — ты мне понравился.

— А ты мне, — улыбнулся Андрей, — спасибо Анечке, она понимала, что учитель музыки вовсе не мечта ее дочери, поэтому перевела на меня свой медцентр.

— Но дальше вы развивались сами, — заметила я, — остальное создали и поднимали собственными силами. У вас оказался талант бизнесмена. Клиникой до сих пор руководите?

— Никогда не занимался индустрией красоты, — объяснил Андрей, — мои проекты далеки от СПА-салонов, лечебниц и прочего. «Красота Парижа» успешное детище Анечки. Теща уникальный человек. Она умна, мгновенно схватывает суть вопроса, быстро обучается, готова принять чужое мнение. Она настоящая бизнесвумен, я у нее многому научился, и при этом Анна всегда находится в тени зятя и дочери, хотя мы и мизинца ее не стоим.

— Елена Васильевна, вы знали, что Анна Григорьевна владеет клиникой? — поинтересовался мой муж.

— Нет, — ошарашенно ответила Лена, — мама каждый день уезжает из дома, но она говорит, что посещает фитнес-центр, СПА, ходит по магазинам.

Иван Никифорович обратился к старшей Шляхтиной-Энгельман.

— Как так вышло, что вы вдруг основали клинику? И откуда взяли деньги на ее создание?

— Она воспользовалась записями Гриши и Тони, — закричала Эльвира, — нам их не дала, сама лекарством торгует!

Анна вздернула подбородок.

— Я знала, что меня удочерили, мама рассказала. Она же отдала мне все наработки родителей, объяснила, как ими можно воспользоваться. Если кто не знает, у меня диплом медвуза, солидный стаж работы в городской больнице. Я очень опытный врач. Деньги мне тоже дала мама. Наличкой. Доллары. На мой вопрос, откуда огромная по моим меркам сумма, она ответила:

— Я их не украла. Но ты валюту не профукай, не распыли ее на еду-одежду-отдых, уверена, у тебя появится возможность помочь людям сохранить молодость.

Я сначала открыла небольшой подпольный кабинет. Инъекции делали только тем, кто звонил по рекомендации знакомых. Это было дорого. И очень эффективно. И как только стало возможно, я открыла «Красоту Парижа».

— Она украла результаты работы наших родителей! — возмутилась Эльвира. — Воровка. Документы принадлежат нам. Всем!

Анна никак не отреагировала на ее выпад, а я вдруг вспомнила разговор двух девушек в метро. Одна из них взяла кредит, чтобы оплатить уколы красоты, а вторая пыталась удержать ее от трат, и я спросила:

— Вы обещаете женщинам эффект через двадцать лет?

— Нет, — улыбнулась Анна, — если клиентка соблюдает все предписания доктора: диету, образ жизни, то, пройдя курс, она будет выглядеть намного моложе паспортного возраста. Для сохранения молодости надо раз в году повторять серию инъекций. Пока ни одной жалобы не было.

— Мошенница! — взвизгнула Эльвира. — Украла наши деньги!

— Похоже, Ксения и Лев с вами не согласны, — хмыкнул Димон, — они молчат.

— О чем говорить? — пожала плечами Ксения Федоровна. — Мне вполне хватает того, что сама зарабатываю.

— А уж мне тем более, — подхватил Лев, — я увлечен своим бизнесом, являюсь известным чайным сомелье и титестером[1]. Очень часто занимаю председательское кресло на международных соревнованиях, владею разветвленной сетью магазинов по всей России, головным бутиком в Москве. Зачем мне уколы красоты? Я не держу ни малейшего зла на Аню.

---

[1] Титестер — дегустатор чая.

— Когда я пришла к Орлову с чаем «Райский сад любви», тот через некоторое время позвонил Геннадию, — сказала я. — Упрекал парня в том, что он украл банку. Значит, и Ксения, и Лев знакомы и, похоже, дружат. Иначе как к господину Орлову попал на службу Гена?

Бурбонская покраснела:

— Эльвира предложила нам всем встретиться.

— Верно, — кивнул Лев, — в кафе. Мне хотелось увидеть Радионову и остальных. Согласитесь, когда внезапно узнаешь, что ты приемный ребенок, провел раннее детство как лабораторный кролик, то интересно посмотреть на своих товарищей. Ксюша приехала, а вот Анна нет.

— Эльвира долго нас убеждала вложиться в лабораторию, — подхватила Бурбонская. — Я сразу поняла: мне это не надо. Но госпожа Радионова не из тех, кто готов смириться со своим поражением, поэтому я сказала: «Сразу не отвечу, надо подумать, до свидания». И убежала. Не успела дойти до своей машины, как раздался мужской голос: «Ксения, подождите!» Оборачиваюсь. Лев!

Орлов кивнул.

— Я сказал Радионовой ту же фразу, что и Бурбонская. Поспешил за Ксенией, она мне понравилась, предложил кофейку выпить вдвоем, без Эльвиры. Мы откровенно поговорили, стали созваниваться. Ну и, мд-да... хм...

— У нас роман, — смутилась Ксения, — ничего зазорного в наших отношениях нет, мы оба свободны.

— Вот только Герасим третий лишний! — сердито буркнул Орлов.

Я удивилась до сих пор ни разу не прозвучавшему имени.

— Герасим? Это кто?

Лев рассмеялся:

— Про Муму читали?

— Только в школе, сюжет так меня расстроил, что я больше ни одного рассказа или повести Тургенева не открыла, — призналась я.

— Геннадий типичный Герасим, — заявил Орлов.

Иван Никифорович поставил перед Эльвирой чашку с капучино.

— Интересное сравнение, но, на мой взгляд, ничего общего между сыном Ксении и немым дворником, человеком большой физической силы, нет.

— Есть, — возразил Лев Владимирович, — он такой же идиот. Сначала что-то сделает, а потом думает: «Е, что я натворил». И идет разбираться, отчего выходит только хуже.

Коробков встал, взял из кофемашины кружку с кофе и протянул ее Ксении.

— Оригинальная трактовка образа Герасима.

— На мой взгляд, совершенно верная, — уперся Орлов. — Идиот помешался на своей собаке, сначала исполнил приказ барыни, а потом решил ей отомстить. А Геннадий рехнулся от ненависти к Шляхтиной-Энгельман. Но у него, в отличие от дворника, есть «мохнатая лапа», которая всегда ему поможет, поддержит, из дерьма его вытащит, умоет, пожалеет, денег даст.

— Под «мохнатой лапой» вы имеете в виду Ксению Федоровну? — уточнила я.

— Конечно, — фыркнул Орлов. — Здоровенный мужик сидит на шее у матери. Изображает из себя творческую личность. Нигде не работает! Ведет паразитический образ жизни. И при этом ни во что Ксюшу не ставит. А она его по жизни в кулачке несет. Чуть что не так, Гена вопит: «Мама!» И мохнатая лапа бездельника поддерживает. Кроме Геннадия, некому банку спереть! Это он мой чай изгадил! Ароматизаторов туда добавил!

— Ксения, наверное, попросила вас взять сына на работу? — предположила я.

— Да, — подтвердила Бурбонская. — Кличка «мохнатая лапа» не очень приятна женщине, но Лева прав. Я избаловала сына. Я именно «мохнатая лапа Герасима». Долгое время кидалась на любого, кто посмел мне правду о Гене сказать. Никого не слушала, всех считала неправыми, а Гену золотым сыном. Глаза стали открываться, когда я ногу сломала. Помнишь, Анечка?

Шляхтина молча кивнула.

— Если бы не ты, — продолжала Ксения, — лежать бы мне в коридоре. Гена ко мне не приехал. У меня постепенно, шажок за шажком, глаза открываться стали, я поняла, что сын меня не любит. И когда Лева впервые в моем присутствии обозвал его Герасимом, а я получила прозвище «мохнатая лапа», я не обиделась. Слова подействовали, как прививка. От укола больно, может температура подняться, но зато вирус к тебе не прилипнет. Что касаемо чая... Во всех дальнейших событиях виновата я.

— Нет! — гаркнул Орлов. — Опять «мохнатая лапа» в тебе проявилась.

— Сейчас поясню, почему так считаю, — сказала Ксения. — Примерно за полгода до звонка Радионовой я посмотрела на Гену трезвым взглядом и испугалась. Моя любовь взрастила чудовищного эгоиста, гуляку, вруна, лентяя, подлеца. Ох, как мне стало плохо! И я приняла решение: хватит, Геннадию пора работать. Начала искать ему службу.

— Отлично! Все слышали? — развеселился Лев Владимирович. — Генке давно пора за денежки вкалывать. Тут я не спорю. Но почему мать ему место ищет?

— Знакомые Гены — сплошь творческие люди, среди них нет бизнесменов, — принялась оправдываться Бурбонская.

— Верно. Лентяи сбиваются в стаи, — заявил Орлов, — существовать в образе непризнанного гения выгодно. Такого на службу не погонят, он же талант, правда, никому не нужный.

— Я обзвонила всех, — грустно сказала Ксюша, — но никто не хотел Гену брать, спрашивали:

«Где он работал?» Приходилось отвечать: «Нигде, сын себя искал». Ну и...

Ксения Федоровна развела руками.

— Прямо как под копирку все беседы. Гена знал, что я ищу ему место. Очень нервничал по этому поводу.

— Естественно, — пробасил Орлов, — почуял Герасим, что «мохнатая лапа» не собирается больше его поддерживать. Сейчас его беззаботная жизнь окончится! Его заставят работать.

Ксения опустила голову.

— У меня есть стародавняя знакомая Клавдия Вилли. Она богатая женщина, из родовитой семьи. Моложе меня, но намного старше Гены. У Клавы свой бизнес, медцентр «ОРТО», и есть любимая игрушка — приют для бездомных собак.

Я молча слушала Ксению. О тете Клаве Вилли мне уже рассказывала Агафья Баранова. Это Клава попросила девочку опубликовать в Интернете главы из книжонки Бурбонского.

— Я попросила Клавдию взять Гену хоть куда-нибудь, — продолжала Ксения. — Она ему предложила в собачьем приюте чем-то заниматься. И... возраст Вилли не помешал ей спать с Геной, а тот мигом сообразил, что из любовницы можно деньги тянуть. Я обо всем узнала, пришла в ужас. Мой сын — жиголо! Велела прекратить отношения. Тогда мы уже с Левой тесно общались.

Я отвернулась к окну. Похоже, усилия Ксении пропали даром, Вилли заплатила Агафье за услугу. Небось денежно-постельные отношения между Геной и Клавдией продолжались.

— Как-то раз, — перешла почти на шепот Ксения, — Лева позвонил на домашний телефон, мы говорили о разном. Он вдруг спросил: «Тебе не обидно, что ты не знаешь, кто твои настоящие родители?» Я ответила: «Ну, это не новость. Мне мама правду перед смертью сообщила». Долго с ним ситуацию обсуждали.

Бурбонская закрыла лицо ладонями.

— Понятия не имела, что нас можно подслушать. В квартире разбросано несколько трубок.

— Вроде они блокируются, если по одной беседуют, — сказала я.

— Не всегда, — уточнил Коробков, — есть ряд моделей, с помощью которых можно стать свидетелем чьих-то откровений.

— Мы с Левой проговорили почти час. Потом я пошла чаю попить, в столовую вбегает Гена в истерике, — прошептала Ксения, — прямо с ума сошел. Кричал: «Шляхтина беспризорная кошка, я всегда это знал!» Я попыталась его вразумить: «Но я тоже не Бурбонская!» Гена упал, в припадке забился, пена била изо рта, корчи начались. Ужас! Я вызвала «Скорую», понимаете? Сама врач, а звоню в неотложку. Я от страха ничего не соображала. Бригада прикатила быстро, но Гена уже успокоился. По мнению ребят со «Скорой», у сына был приступ истерики.

Ксения схватилась ладонями за виски.

— С того дня он ополоумел! Говорил только об одном: «Шляхтина дворовая кошка, а мы дворяне Бурбонские».

— Я Шляхтина-Энгельман, — подчеркнула Анна, — хорошо, пусть я родилась неизвестно от кого. Но мужа, барона Энгельмана, у меня не отнять. У меня настоящий дворянский титул. И у меня уникальные драгоценности от свекрови, матери супруга, она меня обожала. В сейфе хранятся ценные раритеты. С каждым годом они только дороже становятся. Пусть я дворовая кошка, но была замужем за родовитым котом в золотом ошейнике!

— Если у вас есть ценные украшения, то почему вы бедствовали? — удивилась я. — Жили в избе за уход за чужими животными? И почему, имея валюту, которую оставила вам мать, бедствовали? В это верится с трудом. Да и где ваша мать взяла валюту в СССР? Это было подсудно.

Анна прищурилась:

— Татьяна, такие вещи, как у меня, хранятся в банке, они являются родовыми семейными реликвиями. Их не сбывают с рук, чтобы поесть вкусно и шубу купить, только ради чего-то крайне важного их можно продать. Болезни ребенка, например. Но, слава богу, со мной этого не случалось. Ювелирка перейдет к дочке. Если судьба будет милостива к ней, то бриллианты попадут к Ирочке, затем к ее детям. А что касается валюты, это вас не касается. Я наняла вас расследовать преступление, а не совать нос не в свое дело.

— Гена совершал такие поступки, — простонала Ксения, — боже! Хорошо, что вы о них не знаете!

Глава 37

— Про драку в музее мы слышали, — усмехнулась я. — Геннадий решил уничтожить картину, автором которой была Анна Григорьевна.

— Господи! — всхлипнула Ксения. — Это пустяк. Ох, прости, Аня, понимаю, тебе неприятно, но на фоне всего остального картина значения не имеет.

— На фоне чего? — спросил Иван.

Ксения показала на пустой стакан:

— Пожалуйста, дайте воды.

Димон, который ранее поставил перед каждым участником беседы чашки с кофе, взял со стола бутылку и открутил пробку.

— Гена долго бесился, потом стал свою книгу про Клотильду переделывать. Зачитывал мне вслух новые главы, он там приводил данные о том, что все Шляхтины умерли. Мне все это слушать надоело. Мы же с Аней сестры, родные. Да, она меня не любит, но я к ней сердцем прикипела. Мне плохо оттого, что мы не общаемся. А Гена все гаже и гаже про Аню писал. Единственное, что меня успокаивало, это уверенность в том, что никто никогда его опус не опубликует. Я себя крепко держала в руках. Очень хорошо помню день, когда сорвалась. Бесконечно черный понедельник. Утром я попала в аварию, сама осталась цела, но багажник всмятку. В меня лихач влетел. Прихожу на работу, узнаю, что покончил с собой пациент, про которого я его матери накануне сказала: «Дима молодец, лечение наконец-то дало эффект. Главное, регулярно пить таблетки, и осложнений не будет». А он ночью из окна выпрыгнул. Мать меня в смерти парня обвинила, дескать, из-за слов врача она ослабила контроль над сыном. Для полноты счастья вечером я упала, подходя к подъезду. Вхожу в дом, настроение хуже некуда, и тут Гена. Ни «здравствуй, мама», ни «как дела?», спросил только:

— Пожрать чего купила?

Я молча на кухню двинулась. А там! Гора грязной посуды, в холодильнике пустыня. Гена опять:

— Ужин принесла?

Я ответила:

— Так дома много продуктов было.

Сын рассердился:

— Приятели заглянули. Мне что, водой из-под крана их угощать?

Я сделала ему замечание:

— Ты весь день дома, я на службе. Неужели не мог убрать за гостями?

Он завопил:

— Хозяйство вести — это бабское дело!

Я развернулась и ушла в свою спальню. Только переоделась, сын входит.

— Ладно, мам, не дуйся. Послушай, я гениально написал.

И новая порция дерьма на Аню, если кратко, то Шляхтиных нет, они все убиты. Есть документ, его Гена процитировал. Приказ о расстреле всех дворян с такой фамилией. Значит, Анна самозванка.

Я оторопела.

— Гена, где ты эту бумагу раздобыл?

Сын ответил:

— В архиве.

И стоит с честным-пречестным видом. Я сразу поняла, что он все выдумал, и сорвалась. Все ему высказала. Не помню, что наговорила, накипевшее вылила. А в ту ночь мне в командировку надо было надолго улетать. Я уехала, когда сын спал. Вернулась, а он тихий, дома порядок. Меня поцелуями встретил, попросил: «Мамочка, устрой меня ко Льву Владимировичу. Хочу стать, как он, чайным сомелье». Затем стал каяться, извинялся, что не работал. И я...

— И ты ему поверила, — сказал Орлов, — мамы, они такие. Когда Ксюша мне позвонила и воскликнула: «Левушка! Ты благотворно повлиял на Гену, он хочет заниматься чаем», я подумал, что парень врет. Желания работать у него ноль. Он отвратительно вел себя по отношению к матери. Ксюша же по моей подсказке перед командировкой отрезала «Герасима» от денег, закрыла его карточку. Лентяй на метро пару раз проехал, бабок-то на бензин не было. В ресторане не поешь. Плохо дело. Вот он и решил паиньку изобразить. Но поскольку лоботряс скумекал, что мы вот-вот с Ксенией поженимся, то решил одним выстрелом зайчика и медведя укокошить. Ко мне на службу попросился. И мать рада, и со мной он отношения наладит. Я так думал, но взял балбеса к себе. Не мог Ксюне отказать. И прямо поразился. Гена не опаздывал, безропотно полы мыл, я велел ему в кладовке убрать, так он прямо расстарался. Был момент, когда я решил: «Может, Генка и впрямь за ум взялся?» Потом он стал просить научить его с чаем работать. За один день эту науку не освоишь, я с ним усердно занимался, в лабораторию пустил. Вскоре Геннадий заболел. Простыл. С каждым случиться может. Ксюша подтвердила, что сын дома сидит. Только ее самой-то в квартире не было. Утром уехала, Гена чай с малиной пьет, за полночь вернулась — сынок на температуру жалуется. И вдруг! Приходит ко мне Татьяна со старой банкой! С реликвией, которую Орловы как память хранили! А в ней чудовищно мерзкая смесь. Геннадий испоганил мой чай! Решил, что я не догадаюсь, кто банку спер! Этот ... изгадил мой чай!

Иван Никифорович поднял руки.

— На секундочку остановитесь. Елена Васильевна, как вы получили упаковку с чаем?

— Она оказалась среди подарков на мой день рождения, — объяснила дочь Анны. — Народу пригласили много. Презенты ставили на отдельный стол, потом все скопом домой привезли.

— Вас не удивила банка с чаем? — поинтересовалась я. — Вроде на такое торжество принято дарить что-то солидное.

Елена засмеялась:

— Для начала поясню: есть сорта чая, которые стоят как иномарка. И друзья знают, что мы с мамой любим чай. Только Анна Григорьевна предпочитает состав со специями: корица, ванилин, гвоздика и прочее. А я безо всяких добавок. Покупаю все, что кажется мне интересным, рада найти нечто редкое, если едем за границу, я первым делом спешу местный чай попробовать. Собираю рецепты. Слышали о пивной заварке?

— Нет, — призналась я.

Лена сказала:

— Так я и думала. Зайдите ко мне в Фейсбук. Я там веду просветительскую работу по чаю. Понимаю, что не всем по карману китайский жемчужный голубой, не каждый любит и понимает вкус хорошего листа. Поэтому, кроме моих рассказов об элитных сортах и меланжах, я веду рубрику «Чаек от Анны». Там мамины рецепты с корицей, апельсином, шоколадом, какао. Кстати, на этот раздел больше откликов, чем на мой. К сожалению, люди обожают не качественный чай, а барахло. Мама, прости!

— Но «Райский сад детства» Анна Григорьевна не стала пить, — подчеркнул Димон.

Старшая Шляхтина поморщилась:

— Елена подсмеивается над моими чайными церемониями. Ей все, что «со вкусом», не по нраву. А я не люблю «пустую» заварку. Но! Если там корица, то она должна присутствовать в виде палочек. Ежели заявлены фрукты, то они нарезаны кусочками. Я не намерена пить раствор химикатов.

— Я стала после праздника разбирать подарки, открыла жестянку, — перебила ее Елена, — а оттуда так завоняло! Кто-то другой мог бы в восторг прийти. Но я-то знаю, что натуральная корица издает тонкий, ненавязчивый аромат. А из банки прямо как из ларька с дешевым мылом в нос ударило. Фу! Сама такое пить не стану. И маме не позволю. А домработнице это в самый раз, не выбрасывать же!

Елена осеклась, потом понизила голос:

— В чае что-то нехорошее было?

— Да, — подтвердил Илья, который сидел до этого момента молча. — Но я никак не мог понять, какое растение подмешали! Пошел сначала по ложному пути, случайно узнал про фрукт Вантри. Мой приятель редактор читал книгу Геннадия Бурбонского, там упоминался этот плод, им легко отравиться, и все решат, что смерть естественная. А в Москве нашлась женщина, специалист по ядам, которая знакома с этим плодом.

— Вантри! Гонкина! — воскликнула Анна. — Она сумасшедшая!

— Вы ее знаете? — на всякий случай спросил Коробков.

— Господи! Да конечно! — воскликнула Шляхтина. — В «Красоте Парижа» используют яды. Например, ботокс. Но у нас, кроме него, есть оригинальные разработки. Марина Анатольевна прекрасный специалист, она у меня заведует лабораторией токсинов. Мы предлагаем уникальную услугу — подбор яда именно для вас. В малых дозах он дает невероятный эффект омоложения. У нас лучшая в России коллекция. От змеиного яда всех видов до редчайших! Повторяю, Марина профессионал наивысшего полета. Но этот фрукт Вантри! Никто его никогда в глаза не видел, о нем не слышал. Одна Гонкина в курсе. Мечтает организовать экспедицию в Бразилию, сто раз у меня денег на это просила. Пишет про этот Вантри во всех соцсетях! Каждый день! У нее идея фикс. Он ей повсюду мерещится! Не спрашивайте, где она о нем сведений нахваталась. В клинике сотрудники только смеются. Марина каждому из них по пять раз сагу про гибель английских ученых пересказала. Ходячее безумие. Но в остальном она гениальна. А поскольку все талантливые люди с заскоками, я ей Вантри прощаю.

— Мне она тоже про этот фрукт рассказала, когда впервые на чай взглянула, — вздохнула я, — правда, потом призналась, что не знает, какое в нем растение.

— Гонкина посвящает Вантри стихи в прозе, — усмехнулся Димон, — она начала их публиковать в том же месте, где Геннадий выставил первую версию своего романа. Что интересно, в нем нет ни слова про Вантри. Там Клотильда владеет черной магией и наводит на всех порчу.

А потом появляется новый вариант книги, где девица травит людей с помощью Вантри. Под дифирамбами Гонкиной ядовитому плоду народ задает вопросы, главный такой: что за зверь Вантри? Марина Анатольевна, похоже, этого только и ждет и тут же рассказывает историю про приключения англичан в Бразилии. Жаль, я сразу не догадался пробежать по всей ленте, почитать, что там выставлено. Думаю, Гена, который пасся в загоне для «писателей» каждый день, прочитал про Вантри, вдохновился и переделал книгу.

— Я в конце концов разобрался, что было в чае, — сказал Илья.

Глава 38

— Докладывай, — велел Иван Никифорович.
— Лошадиный убийца[1], — заявил Илья.
— Ооо! — воскликнула Ксения Федоровна.
— Знаете, что народ так именует? — удивился Илья.

— Я же врач, пациенты психиатра часто пытаются лечиться «травками». Пришлось и мне изучить их, — кивнула Бурбонская. — Упомянутое растение произрастает в Средней Азии. Очень ядовито, причем полностью: корни, листья, стебли, цветы, плоды. Если лошадь польстится на сочную зелень, она быстро погибает. Местное

---
[1] Автор из этических соображений не приводит настоящее название растения с описанными свойствами.

население его за километр обходит, но тамошние народные целители издавна использовали «Лошадиную смерть» в качестве лекарства. Они им лечили разного вида опухоли. Это нечто вроде современной химиотерапии. Порой знахари ошибались с дозой, и человек умирал. Но, что интересно, «Лошадиный убийца» каким-то образом активирует разные болезни. Он вызывает инсульт, инфаркт, приступы астмы и много еще чего. У нас в институте работали замечательные профессора, рассказывали многое из того, чего современные преподаватели не знают. В середине двадцатого века «Лошадиную смерть» запретили использовать, знахарей наказывали, посадки уничтожали. Но разве народ переубедишь? Невозможно объяснить некоторым людям, что современная медицина обладает мощным лекарственным арсеналом! Кое-кто до сих пор говорит: «Таблетки — отрава, лучше попью травки, они натуральные». Это идиотизм. Некоторое время назад я крепко поругалась с одной больной. У нее у мужа шизофрения, в придачу у него язва желудка. Нынче последняя успешно лечится. Так сия дама мне позвонила с вопросом:

— Подскажите, я купила в Интернете чай Вантрега. Его до еды или после нее пить? На пакете не написано. А до шамана я никак не дозвонюсь.

Я поразилась:

— Что такое Вантрега?

И мне фото прилетает.

Ксения Федоровна воздела руки к потолку.

— Матерь Божья! В составе «Лошадиная смерть»! Написано, как снадобье готовить, сколько капель принимать. Представляете? Оказывается, этой дрянью открыто торгуют в Интернете. В соцсетях есть шаман Вантрулин, который народ, естественно, за большие деньги, консультирует. Преподносит «Лошадиного убийцу» как панацею от всех болезней! Ему верят! Ужас! Я так орала на эту женщину! Потребовала выбросить отраву. Вот есть же дуры на свете! Мужу велели лекарства пить, а жена ему яд приобрела. И что я в ответ услышала: «Знахарь предупредил, что передоз смертелен, я аккуратненько».

Ксения Федоровна задохнулась от возмущения и замолчала.

Коробков крякнул.

— Хотел задать вопрос, как Геннадий узнал про ядовитое растение, но сейчас необходимость в этом отпала. Сынишка небось слышал вашу ссору с женой пациента, разговор-то, как вы сами сказали, был громким.

Бурбонская ахнула и прикрыла рот ладонью.

— Ооо! У шамана в подписчиках числится Геннадий Бурбонский, — продолжал Димон, глядя в свой ноутбук, — он колдуну прямо допрос про Вантрегу устроил. Сколько ее надо пить? Какая доза смертельна? Ведьмак ему подробно ответил.

— Когда на Руси появился помидор, — подхватил Илья, — его считали ядом, пытались с помощью плодов отравить неугодных людей. И до сих пор в народной медицине от артрита используют веник из крапивы. Знаю, кстати, врачей, которые советуют тем, кто страдает от болей в суставах, хлестаться жгучей травой.

— Ты шутишь? — спросила я.

— Нет, — вздохнул Аверьянов, — на короткое время крапивка отвлекает от боли. Места, где она прошлась, горят, чешутся, человек забывает про артрит. Но ненадолго.

Коробков поднял руку.

— Подвожу итог. Геннадий купил «Лошадиную смерть» у шамана, украл у Орлова пустую банку, насыпал туда небольшое количество смеси дорогого чая «Райский сад любви» (подозреваю, что он его тоже в лавке спер), добавил дешевой ерунды, сдобрил «букет» ароматизаторами, подмешал «Лошадиную смерть» и принес «подарок» в ресторан, где отмечала день рождения Елена Васильевна. Как парень вычислил место праздника? Люди, не рассказывайте все в соцсетях! Елена сообщила, где устраивает торжество. Геннадия никто в лицо не знал, а гостей было много. Он просто поставил упаковку на столик и ушел. Думаю, преступник подробно изучил то, что Елена писала в Фейсбуке, и приготовил чай, который, по его мнению, охотно выпьет Анна Григорьевна.

— У Геннадия проблемы с психикой, — заметила Шляхтина, — ему необходима помощь специалиста, но не матери. Постороннего врача.

— Где ваш сын? — резко спросил у Бурбонской Иван Никифорович.

— Он умер, — печально ответила Ксения. — Неужели вы не знаете?

— Боже! — ахнула Анна Григорьевна. — Дорогая, мне жаль.

— Ксения Федоровна, вы лукавите, — прервал диалог женщин Димон, — в морге находится тело, одетое в дорогие вещи Геннадия. И вы опознали останки сына. Но! При постмортальном исследовании, которое провели не сразу, выяснили: погибший, скорей всего, гастарбайтер. Умер он от перелома ребра, осколок кости проткнул легкое. Ну, право, Ксения Федоровна, наивно было рассчитывать, что этого мужчину за вашего сына примут. Правда, покойный славянин, волосы светлые, телосложением похож на Геннадия. Но зубы у него в ужасающем состоянии плюс дерматит. Это никак не вяжется с образом мужчины из обеспеченной семьи, любимого, избалованного матерью сына. Ксения Федоровна! Может, объясните, что случилось?

Бурбонская втянула голову в плечи.

— Я просто... ну... хотела спасти сына... он не нарочно... дорожное происшествие...

— Если можно, подробно, — попросил Иван Никифорович.

— Я спала, — начала Ксения. — Гены дома не было, он не приехал ночевать.

— Вас отсутствие сына не встревожило? — спросила я.

— У Гены появилась девушка, он у нее оставался, — пояснила Ксения.

— Как ее зовут? — не отстала я.

— Кар... Каролина... — Бурбонская на время умолкла, потом продолжила: — Каролина Молокова. Я думала, мальчик у нее. Но оказалось... О господи, мне обязательно рассказывать?

Димон кивнул.

— Ночью, не помню во сколько, меня разбудил звонок, — продолжала Бурбонская. — В трубке голос сына.

— Мама, я человека убил. Скорей приезжай. Я кинулась к машине. Дорога была почти пустая, я домчалась быстро. Гена дал точные координаты своего местонахождения, я вышла из автомобиля: никого! Я растерялась! И тут из лесочка, который по краям шоссе растет, появляется сын, говорит: «Мама, это я!»

Ксения закрыла ладонью глаза.

— Ужас! Гена рассказал, что он ехал в поселок, где живет Анна, хотел поговорить со Шляхтиной...

Бурбонская замолчала.

— Странное ваш сын выбрал время для беседы, — удивился Илья, — и сомнительно, что незнакомому человеку откроют ночью дверь.

— Для начала охрана не впустит автомобиль в поселок, — заметила я.

Ксения прижала ладони к груди.

— Гена хотел оставить машину на парковке, где бросают автомобили служащие. Горничные и прочие не ездят по поселку, они идут пешком от шлагбаума к домам. Секьюрити не следят за тем, что происходит на шоссе. Геннадий знал, что в ограде есть дыра, он решил... ну... в общем... э... решил устроить поджог!

— Дома бизнесмена Красавина? — уточнил Иван Никифорович. — И как он хотел это осуществить?

Бурбонская схватилась за виски.

— Не было у меня времени его расспрашивать, я в детали не вдавалась. Гена ехал к поселку, не заметил мужика на велосипеде и сбил его. Сын затормозил, кинулся к бедняге, но тот умер. Геннадий перепугался, вызвал меня...

Димон застучал по клавишам одного из своих ноутбуков.

— И как я должна была поступить? — залепетала Ксения. — Что делать? Не дай бог, Гену обвинят в смерти идиота, который ночью на велике катается. Ну и... мы переодели покойного в одежду сына, сбросили тело в люк и уехали.

Иван Никифорович побарабанил пальцами по столу.

— Даже не знаю, как оценить ваши действия.

— С какой стороны ни глянь, дурацкая затея, — высказался Илья. — Паспорт-то сына как в кармане оказался?

— Гена в истерике был, — прошептала Ксения, — а я не догадалась его одежду проверить.

Димон оторвался от компьютера.

— Странно, что ваш сын носит основной документ гражданина в кармане. Ну да ладно. Но у меня возникли другие вопросы. В беседе по телефону с сотрудником благотворительной организации, каюсь, им прикинулся я, вы назвали имя любовницы сына. И сейчас вы произнесли: Каролина Молокова. Так?

— Да, — осторожно подтвердила дама.

— Но в первом разговоре вы, госпожа Бурбонская, сообщили мне, что девушку сына зовут Карина Молчанова. Так она кто? Каролина Молокова или Карина Молчанова? — спросил Коробков.

Ксения заморгала, потом посмотрела на Льва. Орлов незамедлительно вступил в разговор.

— Господа! Ксюша с любовницей сына незнакома, она даже по телефону с ней не общалась. Геннадий тщательно скрывал от матери свою личную жизнь. Имя пассии сына Ксюша слышала всего пару раз. Она просто его не запомнила. Все запутанные истории чаще всего имеют простое объяснение, не надо ничего усложнять!

— Вот тут я согласен, — вновь примкнул к беседе Иван, — мы тоже любим, когда дело обходится без загогулин и вензелей. Дима, тебе слово.

— Карина Молчанова в Москве не зарегистрирована. Каролину Молокову сейчас проверю. Но в столице немало людей, которые проживают нелегально, — продолжал наш повелитель компьютеров. — Возможно, Геннадий завел отношения с такой девушкой. Ни опровергнуть, ни подтвердить это предположение невозможно. У меня есть другой вопрос: почему господин Бурбонский воспылал ненавистью к Анне Шляхтиной? Что она ему плохого сделала?

Глава 39

— Давайте я отвечу, — предложил наш психолог Михаил Юрьевич Ершов, который до сих пор очень внимательно, но молча слушал беседу. — Геннадий живет за счет матери. Он не может устроиться на престижную работу, его рукопись не заинтересовала издательство, семьи у него нет. Чем ему похвастаться? Ни удачной карьеры, ни таланта, ни жены-красавицы, ни деток-умниц у него нет. Что остается? Происхождение! И Гена всем вокруг по многу раз напоминает: «Я Бурбонский, потомок древнего рода, а вы плебс». Ему греет душу осознание своей аристократичности. Это возвышало Бурбонского над толпой. В соцсетях у Гены много поклонниц. Девушки, наивно думая, что аристократ Бурбонский живет в родовом поместье, этак гектаров десять в Подмосковье, во дворце, набитом произведениями искусства, и у него толстенный счет в банке, пишут нашему «графу» или «князю», простите, запамятовал титул: «Я вас обожаю, вы мой кумир». Гена умеет создать впечатление. Он выставляет фото из какого-нибудь замка Франции со своим комментарием: «Красивая спальня. Но кровать маленькая, потолок низкий. Европа. Теперь видите, как жили мои предки. Хотя я не люблю, когда люстра по макушке чиркает, предпочитаю помещения «с воздухом». Оцените текст. Уличить Геннадия во вранье невозможно. Если кто-то чрезмерно умный пишет ему: «Эй, да это замок Мальмезон под Парижем, я там на экскурсии был. К Бурбонским он отношения не имеет», то Гена отвечает: «Разве я сказал, что замок был нашим?»

— Хитер бобер, — заметил Илья.

— Точно, — согласился Михаил Юрьевич, — справедливости ради замечу, что парня один раз уличили во вранье, и он, ответив так, как я вам прочитал, забанил подписчика. Остальные посетители сайта Геннадия считают его потомком королей Франции. Некая логика в их мыслях присутствует. Бурбоны, европейская королевская династия, которая происходит от Робера, младшего сына Людовика Девятого Святого. Название свое они получили от замка Бурбон, который расположен в провинции Бурбоне. Последний правитель из этой династии Людовик Шестнадцатый был казнен на эшафоте во время революции. Бурбоны — Бурбонский. Люди плохо знают историю, поэтому Гена считался в Интернете почти французским королем. А вот Анна Григорьевна недолюбливала сына Ксении, он это понимал и раздражался. В конце концов случился скандал, во время которого выяснилась фамилия дамы: Шляхтина-Энгельман. Геннадий страшно разозлился, решил ей мстить.

— Да за что? — спросила Лиза.

— За то, что посмела мериться родословной с потомком королей, — усмехнулся Коробков.

— Верно, — согласился Ершов, — в бессмысленной жизни Геннадия появился смысл — ненавидеть Анну Григорьевну. Чем он и самозабвенно занялся. А через некоторое время Гену просто шмякает о землю. Выясняется совсем уж неприглядная правда: его мать не пойми кто, девочка, которую в раннем возрасте нашли на шоссе. А Гена ее сын, значит, он, Гена, не дворянской, а дворовой породы. Представляете степень разочарования парня, его обиды? Это же крушение его собственного «я»! Да это не всякий успешный человек, имеющий цель в жизни, переживет. А у Геннадия, как я уже говорил, ее нет, он существует как кот: дайте поесть, попить, отстаньте, пойду гулять. Если человек ведет себя таким образом, то рано или поздно его охватит злоба на весь мир, потому что нестерпимо завидно смотреть на других, тех, кто строит карьеру, воспитывает детей, успешен, зарабатывает большие деньги. Основная масса таких никчемных людишек обосновалась в Интернете. Это они активно пишут гадости под снимками людей на морском побережье или нападают на тех, кто решил показать свою новую машину, квартиру. Наивно ждать от них поздравлений. Чужая радость — острый нож для подобных «мальчиков» и «девочек». Вообще-то их надо пожалеть, они несчастны, страстно хотят, чтобы окружающие им завидовали. Это они арендуют на праздники букет цветов, платят за десятиминутное пребывание на борту частного никогда никуда не летавшего самолета, примеряют в магазине дорогую шубу и делают селфи. Под фото, которое они выставят в Интернете, появится надпись: «Муж подарил. Как вам? Мне не очень», далее в зависимости от того, что на снимке: «Не люблю срезанные цветы», «Ненавижу перелеты спецбортом на Мальдивы, всегда шампанское теплое», «Не ношу натуральный мех». И такие люди часто сообщают: «Мой прадед — великий художник, дружил с Репиным». А начнешь разбираться и выяснишь, что этот предок жил намного позже живописца. Но никто из знакомых врунишки копаться в его биографии не станет, праздно и глупо живущего человечка будут величать правнуком, потом внуком, следом сыном живописца. Гена был из этой породы, он никогда не забывал напомнить всем, с кем общался: «Я Бурбонский, потомок французских королей». И вдруг он узнает, что не имеет права на звучную фамилию. Дальше совсем интересно. Смысл жизни — ненавидеть Анну Григорьевну — у сына Ксении появился раньше. А после известия, что его мать была удочерена, обычная ненависть превратилась в лютую. Почему он ненавидит ее, а не Эльвиру Радионову, которая объяснила Ксении, что к чему?

Михаил Юрьевич развел руками.

— Без детальной беседы с Геннадием не дам ответа на этот вопрос.

— Паспорт в кармане, — протянула я, — постановщик спектакля хотел подсказать полицейским, что в канализации найден труп Геннадия. Мать опознала сына. Все разыграно, как по нотам, но возникает вопрос. Куда подевалась его машина?

— Автомобиль? — растерялась Бурбонская. — Какой? Гены?

— Да, да, — кивнула я. — Где он? Ваш сын сбил человека, на «Порше» должны остаться характерные следы. Хочется на них посмотреть.

Лев хлопнул рукой по столу.

— Ну, хватит! Ксюша той ночью после звонка Гены впала в истерику. Она ночевала у меня. Понятное дело, я сел за руль, мы поехали вместе. Паспорт в карман куртки положил я. Понимал, что тело найдут, пусть его считают Геннадием. Парень задавил человека, его могут осудить, посадить. А к мертвому не привяжутся. «Порше» сына Ксюши я отогнал в сервис, который занимается разборкой машин. Ксения же села за руль моего «Мерседеса» и уехала вместе с Геной.

— Складная история, — похвалила я. — А где парень? В смысле Геннадий? Поговорить с ним хочется.

— Нет-нет, это невозможно, — затрясла головой Ксения, — он за границей.

— Геннадий Бурбонский пределы России не покидал, — отрезал Коробков, — ни на поезде, ни на самолете, ни на автобусе, ни на машине. Кое-кому удается нелегально пересечь границу, но сомневаюсь, что наш герой полз на животе через нейтральную полосу.

— Сын в психиатрической лечебнице, — изменила показания Бурбонская, — в поднадзорной палате. Больно говорить, но мальчик сошел с ума.

— Адрес лечебницы? — потребовал Иван Никифорович.

— Не позволю тревожить больного, — закричала Ксения. — Нет! Нет! Нет!

— Человека без паспорта трудно устроить в больницу, — гнула я свою линию.

— Неужели вы так наивны? — поморщился Орлов. — Гену устроили в платное заведение.

— Ничто не вызывает большего подозрения у следователя, чем четкие ответы на все его вопросы, — вкрадчиво вымолвил Ершов.

— Внимание на экран, — попросил Коробков, — у нас возникло собственное видение того, что случилось на шоссе. Ход наших рассуждений таков. Почему паспорт Геннадия оказался в кармане куртки трупа? По какой причине переодели гастарбайтера? Ответ: его должны были принять за сына Бурбонской. Вопрос. Почему Ксения Федоровна опознала в погибшем своего сына? Ответ: она хотела, чтобы Гену считали мертвым. Вопрос. Зачем делать из живого парня покойника?

Димон обвел присутствующих взглядом.

— Потому что он на самом деле умер. Но при таких обстоятельствах, что никак нельзя было вызвать домой полицию. Убили Геннадия. Причем не в тот день, когда нашли тело гастарбайтера в канализации, а раньше. Мы стали работать над этой версией, возник вопрос: откуда мог ехать ночью парень на велосипеде? Да с ближайшей стройки, она находится в трех километрах от шоссе. И там много людей из ближнего зарубежья. Рабочие живут в бараках, по четыре человека в комнате. Мы установили личность погибшего, это Алексей Фонин. Не так уж это трудно оказалось.

— Я стал обходить общежития, — заговорил Федя Миркин, — и довольно быстро нашел Глеба Михалкина, у которого пропал друг. Глеб рассказал, что какой-то человек предложил Алексею заработать. Мужчина просто подошел к Фонину, когда тот покупал в местном магазине хлеб, и спросил:

— Ты со стройки?

Алексей задал свой вопрос:

— А вам чего надо?

— Да ...! — выругался незнакомец. — Развелся с женой, а она мне собаку не отдает. Хочешь заработать?

Фонин кивнул.

— Приходи завтра в час ночи на шоссе, туда, где оно резкий поворот делает, — велел незнакомец, — посажу тебя в свою машину, провезу в поселок. Баба моя улетела отдыхать, домработница спит в маленьком коттедже, собака во дворе в вольере. Я за псом пойду, а ты проследишь, чтобы горничная не вышла. Если у нее в доме свет загорится, шумнешь мне.

Алексей счел работу пустяковой, подумал: собака не человек, за ее кражу не посадят, мужик обещает ему хорошие деньги, заплатил задаток, — и согласился.

Глеб попытался отговорить приятеля, Михалкину идея встречи с кем-то на шоссе ночью показалась подозрительной. Но друг обозвал его трусом и поступил как хотел. В общежитие Алексей не вернулся, вместе с ним пропал и велосипед, на котором он поехал к условленному месту. Почему Глеб не обратился в полицию? Михалкин прекрасно осведомлен: если кто-то из гастарбайтеров исчезает, никто из полицейских даже не чихнет.

Ксения вскочила:

— До свидания! Не знаю, почему я тут сижу и слушаю эту чушь!

Бурбонская пошла к двери.

— Мы нашли тело Геннадия, — в спину ей сказал Иван Никифорович. — Наверное, вы не знали, но есть специальная техника, она «видит» под землей.

Ксения Федоровна замерла, потом резко обернулась.

— Мы уходим, — воскликнул Лев, — более не желаем вести беседу.

Эпилог

— Геннадий на самом деле умер? — спросила Рина. — Ну и ну!

— В конце концов от Льва и Ксении нам удалось узнать детали произошедшего, — пояснила я, поглаживая Мози, который залез ко мне в кресло. — У Бурбонского произошло много бед в последнее время. Во-первых, он оказался самозванцем, а не дворянином с красивой фамилией. Во-вторых, у Ксении Федоровны завязался с кем-то роман. Имени любовника матери сын сначала не знал, но быстро вычислил. Как мы знаем, «Герасим» любил подслушивать по второй трубке беседы матери. Наивная Ксения и подумать не могла, что сын за ней шпионит. Другой бы порадовался, что мать нашла свое счастье, но младший Бурбонский насторожился. А потом Лев Владимирович стал заезжать в гости к Ксении. Она стала веселой, купила себе новые красивые платья, в доме теперь постоянно стояли в вазах букеты. Вскоре на пальце Ксении Федоровны появилось кольцо с бриллиантом. Что мог подумать Гена? Он спросил у матери:

— Ты выходишь замуж?

Ксения смутилась и испугалась. Она не знала, как сын отреагирует на известие о ее свадьбе, поэтому спросила:

— Кто, по-твоему, мой жених?

— Лева, — уточнило дитятко.

— Мы просто друзья, — малодушно соврала Ксения.

Но обмануть отпрыска ей не удалось. Гена решил вести свою игру. Для начала он замыслил отравить Анну Григорьевну и впутать в преступление Орлова. Бездельник сделал вид, что заинтересовался чаем, попросился ко Льву на работу и даже целый месяц усердно трудился, безропотно мыл полы, вызвал доверие Орлова, проник во все закоулки магазина и лабораторию при нем и понял, как надо действовать. Украсть банку было просто. Она хранилась в дальнем углу, куда владелец бизнеса заглядывал редко.

— Ты так подробно рассказываешь, что создается впечатление, будто Геннадий сам во всем признался, — заметила Рина.

— Правильно, — кивнул Иван, — он на самом деле сообщил, что сделал. Только не нам, а Ксении и Льву. Сейчас Таня все объяснит.

Я продолжила:

— Когда Орлов увидел в моих руках свою жестянку, он мигом догадался, кто ее украл. Оцени умение торговца чаем держать себя в руках. Он не кинулся сразу звонить Геннадию, соединился с ним ближе к вечеру, высказал все, что думает о сыне своей невесты, и отсоединился.

Когда Ксения приехала в гости к любовнику, Лев потребовал, чтобы она осталась у него навсегда, и рассказал, что сделал Геннадий. Бурбонская оторопела.

— Сын подсыпал в чай какую-то гадость?
— Да, — подтвердил Орлов, — я уверен: он хотел убить Шляхтину и всех ее родственников. Но банку подарили репетитору. А та приперлась ко мне. Круг замкнулся. Бог шельму метит.
— Господи, — затряслась Бурбонская. — Что мне делать?

И тут раздался звонок по домашнему телефону. Лев по определителю номера увидел, что его беспокоит Гена, и включил громкую связь. Комнату наполнил голос Геннадия:

— Лева! Мамочка! Простите меня! Я совсем с ума сошел! Зациклился на Шляхтиной. Я болен! Мне плохо! Стыдно! Я непременно пойду лечиться. Я псих, но очень рад за вас. Лева, я всегда мечтал иметь такого отца, как ты. Прости, прости, прости меня.

Из трубки доносились всхлипывания, потом Гена вновь заговорил:

— Я приехал с букетом цветов. Разрешите охране меня впустить. Пожалуйста! Мы же семья.

Орлов посмотрел на Ксению, та заплакала. У Льва пентхаус со своим лифтом, из которого можно выйти на первый этаж, потом на улицу.

Или спуститься в подвал в гараж. Хозяин велел охраннику проводить Гену в его подъемник. Парень вошел в квартиру, у него в руках и впрямь был букет. Лев провел Гену в гостиную, а тот, по-прежнему прижимая к себе цветы, сказал:

— Хочу покаяться! Все вам рассказать.

И рассказал о том, что сделал, о чем думал.

Рина кивнула.

— Теперь ясно, откуда Таня узнала правду. Гена вывалил ее матери и Орлову, а те сообщили вам. И что было дальше?

Я вздохнула.

— Исповедь Геннадия вызвала и у матери, и у ее любовника жалость. Ксения подошла к сыну, хотела его обнять. А тот (далее цитирую Льва Владимировича) «расхохотался как Мефистофель, оскалился, стал похож на дьявола, заорал: "Тварь! Чтоб ты сдохла! Замуж выходишь? Сына предала?" — выхватил из цветов пульверизатор и брызнул Ксении в глаза». Она схватилась за лицо, закричала. Орлов набросился на сына любовницы и сбил его с ног. Парень упал, стукнулся затылком о пол. Лев стал избивать Геннадия. Ксения забилась в угол, кричала с закрытыми глазами. Все происходило в пентхаусе, соседей там нет.

— Ужас! — поежилась Рина. — Бедная женщина!

— Любое светлое чувство можно растоптать, — сказал Иван. — Ксения обожала сына, лишила себя личной жизни, не думала о замужестве, боялась, что у Гены появится отчим. Но елей выгорает, масло в лампаду надо подливать, бесконечно она светить на одной заправке не может, и фитиль гаснет. Гена же только пользовался матерью, «мохнатая лапа» постоянно помогала «Герасиму», но тот никогда не благодарил Ксению, считал, что она обязана заботиться о нем всегда! Только о нем одном! И вдруг появился Лев, он стал красиво ухаживать за Ксенией, делал ей подарки, приглашал в театр, на выставки. Мать стала отдаляться от сына. Потом впервые завела речь о том, что ему надо работать, стала искать ему место. Гена совершенно не желал гнуть спину с девяти до шести на кого-то. Его все устраивало, но Ксения стала другой, у нее кончилось терпение, пошатнулась любовь к сыну. А когда она узнала, что он использовал чай Орлова для того, чтобы отравить Анну, у нее и вовсе случилось прозрение. Иссякла любовь. Все. Конец. Лев утверждал, что не хотел навредить Гене, Орлов ужасно испугался за невесту, решил, что обезумевший парень облил Ксению кислотой.

— Жуть! — ахнула Рина. — Катастрофа.

— Да нет, — отмахнулся Иван, — в дозаторе был концентрированный раствор мыла, когда такое попадает в глаза, приятными ощущениями не назовешь. Сейчас адвокаты пытаются изобразить все так, как будто Орлов действовал в состоянии аффекта. Геннадий поступил подло, обманул Льва, явился в его квартиру с букетом, каялся, признавался всем в любви, а потом... раз! Облил мать чем-то. Ксения закричала, толкнула сына, тот, не ожидая от нее ничего подобного, упал, ударился затылком и остался лежать. Поняв, что Геннадий умер, Орлов спустил его тело на лифте в свой гараж и сунул в свою машину. Подогнал ее прямо к кабине, там нет видеокамер.

Рина вздохнула. Иван продолжил:

— Лев побоялся оставить Ксению одну. Они вместе поехали в поселок, где живет Анна Григорьевна.

— Почему туда? — спросила Рина.

— Дом Орлова расположен в Красногорске, — уточнил Иван Никифорович, — до особняка Красавина оттуда рукой подать. Орлову пришло в голову подбросить тело к участку, где живет Анна. Многие знали о том, как Гена ненавидел Шляхтину. Ну и вот он, типа, полез через высокий забор, который окружает участок Красавина, упал, разбился...

— Глупее не придумаешь! — оценила идею Орлова моя свекровь. — И как они могли в поселок попасть? Охрана без пропуска их не пустит, а если секьюрити возьмут деньги, то, когда им в полиции хвост прижмут, они сразу вспомнят номер автомобиля, который ночью без разрешения пропустили...

— Верное рассуждение, — кивнула я, — Лев сам это понял, поэтому зарыл труп в лесу. На следующий день Ксения пришла в себя и сообразила: у Гены много приятелей, с которыми он проводил время, каждый вечер бегал по тусовкам, кроме того, у сына куча подписчиков в Фейсбуке, он мегаактивен в Интернете и вдруг пропал? Как объяснить, куда делся Бурбонский? Уехал отдыхать? Но что мешало ему взять на океан-море ноутбук и выставлять красивые фото, как он это всегда делал?

Любовникам стало страшно. Приятели поймут: с Геннадием что-то не так, поднимут бучу...

Я замолчала, Иван налил себе еще кофе.

— Орлов не профессиональный киллер, он обычный человек, Ксения не планировала убивать Геннадия. Она рассказала, что ей очень жгло глаза, она просто машинально оттолкнула сына, а тот упал. Никто не собирался никого жизни лишать, просто так сложились обстоятельства. После захоронения тела Геннадия любовников стал грызть страх, и они совершают глупые поступки. Льву Владимировичу следовало найти человека, который умеет взламывать соцсети, войти во все аккаунты Геннадия и выложить сообщение от имени Бурбонского. Что-то вроде: «Решил уехать жить на Гоа, посылаю на три буквы всех, Интернет помойка, вы дерьмо...» Состряпать текст в духе Гены. Никто и не удивился бы, ну посудачили бы пару деньков и замолчали. Сколько их таких, улетевших в Таиланд, Индию, Мексику и сгинувших там... Но Лев был охвачен ужасом, в его голове возникла мысль: Гене надо умереть! Покойника не станут искать. И на свет родился план: убить гастарбайтера, выдать его за

Геннадия, похоронить, выдохнуть, жениться на Ксюше и жить счастливо!

— Обалдеть, — выпалила Рина, — во дает! Даже не хочу комментировать его план.

— Лев сбил Алексея машиной, — мрачно сказал Иван Никифорович, — переодел беднягу в вещи Геннадия, которые ему дала Ксения, в карман куртки положил паспорт Гены. Тело строителя сбросил в люк, который намеренно оставил полуоткрытым, и уехал.

— А почему он просто не бросил труп на шоссе? — задала очередной вопрос Ирина Леонидовна.

— Лев решил, что вода, которая скопилась в колодце, смоет все следы, — вздохнула я. — Рано утром в поселок шла на работу женщина, няня одного мальчика. Она увидела почти открытый люк, возмутилась, сообщила о непорядке охране поселка, та вызвала специальную службу. И завертелась карусель.

— Ксения и Анна теперь возобновят отношения? — неожиданно поменяла тему разговора Рина. — Они же сестры!

— Нет, — сказала я, — анализ ДНК дал отрицательный результат. Две маленькие рыдающие девочки на дороге, которых сочли родней, на самом деле не имеют ни капли общей крови.

— Ну и ну! — ахнула моя свекровь. — Ксения зря все затеяла! Что теперь с ними со всеми будет?

— Бурбонскую положили в больницу, — пояснил Иван Никифорович, — у нее окончательно сдали нервы. Гена не любил мать и ухитрился сделать так, что Ксения Федоровна, готовая ради сына в огонь кинуться, потеряла все доброе расположение к нему. Но сейчас ее мучает раскаяние, она винит себя в смерти Геннадия, повторяет: «Это я, это я, это я его лишила жизни». Орлова задержали за убийство гастарбайтера. Анна Григорьевна и Елена очень довольны, что Бурбонская им никто. Ира, которая слышит все беседы взрослых, недавно узнала, что Таня начальник особой бригады и...

Я засмеялась:

— И несколько раз звонила мне с сообщением, что, если нам понадобятся дети-агенты, то она готова работать бесплатно. Девочка не глупа, она давно поняла, что я не домработница.

— Дальнейшую судьбу Ксении и Льва решит суд, — сказал Иван, — я не знаю, какой им вынесут приговор.

— Тебе не приходило в голову, что Геннадия убила не Ксения? — внезапно спросила Рина. — И все, что влюбленная парочка наболтала, на самом деле вранье?

Мы с мужем уставились на Ирину Леонидовну, а та продолжала:

— В доме, где живет Орлов, строгая пропускная система?

— Да, — подтвердил Иван.

— Вы проверили, кто и когда велел впустить в пентхаус Геннадия? — спросила моя свекровь.

Повисла тишина.

— Нет, — в конце концов ответила я.

— Косячок, дети, — хмыкнула Ирина Леонидовна, — серьезное упущение. Очень. Ваня, ну-ка.

Иван Никифорович взял трубку.

— Дима, глянь, когда и по чьему распоряжению Геннадия впустили в пентхаус Орлова.

— Димон, заодно спроси у охраны, у Бурбонского был букет? — громко сказала Рина.

— Сейчас записи с камер посмотрю, — пообещал Коробков.

Потом мы беседовали о том, как Мози и Роки украли сегодня из шкафчика на кухне упаковку печенья и сожрали его.

— Даже Альберт Кузьмич принял участие в разбое, — восклицала Рина, — оказывается, он тоже охотник до курабье. А я-то считала, что бульдоги ухитряются залезть на стол и слопать все, что не привязано.

— Я тоже так полагала, — подхватила я.

— Вот разбойник, — поддакнул Иван.

— Никто и не подумает, что кот способен печенье стырить, — протянула Рина.

— У него другой имидж, — высказалась я.

— Да, да, — кивнул Иван.

— Ох уж эти безобразники, — заметила Рина.

— Да, да, — повторил мой муж.

— Ох да, — протянула я.

Тема была исчерпана, разговор иссяк. В комнате висело молчание, когда оно стало тягостным, Ирина Леонидовна воскликнула:

— Ну что он так долго?

И тут зазвонил телефон.

— Слушаю, — сказал Иван, включая громкую связь.

Голос Димона заполнил столовую.

— Не знаю, кто из вас додумался до этих вопросов. Но ответы на них меняют всю картину. Первое. Пропуск Геннадию Бурбонскому заказали в девятнадцать десять. Он приехал в двадцать один пятнадцать на «Порше», который припарковал на подземной стоянке на гостевом месте. Гену сразу проводили к лифту в пентхаус. В холле повсюду висят камеры, и хорошо видно, что у Бурбонского нет букета. Я проверил камеры в общем гараже. На следующий день к «Порше» подошел мужчина в темной куртке, голова его была закрыта капюшоном. Он явно знал о видеонаблюдении, лицо старательно прятал, сел в автомобиль и уехал. Еще я выяснил, с кем Бурбонский беседовал в тот вечер по телефону. С шестнадцати часов ему звонили из разных мест пятнадцать раз. В девятнадцать сына побеспокоила мать, разговор длился девять минут сорок секунд. Потом Ксения общалась с Геннадием в двадцать сорок пять, беседа была короче, и последний раз Гена говорил с ней в девять вечера десять секунд. Больше ему никто не звонил. В три утра следующего дня телефон отключили. Вот так.

— Они все соврали, — пробормотала я, — про дозатор мыла, это хорошо спланированное убийство. Мать уговорила Гену приехать к Орлову, потом пару раз проверила, где он, когда прибудет... Вообще в этой истории все врут: Анна Григорьевна про свою бедность, Ксения, Лев...

— Орлов не профессионал, — перебил меня Димон, который незримо присутствовал при беседе, — он думал, что куртка с капюшоном сделала его неузнаваемым и его примут за Гену. Но сейчас можно определить личность человека, даже если он в паранджу закутался.

Ирина Леонидовна сказала:

— Геннадий надоел Орлову, довел до ручки мать, а его идея убить Шляхтину с помощью чая, которым эксклюзивно торговал Лев, то бишь подставить жениха матери, убедила любовников: сын Ксении им спокойно жить не даст. И они решили проблему.

— Мама, — воскликнул Иван, — ты гений!

— Да нет, — отмахнулась Ирина, — просто вам затмила мозг мысль, что Ксения не способна убить сына, она ж его так любила. Но любовь, как, впрочем, и любое другое чувство, можно вытравить, как таракана. И мы, Ваня, знаем с тобой еще один тому пример.

Мой муж молча кивнул. А я растерялась. Похоже, в семье Тарасовых есть тайны, о которых я не имею понятия. И Рина... Она сейчас ведет себя не как домашняя хозяйка, страстно увлеченная кулинарией. В эту минуту передо мной был профессионал с цепким умом, у Ирины Леонидовны даже взгляд изменился, выражение лица стало другим. Кто она? Чего я про свою любимую свекровь не знаю?

— Ну я пошел от вас, — сказал Димон, и его голос пропал.

Рина моргнула, улыбнулась и стала прежней.

И тут у Ивана зазвонил телефон, муж посмотрел на экран, взял трубку и заговорил:

— Привет, солнышко. Как дела? Съездила? Что врач сказал? Ты вообще где? Так поднимайся! Давай, давай!

Мой муж встал.

— Мама, Сонечка в подъезде.

— А почему не заходит? — удивилась Рина.

Иван развел руками.

— Воспитание Леонида.

Из прихожей раздался звонок, Мози и Роки с заливистым лаем кинулись в холл. Иван и Рина пошли следом. Я, не понимая, кто пришел в гости, двинулась последней и оказалась у вешалки, когда там уже стояла красивая стройная женщина, героиня видео, которое мне прислал аноним.

— Танюсик, знакомься, это Сонечка, — радостно защебетала Ирина Леоновна, — моя племянница. Не родная.

Софья улыбнулась:

— Здравствуйте. Мой дед близко дружил с Леонидом, отцом Рины, а моя мама и Ирина Леоновна росли, как родные сестры. Я рано осталась сиротой. Рина меня от интерната спасла, забрала к себе, воспитала. Ваня стал старшим братом. Уже много лет я живу за границей, в Москве давным-давно не была. Немного побаивалась в гости идти. Сначала с Ваней встретилась, спросила: «Не писала вам, не звонила, Рина небось меня видеть не захочет?» А Ваня ответил...

— Ты полный и глупый поросенок, — усмехнулся мой муж, — когда сможешь, приезжай к нам домой.

— Ну и вот я здесь, — смутилась Софья.

— Пошли скорей к столу, — засуетилась Рина, — поговорим наконец-то. Мози! Безобразник! Нет, вы только гляньте! Он написал около туфель Сони!

— Сейчас уберу, — сказала я и пошла за бумажной пеленкой.

Ну вот и выяснилось, кто она, таинственная незнакомка из кафе. Остается лишь узнать, кто прислал мне видео. Не стоит переживать, сокрушаться о своей полноте. И совсем уж некрасиво подозревать мужа в измене на основании анонимного сообщения. И не надо мне садиться на диету, потому что я любую диету раздавлю, если на нее сяду! Кстати, отличный совет для тех, кто спрашивает: «Что мне съесть, чтобы потерять лишний вес? Зеленый салат? Зеленый перец? Что выпить? Зеленый чай?» Нет! Зеленый салат, зеленый перец, зеленый чай вам не помогут, слопайте на ужин зеленые сосиски, и к утру вы станете стройной ланью.

Оглавление

Глава 1 5
Глава 2 12
Глава 3 19
Глава 4 28
Глава 5 35
Глава 6 45
Глава 7 51
Глава 8 60
Глава 9 67
Глава 10 74
Глава 11 80
Глава 12 88
Глава 13 95
Глава 14 104
Глава 15 114
Глава 16 121
Глава 17 131
Глава 18 138
Глава 19 144
Глава 20 152
Глава 21 161

Глава 22	166
Глава 23	172
Глава 24	181
Глава 25	186
Глава 26	193
Глава 27	199
Глава 28	210
Глава 29	217
Глава 30	226
Глава 31	231
Глава 32	237
Глава 33	244
Глава 34	253
Глава 35	261
Глава 36	267
Глава 37	278
Глава 38	285
Глава 39	293
Эпилог	301

Все права защищены. Книга или любая ее часть не может быть скопирована, воспроизведена в электронной или механической форме, в виде фотокопии, записи в память ЭВМ, репродукции или каким-либо иным способом, а также использована в любой информационной системе без получения разрешения от издателя. Копирование, воспроизведение и иное использование книги или ее части без согласия издателя является незаконным и влечет уголовную, административную и гражданскую ответственность.

Литературно-художественное издание

ИРОНИЧЕСКИЙ ДЕТЕКТИВ

Донцова Дарья Аркадьевна

МОХНАТАЯ ЛАПА ГЕРАСИМА

Ответственный редактор *О. Дышева*
Младший редактор *А. Калимуллина*
Художественный редактор *В. Щербаков*
Технический редактор *Н. Духанина*
Компьютерная верстка *Е. Беликова*
Корректор *Д. Горобец*

ООО «Издательство «Эксмо»
123308, Москва, ул. Зорге, д. 1. Тел.: 8 (495) 411-68-86.
Home page: www.eksmo.ru E-mail: info@eksmo.ru
Өндіруші: «ЭКСМО» АҚБ Баспасы, 123308, Мәскеу, Ресей, Зорге кешесі, 1 үй.
Тел.: 8 (495) 411-68-86.
Home page: www.eksmo.ru E-mail: info@eksmo.ru.
Тауар белгісі: «Эксмо»
Интернет-магазин : www.book24.ru

Интернет-магазин : www.book24.kz
Интернет-дүкен : www.book24.kz
Импортёр в Республику Казахстан ТОО «РДЦ-Алматы».
Қазақстан Республикасындағы импорттаушы «РДЦ-Алматы» ЖШС.
Дистрибьютор и представитель по приему претензий на продукцию,
в Республике Казахстан: ТОО «РДЦ-Алматы»
Қазақстан Республикасында дистрибьютор және өнім бойынша арыз-талаптарды
қабылдаушының өкілі «РДЦ-Алматы» ЖШС,
Алматы қ., Домбровский көш., 3«а», литер Б, офис 1.
Тел.: 8 (727) 251-59-90/91/92; E-mail: RDC-Almaty@eksmo.kz
Өнімнің жарамдылық мерзімі шектелмеген.
Сертификация туралы ақпарат сайты: www.eksmo.ru/certification

Сведения о подтверждении соответствия издания согласно законодательству РФ
о техническом регулировании можно получить на сайте Издательства «Эксмо»
www.eksmo.ru/certification
Өндірген мемлекет: Ресей. Сертификация қарастырылмаған

Гарнитура «Newton». Печать офсетная. Усл. печ. л. 14,81.
Тираж 9000 экз. Заказ № 6500.

16+

Отпечатано в ООО «Тульская типография».
300026, г. Тула, пр. Ленина, 109.

В электронном виде
www.litres.ru

ЛитРес:
один клик до книг

Оптовая торговля книгами «Эксмо»:
ООО «ТД «Эксмо». 123308, г. Москва, ул.Зорге, д. 1, многоканальный тел.: 411-50-74.
E-mail: reception@eksmo-sale.ru

По вопросам приобретения книг «Эксмо» зарубежными оптовыми
покупателями обращаться в отдел зарубежных продаж ТД «Эксмо»
E-mail: international@eksmo-sale.ru

*International Sales: International wholesale customers should contact
Foreign Sales Department of Trading House «Eksmo» for their orders.*
International@eksmo-sale.ru

По вопросам заказа книг корпоративным клиентам, в том числе в специальном
оформлении, обращаться по тел.: +7 (495) 411-68-59, доб. 2261.
E-mail: Ivanova.ey@eksmo.ru

Оптовая торговля бумажно-беловыми
и канцелярскими товарами для школы и офиса «Канц-Эксмо»:
Компания «Канц-Эксмо». 142702, Московская обл., Ленинский р-н, г. Видное-2,
Белокаменное ш., д. 1, а/я 5. Тел./факс +7 (495) 745-28-87 (многоканальный).
e-mail: kanc@eksmo-sale.ru, сайт: www.kanc-eksmo.ru

В Санкт-Петербурге: в магазине «Парк Культуры и Чтения БУКВОЕД», Невский пр-т, д. 46.
Тел.: +7(812)601-0-601, www.bookvoed.ru

Полный ассортимент книг издательства «Эксмо» для оптовых покупателей:
Москва. ООО «Торговый Дом «Эксмо». Адрес: 123308, г. Москва, ул. Зорге, д. 1.
Телефон: +7 (495) 411-50-74. E-mail: reception@eksmo-sale.ru
Нижний Новгород. Филиал «Торгового Дома «Эксмо» в Нижнем Новгороде. Адрес: 603094,
г. Нижний Новгород, ул. Карпинского, д. 29, бизнес-парк «Грин Плаза».
Телефон: +7 (831) 216-15-91 (92, 93, 94). E-mail: reception@eksmonn.ru
Санкт-Петербург. Филиал ООО «СЗКО». Адрес: 192029, г. Санкт-Петербург, пр. Обуховской Обороны,
д. 84, лит. «Е». Телефон: +7 (812) 365-46-03 / 04. E-mail: server@szko.ru
Екатеринбург. Филиал ООО «Издательство Эксмо» в г. Екатеринбурге. Адрес: 620024,
г. Екатеринбург, ул. Новинская, д. 2ш. Телефон: +7 (343) 272-72-01 (02/03/04/05/06/08).
E-mail: petrova.ea@ekat.eksmo.ru
Самара. Филиал ООО «Издательство «Эксмо» в г. Самаре.
Адрес: 443052, г. Самара, пр-т Кирова, д. 75/1, лит. «Е».
Телефон: +7(846)207-55-50. E-mail: RDC-samara@mail.ru
Ростов-на-Дону. Филиал ООО «Издательство «Эксмо» в г. Ростове-на-Дону. Адрес: 344023,
г. Ростов-на-Дону, ул. Страны Советов, д. 44 А. Телефон: +7(863) 303-62-10. E-mail: info@rnd.eksmo.ru
Центр оптово-розничных продаж Cash&Carry в г. Ростове-на-Дону. Адрес: 344023,
г. Ростов-на-Дону, ул. Страны Советов, д. 44 В. Телефон: (863) 303-62-10.
Режим работы: с 9-00 до 19-00. E-mail: rostov.mag@rnd.eksmo.ru
Новосибирск. Филиал ООО «Издательство «Эксмо» в г. Новосибирске. Адрес: 630015,
г. Новосибирск, Комбинатский пер., д. 3. Телефон: +7(383) 289-91-42. E-mail: eksmo-nsk@yandex.ru
Хабаровск. Обособленное подразделение в г. Хабаровске. Адрес: 680000, г. Хабаровск,
пер. Дзержинского, д. 24, офис 1. Телефон: +7(4212) 910-120. E-mail: eksmo-khv@mail.ru
Тюмень. Филиал ООО «Издательство «Эксмо» в г. Тюмени.
Центр оптово-розничных продаж Cash&Carry в г. Тюмени.
Адрес: 625022, г. Тюмень, ул.Алебашевская, д. 9А (ТЦ Перестройка+).
Телефоны: +7 (3452) 21-53-96/ 97/ 98. E-mail: eksmo-tumen@mail.ru
Краснодар. ООО «Издательство «Эксмо» Обособленное подразделение в г. Краснодаре
Центр оптово-розничных продаж Cash&Carry в г. Краснодаре
Адрес: 350018, г. Краснодар, ул. Сормовская, д. 7, лит. «Г». Телефон: (861) 234-43-01(02).
Республика Беларусь. ООО «ЭКСМО АСТ Си энд Си». Центр оптово-розничных продаж
Cash&Carry в г.Минске. Адрес: 220014, Республика Беларусь, г. Минск,
пр-т Жукова, д. 44, пом. 1-17, ТЦ «Outleto». Телефон: +375 17 251-40-23; +375 44 581-81-92.
Режим работы: с 10-00 до 22-00. E-mail: exmoast@yandex.by
Казахстан. РДЦ Алматы. Адрес: 050039, г. Алматы, ул. Домбровского, д. 3 «А».
Телефон: +7 (727) 251-59-90 (91,92). E-mail: RDC-Almaty@eksmo.kz
Интернет-магазин: www.book24.kz
Украина. ООО «Форс Украина». Адрес: 04073 г. Киев, ул. Вербовая, д. 17а.
Телефон: +38 (044) 290-99-44. E-mail: sales@forsukraine.com

**Полный ассортимент продукции Издательства «Эксмо» можно приобрести в книжных
магазинах «Читай-город» и заказать в интернет-магазине: www.chitai-gorod.ru.
Телефон единой справочной службы: 8 (800) 444-8-444. Звонок по России бесплатный.**

Интернет-магазин ООО «Издательство «Эксмо»
www.book24.ru

Розничная продажа книг с доставкой по всему миру.
Тел.: +7 (495) 745-89-14. E-mail: imarket@eksmo-sale.ru

EKSMO.RU
новинки издательства

ISBN 978-5-04-101935-8

BOOK24.RU

9 785041 019358